COLLECTION JULES VERNE

COLLECTION JULES VERNE
BAND 24

Schwarz Indien

Pawlak Taschenbuch Verlag, Berlin, Herrsching

Nachdruck mit freundlicher Genehmigung des
Verlages A. Hartleben, Inh. Dr. Walter Rob, Wien I.
Die Vorlagen für die Umschlagillustrationen der
Collection Jules Verne sind Jules Verne Bänden,
erschienen im A. Hartleben's Verlag, Wien, entnommen.
Umschlaggestaltung: Bine Cordes, Weyarn
Die Orthographie wurde der heutigen Schreibweise angeglichen.

Gesamtherstellung: Elsnerdruck GmbH, Berlin
Printed in Germany
ISBN: 3-8224-1024-1

Inhalt

Erstes Kapitel

Zwei sich widersprechende Briefe

»Mr. J. R. Starr, Ingenieur,
30, Canongate.
Edinburgh.

»Wenn Herr James Starr so gütig sein will, sich morgen nach den Kohlenwerken von Aberfoyle, Grube Dochart, Yarow-Schacht, zu begeben, so wird er dort eine ihn sehr interessierende Nachricht erhalten.

Herr James Starr wird im Laufe des Tages am Bahnhofe von Callander von Harry Ford, dem Sohne des früheren Obersteigers Simon Ford, erwartet werden.

Man bittet um Diskretion!«

So lautete ein Brief, den James Starr frühzeitig am 3. Dezember 18 . . ., mit dem Poststempel Aberfoyle, Grafschaft Stirling, Schottland, zugestellt erhielt . . .

Sein Neugierde ward mächtig erregt. Der Gedanke an eine Mystifikation kam ihm gar nicht in den Sinn. Seit langen Jahren schon kannte er Simon Ford, einen der alten Werkführer in den Minen von Aberfoyle, denen er als technischer Direktor – oder »viewer«, wie die Engländer sagen, – während eines Zeitraumes von zwanzig Jahren selbst vorgestanden hatte.

James Starr war ein Mann von guter, kräftiger Konstitution, den man trotz seiner fünfundfünfzig Jahre recht wohl für einen Vierziger halten konnte. Er entstammte als eines der hervorragendsten Mitglieder einer alten, angesehenen Familie Edinburghs. Seine Arbeiten gereichten jener ehrenwerten Korporation der Ingenieure zur Ehre, welche das kohlenreiche Unterirdische des Vereinigten Königreiches in Cardiff wie bei Newcastle und in den niederen Grafschaften Schottlands ausbeuteten. In der Tiefe der geheimnisvollen Kohlenwerke von Aberfoyle, welche an die Gruben von Alloa grenzend einen Teil der Grafschaft Stirling einnehmen, hatte sich James Starr seinen überall mit Achtung genannten Namen erworben und daselbst einen großen Teil seines Lebens verbracht. Außerdem gehörte er als Vorsitzender der »Altertumsforschenden Gesellschaft Schottlands« an, war eines der tätigsten Mitglieder der Royal-Institution, und lieferte der Edinburgh Review ziemlich häufig sehr beachtungswerte Beiträge. Mit einem Wort, er zählte zu jenen praktischen Gelehrten, denen England sein Emporblühen, seinen Reichtum verdankt, und er nahm auch einen hohen Rang ein in der alten Hauptstadt Schottlands, welche in materieller und geistiger Beziehung den ihr beigelegten Namen »das nordische Athen« unzweifelhaft verdient.

Bekanntlich haben die Engländer für ihre ausgedehnten Kohlendistrikte einen sehr bezeichnenden Namen erfunden. Sie nennen dieselben »Schwarz-Indien«, und sicherlich hat dieses Indien noch weit mehr als Ostindien zu dem überraschenden Reichtume Großbritanniens beigesteuert. Tag und Tag arbeitet dort ein ganzes Volk von Bergleuten daran, aus dem Untergrunde Britanniens die Kohle, die schwarzen Diamanten, zu gewinnen, jenen hochwichtigen Brennstoff, der für die Industrie zur unentbehrlichen Lebensbedingung geworden ist.

Damals lag jener Zeitpunkt, der von Sachverständigen für die Erschöpfung der Kohlenlager berechnet war, noch in ferner Zukunft, und niemand dachte an einen eintretenden Mangel, wo die Kohlenvorräte zweier Welten ihrer Ausnutzung harrten. Den Fabriken zu verschiedensten Zwecken, den Lokomotiven, Lokomobilen, Dampfschiffen, Gasanstalten usw. drohte kein

Mangel an mineralischem Brennmaterial. Der Verbrauch in den letzten Jahren hatte freilich mit solchen Riesenschritten zugenommen, daß einzelne Lagerstätten bis zu ihren schwächsten Adern ausgebeutet waren. Nutzlos durchbohrten und unterminierten jetzt diese aufgelassenen Schächte und verwaisten Stollen den früher ergiebigen Boden.

Ganz so lagen die Verhältnisse bei den Gruben von Aberfoyle.

Zehn Jahre vorher hatte der letzte Hund die letzte Tonne Kohlen aus dieser Lagerstätte zu Tage gefördert. Das gesamte Material der »Teufe«*, die Maschinen zur mechanischen Förderung auf den Geleisen der Stollen, die »Hunde« (kleine Wagen) der unterirdischen Bahnanlagen, die Förderkästen und Körbe, die Vorrichtungen zur Lufterneuerung – kurz alles, was zur bergmännischen Tätigkeit im Schoße der Erde gedient hatte, war herausgeschafft und außerhalb der Gruben aufgespeichert worden. Das erschöpfte Kohlenwerk glich dem Kadaver eines Mastodons von ungeheuerlicher Größe, dem man alle lebenswichtigen Organe entnommen und nur das Knochengerüst übriggelassen hatte.

Von jenem Material waren nur einige lange Holzleitern, welche den Zugang zur Grube durch den Yarow-Schacht vermittelten, zurückgeblieben. Durch diesen letzteren gelangte man jetzt seit Einstellung der Arbeiten ausschließlich nach den Stollen der Grube Dochart.

Äußerlich verrieten noch die Gebäude, welche ehedem zum Schutze der Tagarbeiten errichtet wurden, die Stellen der Schächte genannter Grube, welche jetzt völlig öde und ebenso verlassen war, wie die benachbarten Gruben, die zusammen die Kohlenwerke von Aberfoyle bildeten.

*Der Betrieb eines Schachtes zerfällt in die Arbeiten in der Teufe (Tiefe) und die Tagesarbeiten, die ersten im Innern der Grube, die letzteren außerhalb derselben.

Es war ein trauriger Tag, als die Bergleute damals zum letzten Male die Schächte verließen, in welchen sie so viele Jahre gelebt und gearbeitet hatten.

Der Ingenieur James Starr hatte die Tausende von Arbeitern, die tätige und mutige Bevölkerung des Kohlenwerkes, um sich versammelt. Hauer, Wagentreiber, Steiger, Zufüller, Zimmerer, Wegarbeiter, Schaffner, Sortierer, Schmiede, Schlosser, Männer, Frauen und Greise, Werkleute von unten und oben, alle traten in dem großen Hofe der Grube Dochart zusammen, den vormals die Kohlenvorräte des Werkes füllten.

Die braven Leute, welche jetzt die Sorge um das tägliche Brot zerstreuen sollte – sie, welche so lange Jahre, ein Geschlecht nach dem anderen, in dem alten Aberfoyle verlebt, warteten, bevor sie den Ort verließen, nur noch auf einige Abschiedsworte ihres Ingenieurs. Die Gesellschaft hatte ihnen als Gratifikation die Erträgnisse des laufenden Jahres zukommen lassen. Im Grunde war das nicht viel, denn die Betriebskosten erreichten nahezu den Ertrag der Ausbeute, es gewährte ihnen aber doch die Möglichkeit, sich so lange fortzuhelfen, bis sie entweder an den Kohlenwerken der Nachbarschaft, bei der Landwirtschaft oder in den Werkstätten der Grafschaft eine neue Stellung fanden.

James Starr stand vor der Tür des geräumigen Schuppens, unter welchem die mächtigen Fördermaschinen so lange Zeit hindurch gearbeitet hatten.

Simon Ford, der Obersteiger der Grube Dochart, der damals fünfundfünfzig Jahre zählte, und noch mehrere andere Werkführer bildeten einen Halbkreis um ihn.

James Starr entblößte das Haupt, die Bergleute beobachteten, die Mützen in der Hand, das tiefste Schweigen.

Diese Abschiedsszene trug einen rührenden und doch gleichzeitig großartigen Charakter.

»Meine Freunde«, begann der Ingenieur, »die Stunde der Trennung hat für uns geschlagen. Die Gruben von Aberfoyle, welche uns so lange Zeit zu gemeinschaftlicher Tätigkeit vereinigten, sind erschöpft. Die sorgsamsten Nachforschungen haben nicht die kleinste neue Ader mehr ergeben, und das letzte Stückchen Steinkohle ist aus der Grube Dochart gefördert worden!«

Zur Erläuterung seiner Worte zeigte James Starr den Bergleuten ein Stück Kohle, das in einem Förderwagen zurückgelassen worden war.

»Dieses Kohlenstück, meine Freunde«, fuhr der Ingenieur fort, »gleicht dem letzten Blutkörperchen, das ehemals in den Adern von Aberfoyle zirkulierte! Wir werden dasselbe aufbewahren, ebenso wie das erste Stück Kohle, welches vor nun einhundertfünfzig Jahren aus den Lagerstätten von Aberfoyle zu Tage gebracht wurde. Zwischen diesen beiden Stücken Kohle hat sich so manche Generation von Arbeitskräften in unseren Gruben abgelöst! Jetzt ist alles zu Ende! Die letzten Worte, welche euer Ingenieur an euch richtet, sind Worte des Abschieds. Ihr habt euer Leben gefristet von der Grube, die sich unter euren Händen entleert hat. Die Arbeit war wohl hart, aber nicht ohne Vorteil auch für euch. Unsere große Familie steht im Begriff, auseinanderzugehen, und kaum ist es denkbar, daß sich die zerstreuten Mitglieder derselben jemals wieder zusammenfinden wie heute. Vergeßt deshalb aber niemals, daß wir so lange Jahre miteinander gelebt haben, und daß es den Bergleuten von Aberfoyle eine Ehrenpflicht bleibt, sich gegenseitig zu unterstützen. Auch eure früheren Vorgesetzten werden sich dieser Pflicht immerfort erinnern. Die miteinander gearbeitet haben, die können einander nie ganz fremd werden. Wir werden auch ferner über euch wachen, und wohin ihr als ehrenhafte Leute euch wendet, werden euch unsere Empfehlungen begleiten. So lebt wohl, meine Freunde, Gott sei bei euch!«

Nach diesen Worten umarmte James Starr den ältesten Arbeiter der Grube, dessen Augen sich mit Tränen gefüllt hatten. Dann traten die Steiger der verschiedenen Gruben herzu, um dem Ingenieur noch einmal die Hand zu drücken, während die Bergleute alle die Hüte schwenkten und ihre Empfindungen in den Worten: »Adieu, James Starr, unser Chef und unser Freund!« Luft machten.

Tief grub sich dieses Lebewohl in den Herzen der wackeren Leute ein. Nur nach und nach, als folgten sie ungern dem eisernen Zwange, verließen sie den weiten Hof. Um James Starr ward es still und stiller. Der schwarze Weg nach der Grube Dochart erschallte noch einmal von den Schritten der Bergleute, dann folgte das Schweigen dem geschäftigen Leben, das früher an den Kohlenwerken von Aberfoyle geherrscht hatte.

Nur ein einziger Mann war neben James Starr zurückgeblieben.

Es war der Obersteiger Simon Ford. Neben ihm stand ein junger Mensch von fünfzehn Jahren, sein Sohn Harry, der schon seit mehreren Jahren in dem Schachte tätig gewesen war.

James Starr und Simon Ford kannten einander und achteten sich gegenseitig ebenso lange.

»Adieu, Simon«, sagte der Ingenieur.

»Adieu, Herr James«, antwortete der Obersteiger, »oder lassen Sie mich lieber sagen: Auf Wiedersehen!«

»Ja, ja, Simon«, wiederholte James Starr, »Sie wissen, daß ich stets erfreut sein werde, Sie wiederzutreffen und mit Ihnen von den alten schöneren Zeiten Aberfoyles zu plaudern.«

»Ich weiß es, Herr James.«

»Mein Haus in Edinburgh steht Ihnen allezeit offen.«

»Oh, das ist weit, Edinburgh!« erwiderte der Obersteiger kopfschüttelnd; »ja sehr weit von der Grube Dochart!«

»Weit, Simon, wo denken Sie denn zu wohnen?«

»Hier, auf dieser Stelle, Herr James; wir werden das Werk, unsere alte Ernährerin, nicht verlassen, weil dessen Hilfsquellen jetzt versiegt sind. Meine Frau, mein Sohn und ich, wir werden uns einzurichten wissen, um der Grube treu zu bleiben.«

»Leben Sie wohl, Simon«, antwortete der Ingenieur, der seiner Erregung nur schwer Meister wurde.

»Nein, ich sag' es noch einmal, nicht leben Sie wohl, sondern auf Wiedersehen, Herr James. Auf Simon Fords Wort, wir werden uns in Aberfoyle wiederfinden!«

Der Ingenieur wollte dem Obersteiger diese letzte Hoffnung nicht rauben. Er umarmte den jungen Harry, der ihn mit großen, seine Erregung verratenden Augen ansah. Zum letzten Male drückte er Simon Ford die Hand und verließ den Hof des Kohlenwerkes.

Das hier Erzählte spielte vor nun zehn Jahren; aber trotz des vom Obersteiger geäußerten Wunsches, ihn einmal wiederzusehen, hatte James Starr niemals wieder etwas von ihm gehört.

Nach sehr langer Trennung erhielt er jetzt jenen Brief von Simon Ford, der ihn aufforderte, ohne Verzug den Weg nach den alten Kohlenwerken von Aberfoyle einzuschlagen.

Eine Mitteilung von besonderem Interesse für ihn? Was konnte diese betreffen? Die Grube Dochart, der Yarow-Schacht! Welche Erinnerungen erweckte das noch einmal in seinem Geiste! Oh, das war doch eine schöne Zeit gewesen, jene Zeit der Arbeit und des

Kampfes, die schönste Zeit seines Lebens als Ingenieur!

James Starr durchflog das Schreiben immer und immer wieder. Er bedauerte, daß Simon Ford nicht eine Zeile mehr hinzugefügt habe; er zürnte ihm fast wegen dieser lakonischen Kürze.

War es denn möglich, daß der alte Obersteiger vielleicht doch noch eine neue abbauwürdige Kohlenader entdeckt hätte? Nein, gewiß nicht!

James Starr entsann sich, wie sorgfältig die ganzen Gruben von Aberfoyle untersucht worden waren, bevor man die Arbeiten definitiv einstellte. Er selbst hatte die letzten Bohrversuche geleitet, ohne eine neue Lagerstätte in dem durch die intensivste Ausbeutung entwerteten Boden zu finden. Man hatte sogar den Anfang gemacht, die Tiefe unter jenen Gesteinsschichten, welche gewöhnlich unter der Steinkohle getroffen werden, wie der rote devonische Sandstein, aufzuschließen, aber leider ohne Erfolg. James Starr hatte das Bergwerk also mit der festen Überzeugung verlassen, daß es nicht mehr ein Stückchen Brennmaterial enthalte.

»Nein«, wiederholte er sich öfters, »nein! Wie wäre anzunehmen, daß Simon Ford das aufgefunden hätte, was sich damals meinen genauesten Nachforschungen entzog? Doch muß der alte Obersteiger ja wissen, daß mich nur *eine* Sache interessieren könnte, und nun diese geheimzuhaltende Einladung, nach der Grube Dochart zu kommen!« ...

James Starr kam immer wieder hierauf zurück.

Andererseits kannte der Ingenieur Simon Ford als einen geschickten Bergmann, dem unleugbar ein gewisser Geschäftsinstinkt eigen war. Seit der Zeit, wo Aberfoyle aufgelassen worden war, hatte er ihn nicht wiedergesehen und hatte keinerlei Nachricht darüber, was aus dem alten Obersteiger geworden sei. Er hätte nicht zu sagen vermocht, womit jener sich beschäftige, oder wo er mit seiner Frau und seinem Sohne wohne. Alles was er wußte, beschränkte sich auf diese Einladung nach dem Yarow-Schachte und auf die Mitteilung, daß Harry, Simon Fords Sohn, ihn im Laufe des morgenden Tages am Bahnhofe in Callander erwarten werde. Es handelte sich hier also offenbar darum, die Grube Dochart zu besuchen.

»Ich gehe, ich gehe!« sagte James Starr, der seine Aufregung mehr und mehr zunehmen fühlte.

Der würdige Ingenieur gehörte nämlich zu jener Kategorie leidenschaftlicher Leute, deren Hirn fortwährend ebenso im Sieden ist wie ein Kessel über einer Flamme. Es gibt derlei Köpfe, in welchen die Ideen immer im heftigsten Aufwallen sind, andere, in denen sie nur langsam kochen. Heute gehörte James Starr unbestritten zu den ersteren.

Da ereignete sich plötzlich ein sehr unerwarteter Zwischenfall. Er glich dem Tropfen kalten Wassers, der für den Augenblick alle aufsteigenden Dämpfe in seinem Gehirne niederschlug.

Gegen sechs Uhr abends überreichte der Diener James Starrs diesem einen zweiten Brief.

Derselbe befand sich in einem ziemlich groben Kuvert, an dessen Aufschrift man eine des Schreibens nicht besonders gewohnte Hand erkannte.

James Starr zerriß den Umschlag. Er enthielt nur ein Stück durch die Zeit vergilbtes Papier, das einem schon seit langem nicht in Gebrauch gewesenen Notizbuch entnommen schien.

Auf diesem Papier stand nur allein der folgende Satz zu lesen: »Es ist unnötig für den Ingenieur Starr, sich zu bemühen, da der Brief Simon Fords inzwischen gegenstandslos geworden ist.«

Eine Unterschrift war nicht vorhanden.

Zweites Kapitel

Unterwegs

Der Gedankengang James Starrs wurde plötzlich unterbrochen, als er diesen zweiten, dem erstempfangenen widersprechenden Brief gelesen hatte.

»Was soll das heißen?« fragte er sich.

James Starr nahm den halbzerrissenen Umschlag wieder auf, der ebenso wie der andere den Poststempel von Aberfoyle zeigte, also jedenfalls aus demselben Teile der Grafschaft Stirling gekommen war. Daß der alte Bergmann ihn nicht geschrieben habe, lag auf der Hand. Dagegen kannte der Verfasser dieses zweiten Briefes das Geheimnis des Obersteigers, da er die dem Ingenieur zugegangene Einladung, nach dem Yarow-Schachte zu kommen, ausdrücklich aufhob.

Sollte es denn wahr sein, daß jene erste Mitteilung gegenstandslos geworden sei? Wollte man nur verhindern, daß James Starr sich mit oder ohne Zweck dahin bemühe? Oder lag hier vielleicht die böse Absicht zugrunde, Simon Fords Vorhaben zu durchkreuzen?

Diese Gedanken stiegen in James Starr, als er sich die Sache überlegte, auf. Der Widerspruch zwischen den beiden Briefen aber reizte ihn nur um so mehr, sich nach der Grube Dochart zu begeben. Selbst wenn die ganze Einladung nur auf eine Mystifikation hinausliefe, hielt er es für besser, sich darüber Gewißheit zu verschaffen. Dabei war er immer geneigt, dem ersten Schreiben mehr Glauben beizumessen als dem nachfolgenden – d. h. der Einladung eines Mannes wie Simon Ford mehr, als der Absagung seines namenlosen Gegners.

»Gerade da man meinen Entschluß zu beeinflussen sucht«, sagte er sich, »muß wohl die Mitteilung Simon

Fords von ganz besonderem Interesse sein! Ich werde morgen zu gelegener Zeit an dem bestimmten Orte sein!«

Gegen Abend traf James Starr die nötigen Vorbereitungen zur Abreise. Da seine Abwesenheit sich leicht auf einige Tage ausdehnen konnte, benachrichtigte er Sir W. Elphiston, den Präsidenten der Royal-Institution, brieflich, daß er der nächsten Sitzung der Gesellschaft beizuwohnen verhindert sei. Er befreite sich auch von zwei oder drei anderen Geschäften, die ihn noch diese Woche in Anspruch genommen hätten. Nachdem er endlich seinem Diener Auftrag gegeben, seine Reisetasche in Ordnung zu bringen, legte er sich, von der ganzen Angelegenheit vielleicht mehr als nötig aufgeregt, zur Ruhe.

Am anderen Morgen um fünf Uhr stand James Starr schon auf, kleidete sich warm an, denn es fiel ein kalter Regen, und verließ das Haus in der Canongate, um vom Grantonpier aus das Dampfboot zu benutzen, das in drei Stunden den Forth bis nach Stirling hinauffährt.

Als James Starr die Canongate* durchschritt, sah er sich vielleicht zum ersten Male nicht nach Holyrood, dem Palaste der früheren Regenten von Schottland, um. Er bemerkte vor dessen Toren die Wache nicht, welche davorstand in dem alten schottischen Kostüme, dem grünen kurzen Rock, karierten Schal und mit dem langhaarigen bis auf die Schenkel herabhängenden Ziegenfelle. Obwohl ein großer Verehrer von Walter Scott, wie ein jeder echte Sohn des alten Kaledoniens, würdigte er heute das Gasthaus doch keines Blickes, in welchem Waverley abstieg und woselbst ihm der Schneider das berühmte Kriegskleid brachte, das die Witwe Flock so naiv bewunderte. Er begrüßte auch den kleinen Platz nicht, auf dem die Bergschotten nach dem Siege des

*Eine berühmte Hauptstraße des alten Edinburgh.

Prätendenten und auf die Gefahr hin, Flora Mac Tvor zu erschießen, ihre Gewehre abfeuerten. In der Mitte der Straße zeigte die Uhr des Gefängnisses ihr trauriges Zifferblatt; er sah nur danach, um sich zu überzeugen, daß er die Zeit der Abfahrt nicht versäume. Auch in Nelher-Bow richtete er den Blick nicht nach dem Hause des großen Reformators John Knox, des einzigen Mannes, den das Lächeln Maria Stuarts nicht verführte. Durch die Highstreet, die weitbekannte Straße, deren genaue Beschreibung man in dem Roman des Abbé findet, wendete er sich nach der gigantischen Brücke, der Bridgestreet, welche die drei Hügel Edinburghs miteinander verbindet.

Wenige Minuten später langte er bei dem Bahnhof des »General railway« an, und eine halbe Stunde später erreichte er mit dem Zug Newhaven, ein hübsches Fischerdorf, eine Meile von Leith, das den Hafen Edinburghs bildet. Die steigende Flut bedeckte daselbst den schwärzlichen, steinigen Strand. Die Wellen bespülten dort einen auf Pfählen errichteten und von Ketten gehaltenen Hafendamm. Zur Linken desselben lag eines der Boote, welche den Verkehr auf dem Forth, zwischen Edinburgh und Stirling vermitteln, am Grantonpier(-pfeiler) gekettet.

In diesem Augenblicke wirbelten aus dem Schornstein des »Prince de Galles« schwarze Rauchwolken auf, und zischend blies der Kessel überflüssigen Dampf ab. Bei dem Tone der Glocke, welche nur wenige Male anschlug, beeilten sich die letzten Passagiere, noch das Schiff zu erreichen. Da tummelten sich untereinander eine Menge Kaufleute, Pächter, nebst einer Anzahl Diener, welche letztere man an den kurzen Kniehosen, langen Überröcken und einem schmalen weißen Streifen rings um den Hals erkannte.

James Starr war nicht der letzte, der sich einschiffte.

Er sprang leicht aufs Verdeck des »Prince de Galles«. Obwohl es heftig regnete, dachte doch keiner der Passagiere daran, im Salon des Dampfers Schutz zu suchen. Alle blieben unbeweglich und in Reisedecken und Mäntel eingehüllt sitzen; einige stärkten sich dann und wann durch einen Schluck Gin oder Whisky aus der Feldflasche, was man dort »sich inwendig anziehen« zu nennen pflegt. Ein letztes Läuten der Glocke ertönte, die Taue wurden gelöst und der »Prince de Galles« wand sich durch einige vorsichtige Bewegungen aus dem kleinen Bassin heraus, das ihn vor den Wogen des Meeres schützte.

Der »Firth of Forth« ist der Name des Golfes, der sich zwischen den Grafschaften Fife im Norden und Linlithgow, Edinburgh und Haddington im Süden ausbreitet. Er bildet den Ausfluß des Forth, eines unbedeutenden Flusses, der ähnlich der Themse oder Mersey sehr tief ist und, von den westlichen Abhängen des Ben-Lomond herabfallend, sich in das Meer von Kincardine ergießt.

Vom Granton-pier bis zum Ende des Golfes wäre nur eine geringe Strecke, wenn nicht die Notwendigkeit, wiederholt an beiden Ufern anzulegen, große Umwege veranlaßte. Städte, Dörfer und einzelne Landsitze schimmern an den Ufern des Forth aus den üppigen Baumgruppen der fruchtbaren Landschaft hervor. James Starr stand geschützt unter der Kapitänsbrücke, welche von dem einen Radkasten zu dem anderen führt, und gab sich offenbar gar keine Mühe, etwas von der Umgebung zu sehen, welche die schrägen Striche des Regens ohnehin halb verhüllten. Er achtete vielmehr darauf, nicht die Aufmerksamkeit irgendeines Passagiers zu erregen. Vielleicht befand sich der Urheber des zweiten Briefes jetzt mit auf dem Dampfer, obgleich der Ingenieur nirgends einen verdächtigen Blick bemerkte.

Nachdem der »Prince de Galles« Granton-pier verlassen, wendete er sich nach der engen Durchfahrt zwischen den beiden weit hervorspringenden Landspitzen von South- und North-Queensferry, jenseits welcher der Forth eine Art See bildet, den noch Schiffe von hundert Tonnen befahren können. Zwischen den Nebeln des Hintergrundes zeigten sich durch einige offene Stellen des Horizontes die schneeigen Gipfel der Grampianberge.

Bald ließ das Dampfboot das Dorf Aberdour hinter sich, ebenso wie die von den Ruinen eines Klosters aus dem 12. Jahrhundert gekrönte Insel Colm, die Überreste des Schlosses von Barnbougle, ferner Donibristle, wo der Schwiegersohn des Regenten Murray ermordet ward, und das befestigte Eiland Garvin. Es durchschnitt die schmale Wasserstraße bei Queensferry, ließ das Schloß von Rosyth, in dem ehemals ein Zweig der Stuarts, dem sich die Mutter Cromwells anschloß, residierte, zur Linken, passierte Blackneß-castle, das gemäß einem Artikel der Verfassung stets in Verteidigungszustand ist, und berührte die Quais des kleinen Hafens Charleston, den Exportplatz für den Kalkstein aus den Brüchen des Lord Elgin. Endlich signalisierte die Glocke des »Prince de Galles« die Station Crombie-point.

Das Wetter war sehr schlecht. Der von einem heftigen Wind gepeitschte Regen zerstäubte sich zu nassen Wolken, welche trombenähnlich vorüberflogen.

James Starr ward etwas unruhig. Würde der Sohn Simon Fords wie versprochen zur Stelle sein? Er wußte aus Erfahrung, daß die an die gleichmäßige Ruhe der tiefen Kohlengruben gewöhnten Bergleute sich weniger gern der Unbill der Atmosphäre aussetzen als die Tagarbeiter und die Landleute. Von Callander bis zur

Grube Dochart und dem Yarow-Schacht rechnete man eine Entfernung von reichlich vier Meilen. Möglicherweise hatte sich der Sohn des alten Obersteigers doch abhalten lassen oder durch die üble Witterung verspätet. Dazu kam noch der Gedanke, daß der zweite Brief ja überhaupt die erste Einladung aufhob, ein Umstand, der seine Sorge nur noch vermehren mußte.

Immerhin hielt er an dem Entschlusse fest, für den Fall, daß Harry Simon bei Ankunft des Zuges in Callander nicht da sein sollte, sich allein nach der Grube Dochart, und wenn es nötig erschien, selbst bis Aberfoyle zu begeben. Dort durfte er hoffen, Nachrichten von Simon Ford zu erhalten, und auch zu erfahren, wo der alte Obersteiger jetzt wohl hauste.

Inzwischen wühlte der »Prince de Galles« fortwährend große Wellen unter dem Schlage seiner Schaufeln auf. Jetzt sah man von beiden Ufern gar nichts mehr, weder das Dorf Crombie, noch Torrybourn oder Torryhouse, weder Newmills noch Carridenhouse, ebenso wie Kirkyrange und Salt-Pans, der unbedeutende Hafen von Bowneß und der von Grangemouth, welcher an der Mündung des Kanals von Clyde liegt, in dem feuchten Nebel verschwanden. Ganz ebenso blieben Cubroß, die alte Burg und die Ruinen seiner Abtei, Citeaux, Kincardine mit seinen Werften, woselbst der Steamer anlief, Ayrth-castle samt seinem viereckigen Turme aus dem 13. Jahrhundert, Clarkmann nebst seinem für Robert Bouee gebauten Schlosse, wegen des fortdauernden Regens so gut wie unsichtbar.

Der »Prince de Galles« hielt am Hafendamme von Alloa an, um einige Passagiere abzusetzen. James Starr empfand einen Druck im Herzen, als er nach zehn Jahren wieder an dieser kleinen Stadt vorbeikam, die als Mittelpunkt eines wichtigen Kohlenwerkbetriebes noch heute eine zahlreiche Arbeiterschar ernährte. Sein

Phantasie führte ihn hinab unter die Erde, wo die Spitzhaue der Bergleute noch immer mit bestem Erfolge den Bodenschätzen nachging. Diese Minen von Alloa, die nächsten Nachbarn derer von Aberfoyle, bereicherten noch immer die Grafschaft, während die angrenzenden, schon seit so vielen Jahren erschöpften Werke keinen einzigen Arbeiter zählten.

Als der Dampfer Alloa verließ, mußte er sich mühsam durch die vielen Bogen winden, welche der Forth in seinem Verlaufe von neunzehn Meilen macht. Für einen Augenblick erschienen durch eine Lichtung die Ruinen der Abtei von Cambuskenneth, welche auf das 12. Jahrhundert zurückreichen. Dann kam man nach dem Schlosse von Stirling und der königlichen Burg dieses Namens; von wo aus der von zwei Brücken überspannte Forth für bemastete Schiffe nicht weiter fahrbar ist.

Kaum hatte der »Prince de Galles« angelegt, als der Ingenieur leichten Fußes auf den Quai hinübersprang. Fünf Minuten später erreichte er den Bahnhof von Stirling, und eine Stunde darauf verließ er den Zug in Callander, einem großen Dorf auf dem linken Ufer des Leith.

Dort vor dem Bahnhofe wartete ein junger Mann, der sogleich auf den Ingenieur zukam.

Es war Harry, der Sohn Simon Fords.

Drittes Kapitel

Der Untergrund des Vereinigten Königreichs

Für das Verständnis des Folgenden empfiehlt es sich, die Geschichte der Steinkohlenformation hier auszugsweise darzulegen.

Während der geologischen Epoche, als das Erdsphäroid noch in der Bildung begriffen war, umhüllte es eine dichte Atmosphäre, welche neben reichlichen Wasserdünsten vorzüglich auch eine große Menge Kohlensäure enthielt. Allmählich schlugen sich diese Dunstmassen als diluvianische Regen nieder und strömten mit einer Gewalt herab, als sprängen sie aus Millionen Milliarden Selterswasser-Flaschen hervor. Jedenfalls war es eine sehr kohlensäurereiche Flüssigkeit, die sich damals über den halbweichen Erdboden ergoß, welcher fortwährend noch stürmischer oder langsamer verlaufende Umwälzungen erlitt, und in diesem kaum konsolidierten Zustande ebenso durch die äußere Sonnenwärme, wie durch das Zentralfeuer des Planeten erhalten wurde. Die Wärme im Innern hatte sich damals noch nicht so entschieden in dem Mittelpunkte der Erdkugel gespeichert. Die minder dicke und unvollkommen erhärtete Erdkruste ließ sie noch durch ihre Poren ausströmen, daher erklärt sich jene riesenmäßig wuchernde Vegetation der Vorzeit, wie sie jetzt noch auf der Venus und dem Merkur als Folge ihrer geringeren Entfernung von der Sonne vorhanden sein mag.

Der jenerzeit noch nicht bestimmt umgrenzte Boden der Kontinente bedeckte sich mit ungeheuren Wäldern. Die für die Ernährung der Pflanzenwelt so notwendige Kohlensäure war im Überfluß vorhanden. Alle Gewächse sproßten in Gestalt von Bäumen auf, kraut- und grasartige Pflanzen gab es noch nicht. Überall drängten sich die ziemlich monotonen Baumriesen, ohne Blüten oder Früchte, zusammen, welche noch keinem lebenden Wesen hätten Nahrung bieten können. Die Erde mußte erst reifer werden, um die Entwicklung des Tierreiches zu ermöglichen.

In den antediluvianischen Wäldern herrschte die Klasse der Gefäßkryptogamen bei weitem vor. Calamiten, Varietäten baumartiger Schachtelhalme, Lepidodendrons, riesenhafte, fünfundzwanzig bis dreißig Meter hohe und am Grunde des Stammes ein Meter dicke Lycopodien, Farnkräuter, Sigillarien von erstaunlicher Größe, von denen man Musterexemplare in den Gruben von St. Etiennes auffand – lauter ungeheure Pflanzen, deren verwandte Nachkommen wir jetzt nur in den niedrigsten Klassen der Pflanzenwelt unserer bewohnten Erde wiedererkennen – das waren, zwar arm an Arten, aber gewaltig in ihrer Entwicklung, die Repräsentanten des Pflanzenreiches, welche ausschließlich die Urwälder jener Epoche bildeten.

Diese Bäume wurzelten überdies in einer Art grenzenloser Lagune, einer Mischung aus süßem und salzigem Wasser. Gierig assimilierten sie die Kohlensäure der zur Atmung noch untauglichen Atmosphäre, so daß man sagen kann, sie waren dazu bestimmt, dieselbe unter der Form der Steinkohle in den Eingeweiden der Erde unschädlich zu machen.

Damals war die Zeit der Erdbeben, der furchtbarsten Erschütterungen des Bodens, eine Folge der Revolutionen des Innern und der plutonischen Arbeit, welche oft plötzlich die noch unsicheren Linien der Erdoberfläche veränderten. Hier wuchsen Bodenerhebungen auf, welche später zu Bergen wurden; dort öffneten sich Schlünde, Abgründe und Senkungen, die Betten der späteren Meere und Ozeane. Dabei sanken ganze Waldstrecken in den Erdboden ein, bis sie entweder auf dem schon härteren Urgebirgsgranit eine Lagerstätte fanden oder durch ihre Anhäufung sich selbst zu einem schwerer beweglichen Ganzen verdichteten.

Der geologische Bau des Erdinnern zeigt nämlich folgende Anordnung: Zuunterst treffen wir die paläozoische oder primäre Formation (mit Gneis, Granit usw.), in deren oberen Schichten, unter dem sogenannten Rotliegenden, die Steinkohle eingebettet ist. Darauf folgt die mesozoische oder sekundäre Formation (mit Buntsandstein, Muschelkalk usw.); über dieser lagert die känozoische oder tertiäre Formation und endlich die quaternäre, das Gebiet der älteren und neueren Alluvien.

In jener Kindeszeit der Erde stürzte sich das noch von keinem Bette eingedämmte und durch die reichliche Verdunstung überall hingeführte Wasser von den kaum gebildeten Felsen herab und riß abgewaschene Schiefer-, Sand- und Kalkgesteine mit sich fort. Diese lagerten sich über den Torfmoorwäldern ab und bildeten die Elemente, welche die Steinkohlenschichten überdeckten. Mit der Zeit – aber freilich handelt es sich hier stets um Millionen von Jahren – erhärteten diese Schichten und verschlossen die ganze Masse der gesunkenen Wälder mit einem dichten Panzer von Puddingsteinen, Schiefern, festem oder zerreiblichem Sandstein, Sand und Kies.

Was ging nun in jenem Riesenkolben vor, in dem sich das vegetabilische Grundmaterial in verschiedenen Tiefen zusammengehäuft hatte? Es vollzog sich ein wirklicher chemischer Prozeß, eine Art Destillation. Aller Kohlenstoff jener Pflanzenmassen sammelte sich darin, und nach und nach entstand daraus die Steinkohle unter dem zweifachen Einflusse eines enormen Druckes und einer sehr hohen Temperatur, welche von dem jenerzeit noch so benachbarten Feuer des Erdinnern herrührte.

So trat infolge dieser langsamen, aber unwiderstehlichen Reaktion ein Reich an die Stelle des anderen. Die Pflanzen bildeten sich zu Mineralien um. Alles, was sein vegetatives Leben dem Nahrungsüberfluß der ersten Tage verdankte, versteinerte jetzt. Verschiedene, in jenen ungeheuren, noch unvollkommen veränderten Pflanzenmassen eingeschlossene Substanzen hinterließen ihren Abdruck auf anderen, schneller erhärteten Produkten, welche sie wie eine hydraulische Presse mit unberechenbar großer Gewalt zusammendrückten. Zu gleicher Zeit entstanden auf der noch weicheren Steinkohle jene zarten, »wunderbar fein gezeichneten« Abdrücke von Muscheltieren, Zoophyten, Seesternen, Polypen, Spiriferen, ja selbst von mit dem Wasser hinabgeführten Fischen und Eidechsen.*

Bei der Bildung von Kohlenlagern scheint vorzüglich der darauf lastende Druck eine einflußreiche Rolle gespielt zu haben. Höchstwahrscheinlich bestimmte der Grad desselben die Bildung der mannigfachen Steinkohlensorten, die wir jetzt verbrauchen. So erscheint in den tiefsten Schichten der Erde der Anthrazit, dem fast jede flüchtige Substanz abgeht und der dafür am reichsten an Kohlenstoff ist. In den höheren Lagern tritt dagegen der Lignit und das fossile Holz auf, Substanzen, welche weit weniger Prozente Kohlenstoff enthalten. Zwischen diesen beiden äußersten Schichten trifft man, je nach dem Grade des Druckes, der auf den Ablagerungen lastete, den Graphit, die fetten und die mageren Steinkohlen. Man ist auch zu der Annahme berechtigt, daß die Torfmoore nur wegen Mangels an Druck sich nicht weiter umbildeten.

*Hierher gehört die Bemerkung, daß alle jene Pflanzen, deren Abdrücke man findet, jetzt nur im Äquatorialgebiete vorkommen. Man schließt daraus auf eine damals gleichmäßige Verteilung der Wärme über der Erdoberfläche, ob diese nun von Strömungen warmen Wassers oder von dem Durchdringen derselben durch die porösere Erdrinde herrührte. So erklärte sich die Entstehung von Steinkohlenschichten unter allen Breiten.

Der Ursprung der Steinkohlen, an welcher Stelle der Erde man sie auch immer finden mag, dürfte also kurz folgender sein: Versenkung ausgedehnter Wälder der geologischen Epoche in die Erdrinde, dann Mineralisation der Pflanzensubstanz durch die Wirkung des Drukkes und der Wärme und unter gleichzeitigem Einfluß der Kohlensäure.

Die sonst so freigebige Natur hat aber nicht genug Wälder untergehen lassen, um einen mehrtausendjährigen Verbrauch zu sichern – die Steinkohle wird einmal zu Ende gehen, das unterliegt keinem Zweifel. Die Maschinen der ganzen Welt werden einst zu feiern gezwungen sein, wenn es nicht gelingen sollte, die Kohle durch ein anderes Heizmaterial zu ersetzen. In mehr oder weniger entfernter Zeit wird es keine weiteren Lager geben als diejenigen, welche vielleicht in Grönland oder in der Nachbarschaft des Baffinsmeeres eine ewige Eisdecke begräbt und an deren Ausbeutung selbstverständlich kaum zu denken ist. Das ist das unvermeidliche Los! Die jetzt noch so ergiebigen Kohlenlager Amerikas am Großen Salzsee, am Oregon, in Karlifornien, werden dereinst nur eine ungenügende Ausbeute liefern. Dasselbe wird mit den Lagerstätten des Cap Breton, von St. Laurent, Alleghany, Pennsylvanien, Virginien, Illinois, Indiana und Missouri der Fall sein. Obwohl der Kohlenreichtum Amerikas den der gesamten anderen Erde um das Zehnfache übertrifft, die Jahrhunderte werden nicht verrinnen, ohne daß das tausendschlündige Ungeheuer Industrie auch das letzte Stückchen Steinkohle der Erde verschlungen haben wird.

Ein Mangel wird nach dem Vorhergehenden sich also zuerst in der Alten Welt fühlbar machen. Wohl existieren in Abessinien, Natal, am Zambesi, in Mozambique, auf Madagaskar noch sehr reiche Vorräte des mineralischen Brennstoffes; ihre geordnete Ausbeutung aber stößt auf die größten Schwierigkeiten. Die von China, Cochinchina, Birma, Japan und Zentralasien dürften schnell genug erschöpft werden. Die Engländer werden Australien mit seinem an Kohlenadern so reichen Boden gewiß vollständig ausgeraubt haben, bevor es dem Vereinigten Königreiche an Brennmaterial gebricht. Zu dieser Zeit aber werden die bis in ihre feinsten Ausläufer erschöpften Kohlenminen Europas schon längst aufgelassen worden sein.

Für die aufgeschlossene Größe der Kohlenlager der Erde geben nachfolgende Zahlen einen Anhaltepunkt. Das kohlenreichste Land ist unzweifelhaft Nordamerika mit 30000000 Hektar Kohlenfeldern, dann folgen England mit 1570000 Hektar; Frankreich mit 350000; Preußen und Sachsen mit 300000; Belgien, Spanien und Österreich mit je 150000; auch Rußland, China und Japan sind reich an Steinkohlen. Die jährliche Produktion betrug durchschnittlich im laufenden Jahrzehnt: in England 104791415 Tonnen; in Preußen 22731532 Tonnen; in Frankreich 12804100 Tonnen; in Belgien 12755822 Tonnen; in Österreich-Ungarn 6081736 Tonnen; in Sachsen 2871553 Tonnen; in ganz Europa 167243000 Tonnen. In Amerika wurden dazu gefördert jährlich ca. 26000000, in Australien 788000, in Asien 558000 Tonnen im Gesamtwerte von etwas über eine halbe Milliarde Gulden oder einundeinachtel Milliarde Mark!

In Europa ist also Großbritannien unzweifelhaft das kohlenreichste Land. Mit Ausnahme von Irland, das des mineralischen Brennmaterials fast vollständig entbehrt, besitzt es zwar enorme, aber nichtsdestoweniger erschöpfliche Reichtümer an Kohle. Das bedeutendste der einzelnen Bassins, das von Newcastle, welches den ganzen Untergrund der Grafschaft Northumberland einnimmt, produziert jährlich gegen dreißig Millionen

Tonnen, d. h. nahezu den dritten Teil des englischen Konsums, und zweiundeinhalbmal soviel als die Gesamtproduktion Frankreichs. Das Bassin von Galles, das in Cardiff, Swansea und Newport eine ganze Bevölkerung von Bergleuten sammelte, liefert jährlich zehn Millionen Tonnen der so gesuchten Steinkohle dieses Distriktes. Weiter im Innern beutet man die Bassins der Grafschaften von York, Lancaster, Derby und Stafford aus, welche zwar minder ergiebig, aber dennoch von großer Bedeutung sind. Endlich breitet sich zwischen Glasgow und Edinburgh in demjenigen Teile Schottlands, in den seine beiden umgebenden Meere so tief einschneiden, eines der ausgedehntesten Kohlenbassins aus. Die Summe aller dieser Kohlenreviere bedeckt, wie erwähnt, einen Flächenraum von fast sechzehnhunderttausend Hektar und liefert jährlich die ungeheure Menge von fast hundertfünf Millionen Tonnen des schwarzen Brennstoffes.

Trotz alledem drohen aber die Bedürfnisse des Handels und der Industrie in so ungeheurem Maße zu wachsen, daß auch diese reichen Quellen einst versiegen müssen. Das dritte Jahrtausend der christlichen Zeitrechnung wird noch nicht zu Ende sein, wenn die Hand des Bergmannes in Europa schon jene Magazine entleert hat, in denen, um ein beliebtes Bild zu gebrauchen, »die Sonnenwärme der ersten Erdentage« aufgestapelt liegt.*

Gerade zu der Zeit, in der unsere Erzählung spielt, war eines der bedeutendsten Bassins im schottischen Kohlenreviere durch übermäßig schnellen Abbau erschöpft worden. Es geschah das in dem zehn bis zwölf

---

*Mit Zugrundelegung des zunehmenden Steinkohlenkonsums rechnet man, daß die mineralischen Brennstoffe Europas zu Ende gehen werden: in Frankreich nach 1140 Jahren, in England nach 800 Jahren, in Belgien nach 750 Jahren, in Deutschland nach 300 Jahren. Amerika freilich würde bei einer Produktion von 500 Millionen Tonnen für 6000 Jahre Vorrat haben.

Meilen breiten Gebiete zwischen Edinburgh und Glasgow, und betraf die Kohlenwerke von Aberfoyle, deren technischer Leiter, wie wir wissen, James Starr so lange Zeit hindurch gewesen war.

Seit zehn Jahren schon stand in diesen Schächten und Stollen die Arbeit still. Neue Adern fanden sich nicht, obwohl man damals die Bohrversuche bis zur Tiefe von fünfzehnhundert, ja selbst bis zweitausend Fuß fortsetzte, und als James Starr sich dann zurückzog, geschah es mit der Überzeugung, daß selbst die geringste Kohlenader bis in ihre letzten Ausläufer ausgebeutet sei.

Es liegt unter diesen Verhältnissen auf der Hand, daß die Auffindung einer neuen Kohlen führenden Schicht in dem Untergrunde Englands ein bedeutungsvolles Ereignis gebildet hätte. Bezog sich nun die ihm von Simon Ford versprochene Mitteilung auf einen derartigen Fund? Diese Frage legte sich James Starr mit dem geheimen Wunsche, sie bejaht zu sehen, vor.

Kurz, rief man ihn nach einem anderen Punkte jenes reichen Schwarz-Indiens zu erneuter Tätigkeit auf? – Er hoffte es so sehr.

Der zweite Brief hatte seinen Gedankengang allerdings aus jener ersten Richtung abgelenkt, doch legte er auf denselben jetzt weniger Wert. Der Sohn des alten Obersteigers war ja da und erwartete ihn an der verabredeten Stelle. Der anonyme Brief hatte also jedenfalls keine ernste Bedeutung.

Sobald der Ingenieur den Fuß ans Land setzte, kam der junge Mann auf ihn zu.

»Du bist Harry Ford?« fragte ihn James Starr lebhaft, ohne jede andere Einleitung.

»Ja, Herr Starr.«

»Ich hätte dich kaum wiedererkannt, mein Sohn! Oh, was ist doch aus dem Knaben in zehn Jahren für ein

Mann geworden!«

»Ich erkannte Sie jedoch sofort«, antwortete der junge Bergmann. »Sie haben sich gar nicht verändert; Sie, Herr Starr, sind noch immer derselbe, der mich am Tage des Abschieds von der Grube Dochart umarmte! Oh, so etwas vergißt sich nicht so leicht.«

»Zunächst setze deine Mütze auf, Harry«, mahnte der Ingenieur; »es regnet in Strömen, die Höflichkeit braucht nicht bis zum Schnupfenfieber zu reichen.«

»Wollen Sie, daß wir vor der Hand irgendwo Schutz suchen, Herr Starr?« fragte Harry Ford.

»Nein, Harry. Die Zeit ist gemessen. Es regnet voraussichtlich den ganzen Tag fort und ich habe Eile. Laß uns aufbrechen.«

»Ganz wie Sie wünschen«, erwiderte der junge Mann.

»Sag mir, Harry, dein Vater befindet sich wohl?«

»Ganz wohl, Herr Starr.«

»Und deine Mutter?«

»Die Mutter auch.«

»Dein Vater hatte mir doch geschrieben, mit ihm am Yarow-Schacht zusammenzutreffen?«

»Nein, geschrieben hatte ich den Brief.«

»Aber Simon Ford sandte mir eine zweite Nachricht, durch welche jenes Zusammentreffen abgesagt ward?«

»O nein, gewiß nicht!« antwortete der junge Bergmann.

»Nun gut!« schloß James Starr, ohne des zweiten anonymen Schreibens für jetzt weiter Erwähnung zu tun.

Später nahm er wieder das Wort:

»Kannst du wohl sagen, was der alte brave Simon mir mitzuteilen hat?« fragte er den jungen Mann.

»Mein Vater hat sich vorbehalten, das nur selbst zu tun.«

»Aber du weißt es?«

»Ja.«

»Nun, Harry, ich will dich nicht weiter darum fragen. Also vorwärts; mich drängt es, Simon Ford zu sprechen. Doch da fällt mir ein, wo wohnt er denn?«

»In der Grube.«

»Wie? In der Grube Dochart?«

»Jawohl, Herr Starr«, bestätigte Harry Ford.

»Deine Familie hat also das Kohlenwerk seit dem Aufhören der Arbeiten nicht verlassen?«

»Keinen Tag, Herr Starr. Sie kennen den Vater. Da, wo er das Licht der Welt erblickte, will er auch sterben!«

»Ich verstehe, Harry ... ja, ja, ich weiß! Es ist sein Geburtsort, die Grube, und er hat ihn nicht verlassen wollen. Und es gefällt euch da? ...«

»Gewiß, Herr Starr, denn wir lieben einander herzlich und haben nur sehr wenig Bedürfnisse.«

»Schön, Harry«, sagte der Ingenieur. »Also auf den Weg!«

James Starr durchschritt, begleitet von dem jungen Manne, die Straßen von Callander.

Zehn Minuten später hatten beide die Stadt im Rükken.

Viertes Kapitel

Die Grube Dochart

Harry Ford war ein großer, kräftig und wohlgewachsener junger Mann von fünfundzwanzig Jahren. Schon in frühester Jugend zeichnete er sich durch sein ernstes Gesicht und seine nachdenkliche Haltung vor seinen Kameraden in der Grube aus. Regelmäßige Züge, große, sanfte Augen, ein volles, mehr bräunliches als blondes Haar und liebenswürdiges Wesen, alles vereinigte sich, ihn zum vollendetsten Typus des Lowlanders, d. h. des besten Schlages der Niederlandschotten zu stempeln. Durch die harte Arbeit im Kohlenwerke von sehr jungen Jahren an gestählt, war er nicht nur ein treuer Genosse, sondern auch eine reine, unverdorbene Natur. Teils geleitet von seinem Vater, teils getrieben von eigenem Drang hatte er immer fleißig gearbeitet und sich Kenntnisse zu sammeln gewußt, so daß er in dem Alter, wo man sonst meist selbst noch Lehrling ist, einen solchen schon unterrichtete und anlernte, was von um so größerer Bedeutung ist in einem Lande, wo es infolge seines hochausgebildeten Schulwesens nur wenig Unwissende gibt. Kam die ersten Jahre auch die Spitzhaue nicht aus Harry Fords Händen, so wußte der junge Bergmann doch, sich die nötige Fortbildung zu verschaffen, die ihm den Eintritt in die Hierarchie der Kohlengrube ermöglichte, und er wäre unzweifelhaft zum Nachfolger seines Vaters als Obersteiger an der Grube Dochart aufgerückt, wenn dieselbe nicht hätte aufgegeben werden müssen.

James Starr war ein guter Fußgänger, und doch vermochte er seinem Führer nur dadurch zu folgen, daß jener seine Schritte mäßigte.

Der Regen fiel jetzt weniger heftig. Die großen Tropfen zerstäubten sich, bevor sie die Erde erreichten. Es waren eigentlich nur noch schwere Dunstmassen, welche von einer frischen Brise getrieben über den Erdboden dahinjagten.

Harry Ford und James Starr – der junge Mann trug das leichte Gepäck des Ingenieurs – folgten etwa eine Meile weit dem linken Ufer des Flusses mit allen seinen vielen Windungen und Bogen und schlugen dann einen Weg über Land ein, der sie unter großen, noch vom Regen tropfenden Bäumen dahinführte. Zu beiden Seiten desselben lagen um abgeschlossene Meiereien üppige Wiesen und Weiden. Vereinzelte Herden labten sich an dem immergrünen Grase der niederen Landschaften Schottlands. Sie bestanden meist aus Kühen ohne Hörner oder kleinen Schafen mit seidenweicher Wolle, welche fast den Schäfchen aus den Spielsachen der Kinder gleichen. Einen Schäfer sah man dabei nicht, er mochte irgendwo Schutz vor dem Wetter gesucht haben, wohl aber trabte der »Colly«, ein diesen Gegenden des Vereinigten Königreiches eigentümlicher und durch seine Wachsamkeit berühmter Hund, fleißig um seine Pflegebefohlenen herum.

Der Yarow-Schacht lag ungefähr vier Meilen von Callander. In James Starr regten sich, während er rüstig weiterschritt, gar seltsame Gefühle. Seit dem Tage, da die letzten Tonnen Steinkohlen aus den Werken von Aberfoyle in die Waggons der Eisenbahn nach Glasgow verladen wurden, hatte er das Land nicht wiedergesehen. Jetzt war das ländliche Gewerbe an die Stelle der geräuschvolleren, schneller beweglichen Industrie getreten. Der Kontrast erschien um so auffallender im Winter, wo die Feldarbeiten so gut wie ganz ruhten. Früher belebte die bergmännische Bevölkerung diese Gegend zu jeder Jahreszeit über und unter der Erde. Tag und Nacht rasselten die schweren Kohlenwagen vorüber. Die jetzt unter ihren verfaulten Schwellen begrabenen Schienen knarrten unter der Last dieser Waggons. Jetzt traf man nur auf steinige oder erdige Straßen, wo sich früher die Tramways von den Gruben aus hinzogen. James Starr glaubte durch eine Wüste zu wandern.

Der Ingenieur sah sich mit betrübten Augen um. Er blieb stehen, um Atem zu schöpfen. Er lauschte. Jetzt zitterte die Luft nicht mehr von dem fernen Pfeifen und keuchenden Atem der Dampfmaschinen. Am Horizonte mischte sich nirgends der von dem Industriellen so gern gesehene schwarze Dampf mit den dicken Wolken des Himmels. Kein hoher zylindrischer oder prismatischer Schornstein sandte seine Rauchsäulen empor neben einem Werke, aus dem er selbst seine Nahrung schöpfte, kein Abblaserohr hauchte hörbar den ausgenutzten Dampf in die Lüfte. Der früher von dem Kohlenstaube beschmutzte Erdboden hatte jetzt ein reinlicheres Aussehen, an das sich James Starrs Augen gar nicht gewöhnen konnten.

Als der Ingenieur stehenblieb, hielt auch Harry Ford seinen Schritt an. Der junge Bergmann wartete, ohne ein Wort zu sprechen. Er fühlte recht wohl, was jetzt im Innern des Ingenieurs vorgehen mochte, und teilte diese schmerzlichen Gefühle – er, ein Kind der Kohlengrube, dessen ganze Jugend in der Tiefe der Erde verflossen war.

»Ja, Harry«, begann James Starr, »hier hat sich alles recht verändert. Und doch, es mußte ja so kommen, da diese Kohlenschätze einmal zu Ende gingen. Du denkst mit Schmerzen an diese Zeit!«

»O ja, gewiß Herr Starr«, erwiderte Harry Ford. »Die Arbeit war hart, aber interessant wie der Kampf.«

»Richtig, mein Sohn! Es war der Kampf in jedem Augenblick, der Kampf mit der Gefahr des Einsturzes, der

Feuersbrunst, der Überschwemmung, der schlagenden Wetter, welche ihre Opfer treffen wie der Blitz! Hier galt es eine mutige Stirn zu haben! Oh, du hast recht, das war ein Kampf, ein ewig aufregendes Leben!«

»Die Bergleute von Alloa haben ein besseres Los gezogen als die von Aberfoyle, Herr Starr.«

»Jawohl, Harry«, antwortete der Ingenieur.

»Oh, es ist wirklich zu bedauern«, fuhr der junge Mann lebhaft fort, »daß nicht der ganze Erdball über und über aus Steinkohle besteht! Das wäre doch ein Vorrat für einige Millionen Jahre!«

»Gewiß, Harry, man muß aber doch zugeben, daß die Natur sehr weise gehandelt, unseren Planeten vorzüglich aus Sandstein, Kalk und Granit, d. h. aus unverbrennlichen Stoffen zu bilden.«

»Sie wollen damit doch nicht sagen, Herr Starr, daß die Menschen zuletzt den ganzen Erdball verbrannt hätten? . . .«

»Gewiß, mein Sohn«, antwortete der Ingenieur. »Die Erde wäre bis zum letzten Stück in die Dampfkessel der Lokomotiven, Lokomobile, Dampfschiffe und Gasanstalten gewandert und dabei wäre unsere Welt dereinst zugrunde gegangen.«

»Das ist nicht mehr zu fürchten, Herr Starr, dennoch werden wenigstens die Steinkohlen, und vielleicht schneller als die Statistiker jetzt ausrechnen, zu Ende gehen.«

»Ohne Zweifel, Harry, und meiner Ansicht nach tut England sehr unrecht daran, sein Brennmaterial gegen das Gold anderer Nationen einzutauschen.«

»Wahrhaftig«, bestätigte Harry.

»Ich weiß sehr wohl«, fuhr der Ingenieur fort, »daß die Hydraulik und die Elektrizität ihr letztes Wort noch nicht gesprochen haben, und daß man diese beiden Kräfte einst noch vorteilhaft ausnutzen wird. Doch wie dem auch sei, die Steinkohle gestattet eine so bequeme Anwendung und deckt so verschiedene Bedürfnisse der Industrie. Leider vermögen die Menschen sie nicht nach Belieben wieder zu erzeugen. Wenn die Wälder der Erdoberfläche sich mit Hilfe der Wärme und des Wassers immer wieder ersetzen, so ist das doch mit den Wälderlagern des Erdinnern nicht der Fall, und unser Planet wird voraussichtlich niemals wieder die Bedingungen bieten, welche zu ihrer Bildung unerläßlich sind.«

Immer weiter plaudernd, schritten James Starr und sein Begleiter wieder rüstig vorwärts. Eine Stunde, nachdem sie Callander verlassen, langten sie an der Grube Dochart an.

Selbst ein ganz Unbeteiligter würde von dem traurigen Anblicke des verlassenen Etablissements unangenehm berührt worden sein. Es erschien nur noch als das Skelett dessen, was es bei Lebzeiten gewesen war.

Innerhalb eines weiten, von einigen mageren Bäumen eingefaßten Vierecks bedeckte noch immer der Staub des mineralischen Brennstoffes den Boden, aber nirgends lagen Schlacken oder Kohlenstückchen mehr umher. Alles war weggeschafft und vor langer Zeit verbraucht.

Auf einem mäßigen Hügel erhob sich noch ein umfängliches mehrstöckiges Gerüst, an dem die Sonne und der Regen nagten. Über demselben sah man ein großes eisernes Rad, und darunter die großen Trommeln, um welche ehemals die Taue liefen, welche die Kohlenkasten zu Tage förderten.

In der unteren Etage desselben befanden sich jetzt verfallene Räume für die Maschinen, deren Stahl- und Kupferteile früher so hell und lustig glänzten. Einige Mauerreste lagen da und dort auf der Erde inmitten zerbrochener und nach und nach mit Moos bewachsener

Balken. Reste des Balanciers, an welchen die Stangen der Saugpumpen befestigt waren, geborstene und mit Schmutz erfüllte Stopfbüchsen, Getriebe ohne Zähne, umgestürzte Schaukelapparate, vereinzelte Sprossen an den Strebebalken, hervorstehend wie die Dornenfortsätze an den Rückenwirbeln eines Ichthyosaurus, Schienen über einem halb zusammengebrochenen Viadukt, den nur noch zwei oder drei baufällige Pfeiler stützten, Pferdebahngeleise, welche kaum noch das Gewicht eines leeren Wagens ausgehalten hätten – diesen traurigen Anblick bot heute die Grube Dochart.

Der gemauerte Rand der Schachtöffnung, dessen Steine sich verschoben hatten, verschwand unter wucherndem Unkraut. Hier erkannte man wohl noch die Spuren eines Förderkastens, dort eine Stelle, an der einst die Kohle abgelagert wurde, um nach Qualität und Größe sortiert zu werden. Daneben lagen Trümmer von Tonnen mit noch einem Stück Kette daran, Bruchstücke riesiger Balken, Blechtafeln eines geborstenen Kessels, verbogene Pumpenstangen, lange Balanciers über der Öffnung der Luftschächte, beim Wind erzitternde Fußstege, schmale, unter den Füßen schwankende Brücken, geborstene Mauern, halb eingedrückte Blechbedachungen, welche früher über den Backsteinkaminen angebracht waren, die durch ihre Verstärkung am Bodenende modernen Kanonen gleichen, deren Schwanzstück mit Stahlringen umgeben ist. Das ganze machte den Eindruck der Verlassenheit, des Elends, der Trauer, der weder den Steinruinen eines Schlosses oder den Resten einer entwaffneten Festung in diesem Maße eigen ist.

»Eine entsetzliche Verwüstung!« sagte James Starr mit einem Blick auf den jungen Mann, der keine Antwort gab.

Beide begaben sich unter das Schuppendach über der

Mündung des Yarow-Schachtes, dessen Leitern noch bis nach den untersten Stollen der Grube herabreichten.

Der Ingenieur neigte sich über die Mündung.

Hier hörte man früher das pfeifende Geräusch der von den mächtigen Ventilatoren angesaugten Luft; jetzt gähnte hier ein schweigender Abgrund.

James Starr und Harry Ford betraten den ersten Leiterabsatz.

Zur Zeit, als hier noch gearbeitet ward, dienten verschiedene sinnreich konstruierte Maschinen beim Betriebe mehrerer Gruben von Aberfoyle, die in dieser Beziehung aufs beste ausgerüstet waren; z. B. Förderkasten mit selbsttätigen Fallschirmen, welche in hölzernen Bahnen glitten, oszillierende Leitern, sogenannte »Engine-men«, welche durch eine einfache hin- und hergehende Bewegung den Bergleuten gefahrlos hinab- und mühelos hinaufzusteigen erlaubten.

Diese vervollkommneteren Apparate freilich waren seit dem Aufhören der Arbeit entfernt worden. Im Yarow-Schacht verblieb nur noch ein langes System von Leitern, welche etwa von fünfzig zu fünfzig Fuß durch eine Art Podeste getrennt waren. Auf dreißig immer untereinander befindlichen Leitern gelangte man so bis zur Sohle des untersten Stollens in einer Tiefe von eintausendfünfhundert Fuß. Einen anderen Weg aus der Grube Dochart nach der Erdoberfläche gab es nicht. Die Luft erneuerte sich im Yarow-Schacht infolge seiner durch mehrere Stollen vermittelten Verbindung mit einer höher liegenden anderen Schachtöffnung; natürlich stieg durch diesen umgekehrten Heber die wärmere Luft immer durch die letztere auf und wurde von der tieferliegenden Mündung her ersetzt.

»Ich folge dir, mein Sohn«, sagte der Ingenieur und machte dem jungen Mann ein Zeichen, vor ihm hinabzuklettern.

»Wie Sie wünschen, Herr Starr.«

»Du hast doch deine Lampe?«

»Ja freilich; ach, wenn's doch noch die Sicherheitslampe wäre, die wir vordem gebrauchen mußten!«

»Freilich«, erwiderte James Starr, »schlagende Wetter sind jetzt nicht mehr zu fürchten.«

Harry brachte ein einfaches Öllämpchen hervor, dessen Docht er in Brand setzte. In der kohlenlosen Grube konnten sich ja Kohlenwasserstoffgase nicht mehr entwickeln. An eine Explosion war also nicht zu denken, und ebenso unnötig erschien es, die Lichtflamme noch mit jener Scheidewand von Drahtgaze zu umgeben, welche sonst dazu bestimmt ist, die Entzündung der brennbaren Kohlengase außerhalb der Lampe zu verhüten. Die damals schon so verbesserte Davysche Sicherheitslampe war hier nicht mehr in Gebrauch. Wenn Gefahr nicht mehr existierte, so hatte das seinen Grund darin, daß deren Ursache, und mit dieser freilich auch das Brennmaterial, der frühere Reichtum der Grube Dochart, nicht mehr vorhanden war.

Harry stieg die ersten Sprossen der obersten Leiter hinab. James Starr folgte ihm. Bald befanden sich beide in tiefster Finsternis, welche das Flämmchen der Lampe nur mühsam besiegte. Der junge Mann hielt die Lampe über seinen Kopf, um seinem Begleiter besser zu leuchten.

Schon waren der Ingenieur und sein Begleiter etwa zehn Leitern im gewöhnlichen Bergmannschritt hinabgestiegen.

James Starr betrachtete, soweit das matte Licht es gestattete, die Wände des Schachtes, dessen Auszimmerung sich noch erhalten, wenn auch da und dort angefault zeigte.

Beim fünfzehnten Absatz, d. h. also in der Hälfte des

Weges, machten sie für einige Augenblicke halt.

»Ich habe eben nicht mehr deine Beine, mein Sohn«, sagte der Ingenieur mit einem tiefen Atemzug, »indes, es geht doch noch.«

»Sie haben ja eine gute Gesundheit, Herr Starr«, erwiderte Harry, »bei mir ist es wohl kein Wunder, da ich so lange Zeit in der Grube gelebt habe.«

»Du hast recht, Harry. Als ich auch erst einige zwanzig Jahre zählte, stieg ich mit Leichtigkeit in einem Atemzug bis hinunter. Doch laß uns weitergehen.«

Aber gerade als sie die weiterführende Leiter betreten wollten, ließ sich aus der Tiefe des Schachtes eine Stimme hören. Sie drang herauf wie eine allmählich anschwellende Woge und wurde zunehmend deutlicher.

»Nun, wer kommt da?« fragte der Ingenieur, indem er Harry zurückhielt.

»Ich weiß es nicht«, antwortete der junge Bergmann.

»Deines Vaters Stimme ist das nicht?«

»Nein, sicher nicht, Herr Starr.«

»Vielleicht also ein Nachbar? . . .«

»Wir haben keine Nachbarn in der Grube da unten; wir sind allein, ganz allein.«

»Gut, so lassen wir diesen Eindringling erst vorüber«, sagte James Starr. »Nach Bergmannsbrauch haben diejenigen, welche herabsteigen, denen zu weichen, welche emporklimmen.«

Beide warteten.

Die Stimme erklang jetzt ganz hell und wunderbar deutlich, als würde sie in einem ausgezeichnet akustischen Raume fortgeleitet, und bald drangen einige Worte aus einem bekannten schottischen Liede bis zum Ohre des jungen Bergmanns.

»Das Lied von den Seen!« rief Harry. »Es sollte mich wundern, wenn es aus einem anderen Munde, als aus dem Jack Ryans käme.«

»Wer ist dieser Jack Ryan, der so vortrefflich singt?« fragte James Starr.

»Ein alter Kamerad aus der Grube«, antwortete Harry.

Er bog sich etwas über die Leiter vor.

»He, Jack!« rief er hinab.

»Bist du es, Harry?« tönte es wieder herauf; »erwarte mich, ich komme.«

Bald hörte man den Gesang von neuem.

Wenige Minuten später erschien in dem Lichtkegel, den die Laterne nach unten warf, ein junger Mann von fünfundzwanzig Jahren, mit offenem Gesicht, lächelnden Zügen, heiterem Munde und hellblonden Haaren, und betrat gleich darauf den Absatz der fünfzehnten Leiter.

Sofort ergriff er die Hand Harrys und bewillkommnete diesen durch einen herzhaften Händedruck.

»Oh, das freut mich, dir noch zu begegnen!« rief er. »Beim heiligen Mungo, wenn ich gewußt, daß du heute zur Erde hinaufgestiegen, hätte ich mir diese Kletterpartie in den Yarow-Schacht erspart.«

»Hier, Herr James Starr«, sagte Harry, indem er die Laterne nach dem halb im Dunkeln stehenden Ingenieur richtete.

»Herr Starr«, rief Jack Ryan, »oh, unser Herr Ingenieur, ich hätte Sie jetzt nicht wiedererkannt. Seit ich nicht mehr in der Grube bin, sind meine Augen ganz entwöhnt, im Halbdunkel zu sehen.«

»Und ich erinnere mich jetzt eines lustigen Burschen von damals, der immer fröhlich sang. Es sind freilich zehn Jahre darüber hingegangen, mein Sohn! Aber das warst du, nicht wahr?«

»Leibhaftig, Herr Starr. Wenn ich auch meine Beschäftigung vertauschte, so habe ich doch den alten Humor behalten. Ei, lachen und singen ist doch wahrlich besser als jammern und weinen!«

»Gewiß, Jack Ryan – und was machst du, seit das Werk still steht?«

»Ich arbeite in der Meierei von Melrose, in der Nähe von Irvine, Grafschaft Renfeew, gegen vierzig Meilen von hier. Freilich in den Werken von Aberfoyle war es besser. Die Spitzhaue führte ich leichter als den Spaten und die Egge. Und dazu gab es in der alten Grube so viel schöne Echo, welche die Lieder alle weit besser mitsangen als da oben! . . . Sie wollen dem alten Schachte einen Besuch machen, Herr Starr?«

»Ja, Jack«, bestätigte der Ingenieur.

»So will ich Sie nicht aufhalten . . .«

»Aber sage mir, Jack«, fragte Harry, »was führte dich denn heute herab nach unserem Cottage?«

»Ich wollte dich besuchen«, antwortete Jack Ryan, »und zu dem Feste des Clans von Irvine einladen. Du weißt, ich bin Piper* in dem Orte! Da wird gesungen und getanzt!«

»Ich danke, Jack, aber es wird mir unmöglich sein.«

»Unmöglich?«

»Ja, Herr Starrs Besuch bei uns könnte etwas länger dauern, und ich muß den Herrn Ingenieur auch nach Callander zurückgeleiten.«

»Nun, Harry, das Fest des Clans von Irvine ist auch erst in acht Tagen. Bis dahin, denke ich, wird der Besuch des Herrn Starr wohl nicht dauern, und dann wird dich nichts in eurem Cottage zurückhalten.«

»Schlag ein, Harry«, sagte der Ingenieur, »nimm die Einladung deines Kameraden an.«

»Nun gut, ich komme, Jack«, sagte Harry, »in acht Tagen treffen wir uns zum Fest in Irvine.«

»In acht Tagen also, nicht zu vergessen«, antwortete Jack Ryan. »Nun leb wohl, Harry, adieu, Herr Starr!

*»Piper« heißt der Dudelsackpfeifer in Schottland.

Ich bin so erfreut, Sie einmal wiedergesehen zu haben, und kann doch nun meinen Freunden einmal eine Nachricht von Ihnen bringen. Es hat Sie noch niemand vergessen, Herr Ingenieur.«

»Und ich erinnere mich noch immer gern an alle«, sagte James Starr.

»Ich danke Ihnen auch im Namen der anderen«, erwiderte Jack Ryan.

»Leb wohl, Jack!« sagte Harry und drückte zum letzten Male die Hand seines Jugendfreundes.

Jack Ryan verschwand bald singend in der Höhe des Schachtes, in dem der Schein der Lampe sich verlor.

Eine Viertelstunde später klommen James Starr und Harry glücklich die letzte Leiter hinab und betraten den Boden der untersten Etage der Grube.

Rings um die kleine runde Fläche, welche der Grund des Yarow-Schachtes bildet, liefen strahlenförmig mehrere Stollen aus, die letzten ergiebigen Adern des Kohlenwerkes. Diese drangen in die Schiefer- und Sandsteinmassen ein und waren teilweise durch mächtige Balken gestützt, teils in dem loseren Erdreich ausgemauert. Einige davon hatte man auch mit dem toten Gestein aus anderen Gängen wieder zugefüllt. Da und dort unterstützten die Decke mächtige Steinpfeiler, auf welche nun die überlagernden tertiären und quaternären Erdschichten ruhten.

Jetzt herrschte tiefe Finsternis in diesen Galerien, welche ehemals die Lampen der Bergleute oder das elektrische Licht erhellte, das in den letzten Jahren des Betriebes hier in Anwendung gekommen war. Aber die dunklen Stollen hallten auch nicht mehr wider von dem Knarren der Hunde auf den Gleisen, noch von dem heftigen Anschlagen der Luftklappen oder den Stimmen der Karrenläufer, dem Wiehern der Pferde und Maulesel, noch endlich von den Schlägen der Häuer oder dem

Donner der Schüsse, wenn im Unterirdischen gesprengt wurde.

»Wollen Sie ein Weilchen ausruhen, Herr Starr?« fragte der junge Mann.

»Nein, mein Sohn«, antwortete der Ingenieur, »ich möchte gern bald in dem Cottage des alten Simon sein.«

»So folgen Sie mir, Herr Starr, ich werde Sie führen, obwohl ich glaube, daß Sie den Weg in diesem dunklen Labyrinthe auch noch allein finden würden.«

»Gewiß, ich habe noch den ganzen Plan der alten Grube im Kopfe.«

Harry ging voraus und hielt die Lampe hoch, um dem Ingenieur den Weg besser zu erhellen. Der hohe Stollen glich fast dem Nebenschiffe eines mächtigen Domes. Der Fuß der Wanderer stieß noch an die Schwellen der Schienen aus der Zeit her, da das Werk noch im Gange war.

Kaum hatten sie fünfzig Schritt zurückgelegt, als ein gewaltiger Stein dicht vor James Starr niederschlug.

»Nehmen Sie sich in acht, Herr Starr!« rief Harry, indem er den Arm des Ingenieurs ergriff.

»Es war nur ein Stein, der sich loslöste, Harry. Die alten Schichten da über uns sind nicht besonders fest, und ...«

»Herr Starr«, antwortete Harry, »mir kam es vor, als wäre dieser Stein geworfen worden ... von einer Menschenhand geworfen! ...«

»Geworfen?« fragte James Starr, »was willst du damit sagen?«

»Nichts, nichts ... Herr Starr«, antwortete Harry ausweichend, aber sein Blick war finster geworden und suchte die dicke Erdmauer zu durchdringen. »Wir wollen weitergehen. Nehmen Sie meinen Arm und fürchten Sie sich nicht, einen Fehltritt zu tun.«

»Hier bin ich, Harry!«

Beide gingen weiter, während Harry wiederholt rückwärts sah und den Schein der Lampe nach dem dunklen Stollen wendete.

»Werden wir bald an Ort und Stelle sein?« fragte der Ingenieur.

»In höchstens zehn Minuten.«

»Gut.«

»Es ist aber doch eigentümlich«, murmelte Harry, »es ist das erste Mal, daß mir so etwas begegnet. Der Stein mußte auch gerade in dem Augenblick herabfallen, als wir dort vorbeigingen!«

»Das war wohl der reine Zufall, Harry.«

»Ein Zufall . . .« meinte der junge Mann kopfschüttelnd. »Ja . . . ein Zufall . . .«

Harry war stehengeblieben. Er horchte.

»Was ist dir, Harry?« fragte der Ingenieur.

»Ich glaubte hinter uns Schritte zu vernehmen«, antwortete der junge Mann und lauschte gespannter.

Nach einer Weile sagte er: »Nein, ich habe mich doch wohl getäuscht. Stützen Sie sich auf meinen Arm, Herr Starr, benutzen Sie mich wie einen Stock . . .«

»Nun, ein solider Stock, Harry«, fiel ihm James Starr ins Wort. »Du bist doch der bravste Bursche in der Welt!«

Schweigend wanderten beide durch den weiten dunklen Gang dahin.

Harry wandte sich mehrmals rückwärts, um entweder ein entferntes Geräusch wahrzunehmen oder den Schimmer eines Lichtes zu sehen.

Aber vor und hinter ihm blieb alles finster und still.

Fünftes Kapitel

Die Familie Ford

Zehn Minuten später verließen sie endlich den Hauptstollen.

Der junge Bergmann und sein Begleiter hatten eine Lichtung erreicht – wenn man diesen Namen einer großen, dunklen Höhle beilegen darf, welche des Tageslichtes allerdings nicht ganz vollständig entbehrte. Durch die Öffnung eines verlassenen, die ganzen oberen Erdlagen durchdringenden Schachtes gelangte ein sparsamer Lichtschimmer auch bis in diese Tiefe. Mittels desselben Schachtes vollzog sich auch die Lufterneuerung der Grube Dochart, da die wärmere Luft des Innern durch diesen hoch hinauf führenden Schacht abfloß.

Ein wenig Luft und Licht drang also selbst unter dies mächtig darüber lagernde Schiefergestein bis zu jener Lichtung.

An der nämlichen Stelle arbeiteten früher mächtige, zum Betriebe der Grube Dochart gehörige Maschinen; – jetzt hauste seit zehn Jahren schon Simon Ford samt seiner Familie in dieser unterirdischen, aus dem Schieferfelsen gebrochenen Wohnung, die der alte Obersteiger mit Vorliebe sein »Cottage« nannte.

Im Besitze einer gewissen Wohlhabenheit, welche er einem langen, arbeitsamen Leben verdankte, hätte Simon Ford recht wohl unter der Sonne des Himmels, inmitten lachender Bäume in einer beliebigen Stadt des Landes wohnen können; er und die Seinigen zogen es jedoch vor, das Kohlenwerk nicht zu verlassen, wo sie sich bei ihren übereinstimmenden Gedanken und Neigungen glücklich fühlten. Ja, ihr fünfzehnhundert Fuß unter dem Boden Schottlands versenkte Cottage gefiel ihnen ganz besonders. Abgesehen von manchen anderen Vorteilen hatten sie hier nicht den Besuch der Agenten des Fiskus, der »Stentmaters« zu befürchten, welche die lästige Kopfsteuer eintreiben.

Zu jener Zeit trug Simon Ford, der alte Obersteiger der Grube Dochart, noch ungebeugt die Last seiner sechzig Jahre. Groß, stark und gut gewachsen, konnte er für einen der besten »Sawneys«* des Bezirkes gelten, der den Regimentern der Highlanders so manchen schönen Rekruten zuführte.

Simon Ford stammte aus einer alten Bergmannsfamilie, deren Stammbaum bis in die ersten Zeiten, als man anfing, die Kohlenlager Schottlands auszubeuten, hinaufreichte.

Ohne mit Hilfe der Archäologie nachzuweisen, ob die Griechen und Römer schon die Steinkohle kannten, ob die Chinesen schon vor der christlichen Zeitrechnung ihre Kohlenschätze benutzten; ohne darüber zu grübeln, ob der mineralische Brennstoff seinen französischen Namen (houille) von dem eines Hufschmiedes Houillos, der im zwölften Jahrhundert in Belgien lebte, entlehnt hat, so kann man doch mit Bestimmtheit behaupten, daß die Kohlenbassins Großbritanniens zuerst in geregelten Betrieb genommen wurden. Schon im elften Jahrhundert verteilte Wilhelm der Eroberer die Ausbeute der Werke von Newcastle unter seine Waffengefährten. Aus dem dreizehnten Jahrhundert existiert ferner eine von Heinrich III. ausgefertigte Konzession zum Abbau der »Meerkohle«. Gegen Ende desselben Jahrhunderts geschieht auch schon der Kohlenfelder von Schottland und des Distriktes von Galles Erwähnung.

Zu jener Zeit stiegen die Vorfahren Simon Fords

*Der »Sawney« ist der Schotte, wie John Bull der Engländer und Paddy der Irländer.

zuerst in die Eingeweide der kaledonischen Erde hinab, um dieselben vom Vater auf den Sohn niemals wieder zu verlassen. Alle waren nur einfache Arbeiter und fast wie Galeerensklaven an den Abbau der Kohlen gefesselt. Man huldigt sogar der Anschauung, daß die Bergleute der Kohlenminen, ebenso wie die Salzsieder jener Zeit, wirklich Sklaven gewesen seien. Noch im achtzehnten Jahrhundert war diese Ansicht in Schottland so verbreitet, daß man während des Krieges der Prätendenten fürchtete, es könnten sich die zwanzigtausend Bergleute von Newcastele empören, um eine Freiheit zu erringen – die sie nicht zu besitzen glaubten.

Doch wie dem auch sei, jedenfalls zählte sich Simon Ford mit einem gewissen Stolze zu den Kohlenbergleuten Schottlands. Er hatte mit eigener Hand ebenda gearbeitet, wo seine Vorfahren einst Haue, Zange und Axt handhabten. Mit dreißig Jahren schon schwang er sich zum Obersteiger der Grube Dochart, der bedeutendsten unter den Werken von Aberfoyle, empor und versah lange Jahre hindurch seinen Dienst mit unermüdlichem Eifer. Nur der eine Kummer bedrückte ihn, daß die Kohlen führenden Schichten ärmer wurden und eine vollständige Erschöpfung in nahe Aussicht stellten.

Eifrig widmete er sich der Aufsuchung neuer Adern in allen Gruben von Aberfoyle, welche ja in unterirdischer Verbindung standen, und hatte auch das Glück, im Laufe der letzten Betriebsjahre einige solche zu entdecken. Sein bergmännischer Instinkt leistete ihm hierbei die besten Dienste, und der Ingenieur James Starr wußte ihn recht wohl zu schätzen. Man könnte sagen, er prophezeite fast die Kohlenadern in der Tiefe, wie das Hydroskop etwa die Quellen unter dem Erdboden verrät.

Doch, wie gesagt, es kam die Zeit, da es mit den Vorräten der Kohlengrube zu Ende ging. Alle Sondierungen ergaben nur negative Resultate. Die Adern waren ihres Inhaltes total entleert. Der Betrieb stockte. Die Bergleute verschwanden.

Sollte man wohl glauben, daß das für den größten Teil derselben ein wahrhaft erschütterndes Ereignis war? Wer da weiß, daß der Mensch im Grunde die gewohnte Not und Sorge liebt, wird darüber weniger erstaunen. Simon Ford ging es vor allen tief zu Herzen. Er, ein Bergmann durch und durch, hing mit tausend Ketten an seiner Grube. Seit seiner Geburt hatte er sie bewohnt und wollte sie auch nach Einstellung der Arbeiten nicht verlassen. Er blieb also. Sein Sohn Harry besorgte alle Bedürfnisse des unterirdischen Haushaltes, er selbst aber war in zehn Jahren kaum zehnmal an das Tageslicht gekommen.

»Da hinaufgehen? Was soll ich dort oben?« pflegte er zu sagen und verließ so gut wie niemals sein dunkles Heim.

In dieser im übrigen ganz gesunden Umgebung mit ihrer immer gleichmäßigen Temperatur fühlte der alte Obersteiger weder etwas von der Hitze des Sommers, noch von der Kälte des Winters. Auch die Seinigen befanden sich wohl dabei. Was konnte er weiter wünschen?

Eigentlich war er aber doch recht betrübt. Er sehnte sich zurück nach dem Leben und der Bewegung, welche früher in dem so eifrig betriebenen Werke herrschten. Dabei trug er sich immer mit einer gewissen fixen Idee.

»Nein, nein«, wiederholte er sich hartnäckig, »die Grube ist noch nicht erschöpft!«

Jedermann wäre gewiß schlecht angekommen, der in Gegenwart Simon Fords hätte in Zweifel ziehen wollen, daß das alte Aberfoyle doch noch einmal von den Toten auferstehen könne. Noch niemals hatte er die Hoffnung aufgegeben, ein neues Kohlenflöz zu entdecken, das der Grube wieder ihre frühere Bedeutung verleihen werde. Oh, im Notfalle hätte er gern selbst Haue und Schlegel wieder in die Hand genommen, und seine alten, aber noch immer kräftigen Arme hätten sich an dem harten Felsen versucht. So durchstreifte er, teils allein, teils mit seinem Sohne, die weiten Stollen und Gänge, forschte und suchte, um einen Tag wie den anderen ermüdet, aber nie verzweifelt, nach seinem Cottage zurückzukehren.

Seine würdige Lebensgefährtin war die große und starke Madge, »the good wife«, die »gute Frau«, wie die Schotten zu sagen pflegen. Ebensowenig wie ihr Gatte hatte Madge die Grube verlassen wollen. Sie teilte nach jeder Hinsicht dessen Hoffnungen und Bekümmernisse. Sie ermutigte ihn, feuerte ihn an und sprach immer mit einem solchen Ernste, daß ihre Worte das Herz des alten Obersteigers erwärmten.

»Aberfoyle ist nur eingeschlafen, Simon«, sagte sie. »Gewiß, du hast recht. Das ist nur die Ruhe, nicht der Tod!«

Madge fühlte ebenfalls keine Sehnsucht nach der Außenwelt. Alle drei kannten kein anderes Glück als ihr stilles Leben in dem dunklen Cottage.

Hierher folgte also James Starr der an ihn ergangenen Einladung.

Simon Ford erwartete den Gast vor seiner Tür und ging dem früheren »viewer«, als Harrys Lampenlicht ihm seine Ankunft verriet, entgegen.

»Willkommen, Herr James!« rief er mit einer Stimme, daß es von den Schieferfelsen widerhallte. »Seien Sie hochwillkommen in dem Cottage des alten Obersteigers. Wenn es auch fünfzehnhundert Fuß unter der Erde liegt, so ist das Haus der Familie Ford doch deshalb nicht minder gastfreundlich.

»Wie geht es Euch, wackerer Simon«, fragte James

Starr und drückte seinem Wirte die Hand.

»Ganz gut, Herr Starr. Wie sollte es denn anders sein, hier, wo wir vor jeder Unbill der Witterung gesichert leben? Ihre Dämchen da oben, welche nach Newhaven oder Porto-Bello gehen, um dort während des Sommers etwas Luft zu schnappen, täten besser, ein paar Monate in den Gruben von Aberfoyle zuzubringen. Hier würden sie sich keinen Schnupfen holen, wie in den feuchten Straßen der Hauptstadt.«

»Ich widerspreche Euch hierin gewiß nicht«, antwortete James Starr, erfreut, den alten Obersteiger noch unverändert wiederzutreffen. »Wahrlich, ich möchte mir die Frage vorlegen, warum ich mein Haus in der Canongate nicht gegen ein Cottage hier in der Nähe der Eurigen vertauscht habe.«

»Zu dienen, Herr Starr. Einen von Ihren früheren Bergleuten kenne ich, der ganz entzückt darüber wäre, zwischen sich und Ihnen nur eine dünne Scheidewand zu wissen.«

»Und Madge?« ... fragte der Ingenieur.

»Die gute Frau befindet sich wenn möglich noch besser als ich!« erklärte Simon Ford. »Sie wird hoch erfreut sein, Sie an ihrem Tische zu sehen. Sie wird sich wohl selbst übertroffen haben, um Sie gebührend zu empfangen.«

»Nun, nun, wir werden's ja sehen, Simon«, sagte der Ingenieur, dem übrigens nach dem langen Wege die Aussicht auf ein gutes Frühstück recht gelegen kam.

»Haben Sie etwas Hunger, Herr Starr?«

»Gewiß, die Reise hat mir Appetit gemacht. Ich bin durch ein abscheuliches Wetter gekommen.«

»Ah, so, es regnet wohl da oben!« bemerkte Simon Ford mitleidig lächelnd.

»Ja, Simon, und die Wellen des Forth sind heute ebenso unruhig wie die eines Meeres.«

»Nun wohl, Herr James, hier bei mir regnet es niemals! Ihnen brauche ich diese Vorteile ja nicht auszumalen. Da sind wir an dem Cottage. Nochmals nenn' ich Sie herzlich willkommen!«

Simon Ford, dem Harry nachfolgte, ließ James Starr in die Wohnung eintreten. Dieselbe bestand in der Hauptsache aus einem geräumigen Saale, den mehrere Lampen erhellten und von welchem die eine an dem angestrichenen Deckbalken hing.

Die schon mit einem sauberen Tuche bedeckte Tafel in der Mitte des Raumes schien nur auf die Gäste zu warten, für welche vier lederüberzogene Stühle bereitgestellt waren.

»Guten Tag, Madge«, sagte der Ingenieur.

»Guten Tag, Herr James«, erwiderte die wackere Schottin aufstehend, um ihren Gast zu empfangen.

»Es freut mich so sehr, Sie wiederzusehen, Madge.«

»Es ist wohl stets eine Freude, Herr James, Leute wiederzusehen, denen man sich immer gütig und wohlwollend erwies.«

»Die Suppe wartet, Frau«, fiel Simon Ford ein. »Wir dürfen sie nicht warten lassen und Herrn James noch weniger. Er bringt einen Bergmannshunger mit und soll sich überzeugen, daß unser Junge es dem Cottage an nichts fehlen läßt. Da fällt mir ein, Harry«, fügte der alte Obersteiger gegen seinen Sohn gewendet hinzu, »Jack Ryan war hier, dich zu besuchen.«

»Ich weiß es, Vater, wir begegneten ihm im Yarow-Schachte.«

»Er ist ein guter, lustiger Kamerad«, sagte der alte Simon. »Aber es scheint ihm da oben zu gefallen, er hat kein richtiges Bergmannsblut in den Adern. Nun zu Tische, Herr James, wir wollen tüchtig frühstücken, denn möglicherweise dürften wir erst spät zum Essen zurückkommen.«

Als der Ingenieur sich nebst den anderen schon niederlassen wollte, nahm er nochmals das Wort.

»Einen Augenblick, Simon«, begann er; »wünscht Ihr, daß ich recht nach Herzenslust zulange.«

»Das wird uns die größte Ehre sein, Herr James«, antwortete Simon Ford.

»Nun gut, so darf keine Ungewißheit auf mir lasten. Ich habe vorher zwei Anfragen an Sie zu stellen.«

»Bitte fragen Sie, Herr James.«

»Ihr Brief verspricht mir eine für mich interessante Mitteilung?«

»Gewiß wird sie das sein.«

»Für Euch?«

»Für Sie und für mich, Herr James, doch möchte ich Sie Ihnen erst nach dem Essen und an Ort und Stelle offenbaren.«

»Simon«, fuhr der Ingenieur fort, »seht mich ordentlich an . . . so . . . gerade in die Augen. Eine interessante Mitteilung? . . . Ja! . . . Gut! . . . Ich frage jetzt nicht weiter«, setzte er hinzu, als hätte er die erwünschte Antwort schon in den Augen des alten Obersteigers gesehen.

»Und die zweite?«

»Wißt Ihr vielleicht, Simon, wer das hier an mich geschrieben haben könnte?« antwortete der Ingenieur und zeigte jenem den anonymen Brief.

Simon Ford nahm das Schreiben und las es aufmerksam durch.

Dann zeigte er es seinem Sohne.

»Kennst du diese Handschrift?« fragte er.

»Nein, Vater«, erwiderte Harry.

»Und dieser Brief trug auch den Poststempel von Aberfoyle?« erkundigte sich Simon Ford weiter.

»Ganz wie der Eure«, bestätigte James Starr.

»Was denkst du hierüber, Harry?« sagte Simon Ford, über dessen Stirn ein leichter Schatten lief.

»Ich meine, Vater«, antwortete Harry, es wird irgend jemand ein Interesse daran gehabt haben, Herrn James' Besuch bei dir zu hintertreiben.«

»Aber wer in aller Welt?« rief der alte Bergmann. »Wer hat vorzeitig von meinen Gedanken Kenntnis haben können? . . .«

Simon Ford versank in nachdenkliches Träumen, aus dem ihn erst Madges Stimme wieder weckte.

»Bitte, nehmen Sie Platz, Herr Starr«, sagte sie, »die Suppe wird kalt. Für jetzt wollen wir uns über diesen Brief den Kopf nicht zerbrechen!«

Auf die Einladung der Frau hin nahm jeder seinen Platz ein, James Starr gegenüber Madge und Vater und Sohn zu beiden Seiten derselben.

Es gab eine vortreffliche schottische Mahlzeit. Man aß zuerst einen »Hotchpotch«, eine Suppe mit Fleisch in kräftiger Bouillon. Nach des alten Simons Urteil übertraf niemand seine Gattin in der Bereitung des Hotchpotch.

Dasselbe war der Fall mit dem »Cockyleeky«, eine Art Ragout von Huhn mit Lauch zubereitet, das wirklich alles Lob verdiente.

Das ganze ward mit ausgezeichneten, aus den besten Quellen Edinburghs bezogenem Ale befeuchtet.

Das Hauptgericht aber bildete ein »Haggis«, der nationale Pudding aus Fleisch und Gerstenmehl. Dieses prächtige Gericht, welches Burns seinerzeit zu einer der schönsten Oden begeisterte, hatte freilich das Schicksal alles Schönen auf der Erde: es ging wie ein Traum vorüber.

Madge verdiente die aufrichtigsten Lobsprüche ihrer Gäste.

Das Frühstück endete mit einem Dessert von Käse und »Cakes«, das sind sehr fein zubereitete Haferkuchen, zu welchen kleine Gläschen mit »Usquebaugh«, einem sehr schönen Kornbranntwein, der fünfundzwanzig Jahre, also gerade so alt wie Harry war, gereicht wurde.

Diese Mahlzeit nahm eine volle Stunde in Anspruch. James Starr und Simon Ford hatten nicht nur tüchtig gegessen, sondern auch geplaudert, vorzüglich von der Vergangenheit der Werke von Aberfoyle.

Harry verhielt sich sehr schweigend. Zweimal hatte er die Tafel, ja sogar das Haus verlassen. Offenbar quälte ihn seit dem Ereignis mit dem Stein eine gewisse Unruhe, und er wollte die Umgebung des Cottage im Auge behalten. Der anonyme Brief konnte auch nicht gerade dazu beitragen, ihn zu beruhigen.

Als er sich einmal entfernt hatte, sagte der Ingenieur zu Simon Ford und Magde:

»Ihr habt da wirklich einen braven Sohn, meine Freunde!«

»Ja, Herr James, ein gutes und dankbares Kind«, bestätigte der alte Obersteiger.

»Gefällt es ihm hier bei Euch in dem Cottage?«

»Er würde uns nicht verlassen.«

»Habt Ihr schon daran gedacht, ihn einmal zu verheiraten?«

»Harry und heiraten!« rief Simon Ford. »Wen denn? Etwa ein Mädchen von da oben, welches in Feste und Tänze vernarrt ist und ihren heimatlichen Clan doch unserer Höhle vorziehen würde? Das kann Harry selbst nicht wollen!«

»Du wirst aber nicht verlangen«, ließ sich Madge vernehmen, »daß sich unser Harry niemals eine Frau nimmt...«

»Ich werde gar nichts verlangen«, fiel ihr der alte Bergmann ins Wort, »doch das eilt ja nicht! Wer weiß, ob wir eine für ihn finden...«

Harry trat wieder ein, und Simon Ford unterbrach

seine Worte.

Als sich Madge vom Tische erhob, folgten die anderen ihrem Beispiele und setzten sich kurze Zeit an die Tür des Cottage.

»Nun, Simon«, begann der Ingenieur, »ich bin ganz Ohr.«

»Herr James«, erwiderte dieser, »ich bedarf Ihrer Ohren weniger als Ihrer Beine. – Fühlen Sie sich gekräftigt?«

»Vollständig, Simon. Ich bin bereit, Euch zu folgen, wohin es immer sei.«

»Harry«, sagte Simon Ford zu seinem Sohne, »zünde uns die Sicherheitslampe an.«

»Ihr braucht Sicherheitslampen!« rief James Starr erstaunt, »trotzdem eine Entzündung schlagender Wetter in der kohlenleeren Grube doch nicht mehr zu besorgen ist?«

»Jawohl, Herr James, aus Vorsicht!«

»Möchten Sie mich nicht auch in eine Bergmannsbluse stecken, mein wackerer Simon?«

»Noch nicht, Herr James, noch nicht«, erwiderte der alte Obersteiger, dessen Augen ganz eigentümlich erglänzten.

Harry, der in das Haus zurückgegangen war, erschien eben wieder mit drei Sicherheitslampen.

Er überreichte die eine dem Ingenieur, seinem Vater die zweite und behielt die dritte selbst in der linken Hand, während er mit der rechten einen langen Stock ergriff.

»Nun denn, vorwärts«, mahnte Simon Ford, und rüstete sich mit einer tüchtigen Spitzhaue aus, welche neben der Tür des Cottage lag.

»Vorwärts«, wiederholte der Ingenieur. – »Auf Wiedersehen, Madge.«

»Gott sei mit Euch!« sagte die alte Schottin.

»Etwas Abendbrot, Frau, hörst du«, rief Simon Ford zurück; »wir werden Hunger haben, wenn wir zurückkommen, und deinem Imbiß alle Ehre antun!«

Sechstes Kapitel

Einige unerklärliche Erscheinungen

Es ist bekannt, wieviel in den bergigen und ebenen Teilen Schottlands noch Aberglaube herrscht. In gewissen Clans lieben es die Gutsbesitzer und Bauern, wenn sie des 'Abends zusammenkommen, sich durch die Erzählungen aus der hyperboreischen Mythologie zu unterhalten. Obwohl für die Bildung des Volkes in diesem Lande sehr freigebig und in ausgedehntem Maße gesorgt wird, so hat diese jene Legenden doch noch nicht zu dem, was sie sind, d. h. zu Fiktionen zurückzuführen vermocht, so fest scheinen sie mit dem Boden des alten Kaledoniens gleichsam verwachsen zu sein. Hier ist noch immer das Reich der Geister und Gespenster, der Kobolde und Feen. Da erscheinen böse Geister in den verschiedensten Formen; der »Seher« des Hochlandes, der durch ein zweites Gesicht bevorstehende Todesfälle ankündigt; der »May Moullach«, der sich in der Gestalt eines jungen Mädchens mit behaarten Armen zeigt, und den mit einem Unglück bedrohten Familien dieses meldet; die Fee »Branschie«, ebenfalls eine Verkünderin trauriger Ereignisse; die »Brawnies«, welche als Beschützer des Hausrates angesehen werden, der »Urisk«, der vorzüglich an den wildromantischen Schluchten des Katrinesees sein Wesen treibt – und noch viele andere.

Es versteht sich von selbst, daß die Arbeiterbevölkerung der schottischen Kohlenwerke ihren Beitrag zu den Legenden und Fabeln dieses mythologischen Repertoires lieferte. Wenn die Berge des Hochlandes von guten oder bösen chimärischen Wesen belebt waren, so mußten doch die finsteren Kohlengruben mit noch weit größerem Recht bis in ihre letzten Tiefen von solchen bewohnt sein. Wer sollte denn in stürmischen Nächten die Erdschichten erschüttern; wer führte die suchende Spitzhaue zu noch unausgebeuteten Adern; wer entzündete die schlagenden Wetter und erregte jene furchtbaren Explosionen, wenn nicht irgendein Berggeist?

Das war mindestens die ganz allgemein verbreitete Anschauung unter den abergläubischen Schotten. Der größte Teil der Bergleute glaubte wirklich bei rein physikalischen Erscheinungen viel lieber an etwas Geisterhaftes, und es wäre verlorene Mühe gewesen, die Leute davon abzubringen. Wo hätte sich auch die Leichtgläubigkeit besser entwickeln können als in den stillen Tiefen dieser Abgründe?

Selbstverständlich mußten sich solche übernatürlichen Ereignisse in den Werken von Aberfoyle, welche gerade inmitten jener sagenreichen Gegenden lagen, mehr als anderwärts abspielen.

Es war das auch wirklich schon länger der Fall, als in der neuesten Zeit noch verschiedene, bisher unerklärliche Erscheinungen hinzutraten, die der Leichtgläubigkeit der großen Menge nur neue Nahrung zuführten.

Zu den abergläubigsten Leuten in der Grube Dochart gehörte Jack Ryan, der Arbeitsgenosse Harrys. Dieser hatte auch noch ein anderes Interesse an allem Übernatürlichen. Er schuf sich seine Lieder aus jenen phantastischen Geschichten, mit deren Vortrag er an den langen Winterabenden den lautesten Beifall seiner Zuhörer gewann.

Jack Ryan war aber nicht allein so abergläubisch.

Seine Kameraden bestätigten alle, daß es in den Gruben von Aberfoyle nicht geheuer sei und sich hier, ganz wie in den Hochlanden, häufig geisterhafte Wesen zeigten. Wenn man die Leute so sprechen hörte, mußte man fast an ihre Erzählungen glauben. Es gibt ja für Gnomen, Berggeister und Gespenster aller Art kaum eine geeignetere Stätte als die dunkle, stille Tiefe eines Bergwerkes. Hier war die Szene für sie vollständig eingerichtet, warum sollten die übernatürlichen Personen versäumen, daselbst ihre Rolle zu spielen?

Das war wenigstens der Gedankengang bei Jack Ryan und seinen Kameraden in den Werken von Aberfoyle. Wie erwähnt, hingen die verschiedenen Gruben alle durch lange Stollen untereinander zusammen. Der große, von Tunneln durchsetzte und von Schächten durchbohrte Untergrund der Grafschaft Stirling bildete also eine Art Hypogäon, ein unterirdisches Labyrinth, das einem ungeheuren Ameisenbaue ähnelte.

Die Bergleute der verschiedenen Schächte begegneten sich häufig, wenn sie sich zur Arbeit begaben oder von dieser zurückkehrten. Sie konnten ihre Erlebnisse alle leicht einander mitteilen, und so pflanzten sich die Märchen aus dem Werke von Grube zu Grube fort. Die Erzählungen gewannen dabei eine wunderbar schnelle Verbreitung, wobei sie von Mund zu Mund, wie das gewöhnlich geschieht, noch wuchsen.

Zwei Männer allein machten infolge ihrer hohen Bildung und ihres nüchternen Charakters eine rühmliche Ausnahme und ließen sich nirgends zu der Annahme einer Einwirkung von Berggeistern, Gnomen oder Feen verleiten.

Das waren Simon Ford und dessen Sohn. Sie legten dafür ein weiteres Zeugnis ab, als sie, auch nach dem Aufgeben der Arbeiten in der Grube Dochart, doch noch in der einsamen Höhle wohnen blieben. Vielleicht hatte die gute Madge, wie es bei jeder Bergschottin der Fall ist, einen gewissen Hang zum Übernatürlichen. Alle Berichte über Geistererscheinungen und dergleichen wiederholte sie sich aber nur im eigenen Innern, wenn auch mit aller Gewissenhaftigkeit, um die alten Traditionen wenigstens nicht zu vergessen.

Doch wären selbst Simon und Harry Ford ebenso abergläubisch gewesen wie ihre Kameraden, sie hätten auch dann das Werk den Genien und Feen noch nicht überlassen. Die Hoffnung, eine neue Kohlenader aufzufinden, hätte sie dem ganzen phantastischen Gesindel von Gnomen Trotz bieten lassen.

Ihr Glaube konzentrierte sich nur auf den einen Punkt: sie konnten nicht zugeben, daß das Kohlenlager von Aberfoyle schon vollständig erschöpft sei. Man hätte mit Recht sagen können, daß Simon Ford und sein Sohn in dieser Hinsicht buchstäblich einen »richtigen Köhlerglauben« hatten, einen Glauben an Gott, den nichts zu erschüttern vermochte.

Zehn volle Jahre lang, ohne einen Tag ganz zu feiern, nahmen Vater und Sohn, unbeirrt in ihrer Überzeugung, Haue, Stock und Lampe zur Hand, gingen aus, nach neuen Schätzen zu suchen, und beklopften jeden Felsen, um zu hören, ob er nur einen trockenen oder einen versprechenden Ton gab.

Da die frühen Sondierungen den Granit der primären Formation noch nicht erreicht hatten, blieben Simon und Harry Ford bei der Ansicht, daß die heute fruchtlose Untersuchung es morgen ja nicht zu sein brauche, also rastlos wiederholt werden müsse. Ihr ganzes Leben verwendeten sie auf die Versuche, den Werken von Aberfoyle ihr früheres Gedeihen wiederzugewinnen. Sollte der Vater dabei unterliegen, bevor ein Erfolg erzielt war, so hätte der Sohn dieses Unternehmen allein fortgesetzt.

Gleichzeitig behielten diese beiden treuen Wächter der Kohlengrube auch deren Instandhaltung unentwegt im Auge. Sie prüften, ob irgendwo ein Einsturz zu befürchten sei, ob man den oder jenen Teil derselben dem Verfalle überlassen müsse. Sie spürten dem Eindringen der Tageswasser nach, gruben Abflußrinnen und leiteten sie irgendeinem Schöpfbrunnen zu. Mit einem Wort, sie dienten freiwillig, als Beschützer und Erhalter dieser unproduktiven Anlage, aus der ehemals so große, jetzt in Rauch verflüchtigte Reichtümer hervorgegangen waren.

Bei einigen dieser Exkursionen beobachtete vorzüglich Harry gewisse auffallende Erscheinungen, zu deren Erklärung er nicht gelangen konnte.

Mehrmals, wenn er den oder jenen engen Stollen durchschritt, glaubte er ein Geräusch zu hören, als würde mit einer Haue kräftig an die Wand eines Ganges geschlagen.

Da ihn weder etwas Übernatürliches noch etwas Natürliches erschrecken konnte, hatte sich Harry keine Mühe verdrießen lassen, dieser geheimnisvollen Arbeit auf die Spur zu kommen.

Der Stollen war verlassen. Der junge Mann leuchtete mit der Lampe längs der Wände hin, ohne irgendein Zeichen von Axt- oder Hackenschlägen aus neuerer Zeit daran zu entdecken.

Er kam also zu dem Gedanken, daß ihn hier nur eine akustische Illusion, ein wunderbares phantastisches Echo getäuscht habe.

Andere Male, wenn er plötzlich seinen Lichtschein in irgendeine verdächtige Aushöhlung fallen ließ, hatte er etwas wie einen Schatten vorüberhuschen sehen. Er sprang darauf zu . . . nichts! Er fand nicht einmal ein Schlupfloch, durch welches ein menschliches Wesen sich seiner Verfolgung hätte entziehen können.

Zweimal während eines Monates hörte Harry, wenn er den westlichen Teil des Werkes besuchte, entfernte Detonationen, als wenn von Bergleuten eine Dynamitpatrone entzündet worden sei.

Die genauesten Nachforschungen lehrten ihn beim zweiten Male allerdings auch, daß einer der stehengelassenen Steinpfeiler durch eine Minensprengung umgeworfen worden war.

Mit Hilfe seiner Lampe untersuchte Harry genau die von der Sprengung zerrissenen Wände. Sie bestanden aus Schiefer, der überhaupt in dieser Tiefe des Werkes vorherrschte. Hatte nun irgend jemand diese Minen gelegt, um vielleicht eine neue Ader zu entdecken, oder beabsichtigte der Urheber nur, diesen Teil des Werkes zu verschütten? Diese Fragen tauchten in ihm auf; doch auch als er das Vorkommnis seinem Vater erzählte, konnte dieselbe weder der alte Obersteiger noch er selbst befriedigend lösen.

»Es ist wunderbar«, wiederholte Harry häufig. »Der Aufenthalt eines unbekannten Wesens in der Grube ist doch kaum anzunehmen und dennoch außer allem Zweifel. Wollte außer uns noch ein anderer nachsuchen, ob sich noch ein abbauwürdiges Flöz hier vorfinde, oder hatte er nur die Absicht, vollends zu zerstören, was von dem Werke von Aberfoyle noch übrig ist? Doch warum das? Ich muß es wissen und koste es das Leben.«

Vierzehn Tage vorher, ehe Harry Ford den Ingenieur durch die Irrgänge der Grube Dochart leitete, glaubte er nahe daran zu sein, das Ziel seiner Nachforschungen zu erreichen.

Mit einer mächtigen Fackel in der Hand streifte er durch den südwestlichen Teil der Grube.

Plötzlich schien es, als verlösche nur wenig hundert Schritte vor ihm ein Licht, genau am Ausgangspunkt eines schiefen, nach aufwärts laufenden Schachtes. Er eilte dem verdächtigen Scheine nach ...

Vergeblich. Da Harry nicht gewöhnt war, natürlichen Erscheinungen eine übernatürliche Ursache zuzuschreiben, so folgerte er daraus, daß hier bestimmt irgendein Unbekannter sein Wesen treiben müsse. Aber trotzdem er mit peinlichster Sorgfalt auch die geringsten Ausbiegungen und Höhlen des Ganges untersuchte, war dennoch seine Mühe fruchtlos und verschaffte ihm keinerlei Gewißheit.

Harry vertraute also auf den Zufall, der dieses Geheimnis entschleiern werde. Da und dort sah er wohl noch mehrmals Lichter schimmern, die, St.-Elmsfeuern ähnlich, von einer Stelle zur anderen hüpften; sie leuchteten aber nur so kurz auf wie ein Blitz, und er mußte darauf verzichten, ihrer Ursache weiter nachzuspüren.

Hätten Jack Ryan oder die anderen leichtgläubigen Arbeiter der Grube diese phantastischen Flämmchen bemerkt, sie hätten dieselben ohne Zaudern einem außerirdischen Einflusse zugeschrieben.

Harry freilich dachte hieran nicht im mindesten, so wenig wie der alte Simon. Beide besprachen aber öfter diese Erscheinungen, welchen ihrer Ansicht nach irgendeine natürliche Ursache zugrunde liegen müsse.

»Warten wir es ruhig ab, mein Junge«, sagte dann der Obersteiger. »Das wird einmal noch alles an den Tag kommen!«

Wir bemerken hierzu, daß bisher weder Harry noch sein Vater das Ziel eines brutalen Angriffs gewesen waren.

Wurde jener Stein, der so dicht vor dem Ingenieur niederschlug, von der Hand eines Übeltäters geworfen, so war das der erste verbrecherische Versuch, dessen sie sich erinnerten.

James Starr antwortete, als man ihn um seine Ansicht

hierüber fragte, daß der Stein sich von dem Gewölbe des Stollens abgelöst haben werde; nur Harry wollte eine so einfache Erklärung nicht gelten lassen. Er blieb dabei, daß der Stein nicht herabgefallen, sondern geworfen worden sei. Wenn er im Fallen nicht irgendwo angeprallt war, so hätte er niemals eine Kurve beschreiben können, außer wenn er von fremder Gewalt geschleudert wurde.

Harry sah darin vielmehr ein direktes Attentat gegen sich oder seinen Vater, wenn nicht gar gegen den Ingenieur selbst. Man wird zugeben, daß er hierzu einige Ursache hatte.

Siebtes Kapitel

Eine Erfahrung Simon Fords

Es schlug Mittag an der alten, hölzernen Wanduhr des Zimmers, als James Starr nebst seinen zwei Begleitern das Cottage verließ.

Das durch den Ventilationsschacht herabdringende Tageslicht erhellte ein wenig die umgebende Höhle. Harrys Lampe erschien hier zwar überflüssig, sollte sich aber sehr bald als notwendig erweisen, denn der alte Obersteiger beabsichtigte, den Ingenieur bis zum äußersten Ende der Grube Dochart zu führen.

Nachdem die drei Kundschafter – der Verlauf wird es lehren, daß es sich hier um eine Auskundschaftung handelte – etwa zwei (englische) Meilen der Hauptgalerie gefolgt waren, erreichten sie den Eingang eines engen Stollens, der wie ein Nebenschiff auf einer grün bemoosten Auszimmerung ruhte. Er hielt etwa die gleiche Richtung ein, wie fünfzehnhundert Fuß höher oben das

Bett des Forth.

In der Voraussetzung, daß James Starr nicht mehr so wie früher mit den Irrgängen der Grube Dochart bekannt sei, erinnerte ihn Simon Ford an die Grundzüge des Planes, indem er bezüglich der Hauptlinien auf die Gestaltung und Ortslage der Erdoberfläche darüber hinwies.

Plaudernd gingen also James Starr und der alte Bergmann weiter.

Harry erleuchtete den Weg vor ihnen. Auch jetzt suchte er dadurch, daß er in alle dunklen Winkel den Lichtschein fallenließ, irgendeinen verdächtigen Schatten zu entdecken.

»Haben wir sehr weit zu gehen, Simon?« fragte der Ingenieur.

»Noch eine halbe Meile, Herr James. Früher hätten wir den Weg freilich mittels der durch Dampfkraft fortbewegten Hunde zurückgelegt – aber ach, die Zeit liegt weit hinter uns!«

»Wir begeben uns also bis zum Ende des zuletzt abgebauten Flözes?« fragte James Starr.

»Ja! – Wie ich sehe, kennen Sie das Bergwerk noch recht genau.«

»Nun, Simon, ich meine, es sollte Euch auch schwer werden, noch weiterzugehen.«

»Ja freilich, Herr James. Dort haben unsere Häuser das letzte Stück Kohle des Lagers ausgebrochen. Oh, ich erinnere mich, als ob ich noch dabei wäre! Ich selbst habe damals den letzten Schlag getan, der in meiner Brust stärker widerhallte, als von dem toten Gesteine. Rings um uns stand nun nichts mehr an als Sandstein und Schiefer, und als der letzte Karren zum Förderschachte rollte, da bin ich ihm tiefbewegten Herzens gefolgt, wie dem Leichenzuge eines Armen. Mir war es, als wäre es die Seele des Bergwerkes, die da mit ihm fortzog!«

Die Rührung, mit welcher der alte Obersteiger diese Worte sprach, bemächtigte sich auch des Ingenieurs, der seine Gefühle teilte. Es waren die des Seemanns, der sein entmastetes Schiff verläßt, des Verarmten, der das Haus seiner Ahnen abbrechen sieht.

James Starr hatte Simon Fords Hand ergriffen und drückte sie herzlich. Aber auch dieser suchte die Hand des Ingenieurs, und indem er den Druck erwiderte, sagte er:

»Jenes Tages haben wir uns doch alle getäuscht! Nein, die alte Kohlengrube war nicht tot. Es war kein Leichnam, den damals die Bergleute verließen, und ich glaube behaupten zu können, daß sein Herz auch noch heute schlägt.«

»Oh, reden Sie, Simon! Sie haben ein neues Flöz gefunden?« rief der Ingenieur ganz außer sich. »Ich wußte es wohl, Ihr Brief konnte ja nur diese Bedeutung haben! Eine Mitteilung für mich und dazu in der Grube Dochart! Welch' andere Entdeckung als die einer neuen Kohlenader konnte mich sonst besonders interessieren? . . .«

»Ich wollte vor Ihnen«, bemerkte Simon Ford, »davon niemand etwas wissen lassen.«

»Daran tatet Ihr recht, Simon. Aber sagt mir, durch welche Sondierung oder wie habt Ihr Euch davon überzeugt?«

»Hören Sie mir zu, Herr James«, antwortete Simon Ford. »Ein Kohlenflöz hab' ich noch nicht aufgefunden . . .«

»Was denn?«

»Nur den handgreiflichen Beweis dafür, daß noch ein solches vorhanden ist.«

»Und dieser Beweis besteht?«

»Können Sie glauben, daß sich aus der Erde schlagende Wetter entwickeln, wenn keine Kohle vorhanden wäre, sie zu erzeugen?«

»Nein, gewiß nicht. Ohne Kohlen keine bösen Wetter. Es gibt niemals Wirkungen ohne Ursachen!«

»So wie es keinen Rauch gibt ohne Feuer.«

»Und Ihr habt Euch neuerdings von dem Vorhandensein solcher Kohlenwasserstoffgase überzeugt?...«

»Ein alter Bergmann wird sich hierin nicht täuschen«, erwiderte Simon Ford. »Ich kenne unseren Feind, die schlagenden Wetter, schon gar zu lange!«

»Doch, wenn das nun ein anderes Gas gewesen wäre«, warf James Starr ein. »Die Wetterluft ist fast geruchlos und ganz farblos. Sie verrät ihre Gegenwart eigentlich nur durch die Explosion.«

»Wollen Sie mir gestatten, Herr James«, antwortete Simon Ford, »zu erzählen, was ich deshalb und wie ich es angefangen habe... so nach meiner Art und Weise... und entschuldigen, wenn ich zu lang werde?«

James Starr kannte den alten Obersteiger und wußte, daß es am besten sei, ihn nicht zu unterbrechen.

»Herr James«, fuhr jener also fort, »seit zehn Jahren ist kein Tag vergangen, ohne daß wir, Harry und ich, nicht bemüht gewesen wären, die Grube wieder ertragsfähig zu machen; – nein, gewiß kein Tag! Wenn noch ein Kohlenlager vorhanden war, wir hatten uns fest vorgenommen, es aufzufinden. Welche Mittel konnten wir dabei anwenden? Bohrversuche? Das war unmöglich, dagegen besaßen wir den Instinkt des Bergmanns, und manchmal kommt man direkter zum Ziele, wenn man dem Instinkte, als wenn man den Ratschlägen des Verstandes folgt. Das ist wenigstens so meine Idee...«

»Der ich nicht widerspreche«, sagte der Ingenieur.

»Nun beobachtete Harry bei seinen Streifzügen durch den westlichen Teil des Werkes einige Male folgendes: Am äußersten Ende der Nebenstollen flackerten aus dem Schiefergestein manchmal kleine Flammen auf. Wodurch sie sich entzündeten? Ich weiß es heute so wenig wie damals. Genug, diese Flammen konnten nur Folgen des Vorhandenseins schlagender Wetter sein, und für mich ist das gleichbedeutend mit dem Vorhandensein von Kohle.«

»Veranlaßten diese Flammen niemals eine Explosion?« fragte der Ingenieur lebhaft.

»Gewiß, kleine, beschränktere Explosionen«, bestätigte Simon Ford; »ganz solche, wie ich selbst oft zustande zu bringen suchte, wenn es galt, schlagende Wetter nachzuweisen. Sie erinnern sich vielleicht, wie man früher verfuhr, um Explosionen in den Bergwerken zu verhüten, bevor unser guter Genius, Humphry Davy, die Sicherheitslampe erfand.«

»Jawohl«, antwortete James Starr, »Ihr sprecht von dem ›Büßer‹? Ich habe einen solchen leider nie in Tätigkeit gesehen.«

»Freilich, Herr James, dazu sind Sie, trotz Ihrer fünfundfünfzig Jahre, zu jung. Ich, der ich zehn Jahre älter bin, habe den letzten Büßer des Kohlenwerkes noch arbeiten sehen. Man nannte ihn so, weil er eine weite, grobe Mönchskutte trug. Sein eigentlicher Name war der ›Fireman‹ (Feuermann). Jenerzeit besaß man kein anderes Mittel, die bösen Wetter unschädlich zu machen, als daß man sie durch kleine, absichtliche Explosionen vernichtete, bevor sie sich in größerer Menge in den Stollen anhäuften. Zu dem Zwecke kroch der Büßer mit maskiertem Gesicht, den Kopf dicht in der Kapuze und den Körper sorgfältig in seiner grobwollenen Kutte verhüllt, über den Boden hin. Er atmete in den unteren, reineren Luftschichten, hielt bei seinen Wanderungen aber eine lange, brennende Fackel hoch über den Kopf. Schwebten nun böse Wetter in der oberen

Luft, so entstand eine meist gefahrlos vorübergehende Explosion, und so gelangte man durch häufigere Wiederholung dieser Operation dazu, die Gruben vor größerem Unheil zu bewahren. Manchmal freilich starb der Büßer, von den schlagenden Wettern getroffen, auf der Stelle. Dann ersetzte ihn ein anderer. So blieb es, bis Davys Sicherheitslampe in allen Kohlenwerken eingeführt wurde. Mir jedoch war jenes erstere Verfahren bekannt; durch dasselbe habe ich das Auftreten schlagender Wetter erkannt und mich überzeugt, daß in der Grube Dochart noch Kohlenvorräte vorhanden sind.«

Die Erzählung des alten Obersteigers von dem »Büßer« beruht vollkommen auf Wahrheit. Auf jene Weise verfuhr man in früheren Jahren, um die Luft in den Kohlenwerken zu reinigen.

Die Wetterluft, auch Wasserstoff-Monokarbonat oder Sumpfgas genannt, ist farblos, fast total geruchlos, leuchtet angezündet sehr wenig und vermag die Atmung nicht zu unterhalten. Der Bergmann vermöchte in diesem giftigen Gase nicht zu leben, so wenig, wie das etwa in einem mit Leuchtgas gefüllten Gasometer möglich wäre. Ebenso wie letzteres, welches übrigens ein Bikarbonat des Wasserstoffs darstellt, bildet das Sumpfgas ein explodierendes Gemisch, sobald sich fünf bis acht Prozent Luft damit vermengen. Die Entzündung dieses Gemisches geschieht dann auf irgendeine Weise und es erfolgt eine Explosion, welche oft die verderblichsten Katastrophen herbeiführt.

Dieser Gefahr nun beugt Davys Apparat vor, indem er die Flamme der Lampe durch ein feines Drahtgewebe isoliert, in welchem das Gas verbrennen kann, ohne dessen Entzündung nach außen zu verbreiten. Diese Lampe erfuhr wohl mehr als zwanzig Verbesserungen. Sie löscht aus beim Zerbrechen, ebenso, wenn sie der Bergmann trotz der strengen Verbote zu öffnen sucht. Warum kommen aber dennoch Explosionen vor? Weil es keine Vorsicht abzuwenden vermag, daß der unkluge Arbeiter sich auf jeden Fall seine Pfeife anzuzünden sucht, oder daß ein Werkzeug beim Schlagen einen Funken gibt.

Alle Kohlenwerke leiden nicht gleichmäßig von schlagenden Wettern. Da wo sich solche nicht erzeugen, ist die gewöhnliche Lampe gesetzlich gestattet, wie z. B. in der Grube Thiers, in den Werken von Anzin. Ist die geförderte Steinkohle aber mehr fettiger Natur, so enthält sie eine verschiedene Menge flüchtiger Stoffe, aus denen sich Wetterluft oft in reichlicher Menge entwickeln kann. Die Sicherheitslampe ist nun dazu eingerichtet, die Explosionen zu verhüten, welche um so gefährlicher sind, weil auch die nicht unmittelbar davon getroffenen Bergleute durch das bei der Verbrennung entstehende und die Stollen auf weite Strecken hin erfüllende unatembare Gas, d. h. durch die Kohlensäure, leicht ersticken.

Auf dem weiteren Wege erklärte Simon Ford dem Ingenieur noch, was er getan, sein Ziel zu erreichen, wie er sich überzeugt habe, daß die Ausscheidung von Wettergasen am Ende des untersten Stollens vor sich gehe; wie es an der Nordseite desselben an dem auslaufenden Schiefergestein ihm gelungen sei, lokale Explosionen oder vielmehr Entzündungen des Gases zustande zu bringen, welche über die Natur des letzten keinen Zweifel übrig ließen und dartaten, daß sich dasselbe zwar nur in geringer Menge, aber unausgesetzt entwickle.

Eine Stunde nach dem Verlassen des Cottage hatten James Starr und seine zwei Begleiter eine Strecke von vier Meilen zurückgelegt. Von seinen Wünschen, seinen Hoffnungen getrieben, hatte der Ingenieur des langen Weges nicht geachtet. Er überdachte alles, was ihm der alte Bergmann gesagt hatte, und wog sorgsam die Argumente ab, welche für dessen vertrauensvolle Ansicht sprachen. Auch er glaubte, daß eine solche kontinuierliche Entwickelung von Wasserstoff-Monokarbonat nur auf eine noch vorhandene Kohlenader zurückzuführen sei. Lag nur eine Art gasgefüllte Höhle im Schiefer zugrunde, wie das wohl dann und wann vorkommt, so hätte sich diese jedenfalls auf einmal entleert und konnte die Erscheinung sich nicht wiederholen. Nach Simon Fords Aussagen dagegen entwickelte sich das Gas fortwährend und ließ also eine Kohlenader in der Nachbarschaft vermuten. Die Reichtümer der Grube Dochart konnten demzufolge noch nicht völlig erschöpft sein. Nur blieb die große Frage übrig, ob es sich hier um ein größeres, abbauwürdiges Flöz handle oder nicht.

Harry, der seinem Vater und dem Ingenieur vorausging, blieb stehen.

»Wir sind an Ort und Stelle!« rief der alte Bergmann. »Gott sei Dank, Herr James, nun sind Sie da und wir werden erfahren . . .«

Die sonst so sichere Stimme des alten Obersteigers ward etwas zitternd.

»Mein wackrer Simon«, sagte der Ingenieur, »beruhigt Euch. Ich bin gewiß ebenso erregt wie Ihr, aber jetzt gilt es keine Zeit zu verlieren.«

Hier, wo sich die drei Männer befanden, erweiterte sich das Ende des Stollens zu einer Art dunklen Höhle. Kein Schacht durchsetzte das Gestein, so daß der weit ausgebrochene Stollen ohne jede direkte Verbindung mit der Oberfläche der Grafschaft Stirling blieb.

James Starr musterte mit höchstem Interesse den Ort, wo er sich befand.

Noch sah man an der Schlußwand dieser Höhle die Spuren der letzten Spitzhackenschläge und sogar einige Reste von Sprenglöchern, die gegen Ende des Betriebes zur Loslösung des Gesteins gebohrt worden waren. Bei dem sehr festen Gefüge des Schieferfelsens hatte man nicht nötig gehabt, die letzte Aushöhlung zu stützen oder wieder auszufüllen. Hier zwischen dem Schiefer und Sandstein der tertiären Formation lief die letzte Kohlenader aus; hier war auch das letzte Stückchen Kohle aus der Grube Dochart gefördert worden.

»An diesem Punkte, Herr James«, sagte Simon Ford, die Haue erhebend, »werden wir das tote Gestein in Angriff nehmen müssen, denn hinter dieser Wand muß sich in größerer oder geringerer Tiefe das gesuchte Kohlenlager finden.«

»Und an der Oberfläche dieses Felsen«, fragte James Starr, »habt Ihr den Austritt von Wettergasen nachgewiesen?«

»Gewiß, Herr James«, antwortete Simon Ford, »und ich habe es durch die bloße Annäherung meiner Lampe entzünden können. Harry ist das ebenfalls wiederholt gelungen.«

»In welcher Höhe?« fragte James Starr.

»Gegen zehn Fuß von der Sohle des Stollens«, antwortete Harry.

James Starr hatte sich auf einen Felsblock gesetzt. Nachdem er die Atmosphäre der Höhle geprüft, schien es fast, als zöge er die doch so zuversichtlichen Worte der beiden Bergleute stark in Zweifel.

Das Wasserstoff-Monokarbonat ist nämlich nicht vollständig geruchlos, und den Ingenieur nahm es Wunder, daß dasselbe sich seinem ebenso geübten, als scharfen Geruchsinne gar nicht offenbaren sollte. Fand sich dieses explosive Gas hier der Luft beigemischt, so konnte es doch nur in sehr geringen Quantitäten der Fall sein. Eine Explosion war also nicht zu fürchten, und man konnte die Sicherheitslampe ohne Gefahr öffnen, um einen Versuch anzustellen, wie es der alte Bergmann schon vorher getan hatte.

Was den Ingenieur in diesem Augenblick beunruhigte, war nicht, daß er einen zu großen Gasgehalt der Luft voraussetzte, sondern daß er eher glaubte, einen zu geringen, wenn nicht gar keinen anzutreffen.

»Sollten sie sich getäuscht haben?« murmelte er für sich. »Nein, das sind ja Leute, die sich auf die Sache verstehen. Und doch ...«

Er wartete also nicht ohne einige Unruhe auf die von Simon Ford vorausgesagte Erscheinung. Aber eben jetzt schien auch Harry, ganz wie vorher ihm selbst, dieses vollständige Fehlen des Gasgeruchs aufzufallen.

»Vater«, begann dieser, »mir scheint, der Austritt des Gases aus dem Schieferfelsen hat aufgehört!«

»Was? Aufgehört! ...« rief der alte Bergmann erschrocken.

Simon Ford schloß die Lippen hermetisch und saugte die Luft in mehreren tiefen Zügen durch die Nase ein.

Plötzlich fuhr er auf und rief:

»Gib mir deine Lampe, Harry!«

Simon Ford erfaßte die Lampe mit zitternder Hand. Er entfernte das dieselbe umschließende Drahtnetz und ließ die Flamme in freier Luft brennen.

Wie erwartet, entstand keine Explosion, aber, was hier viel bedeutsamer erschien, die Flamme schrumpfte nicht einmal ein wenig zusammen, wodurch sich sonst das Vorhandensein geringerer Wettergasmengen verrät.

Simon Ford nahm Harrys Stock, befestigte die Lampe an dessen Spitze und erhob sie in die höheren Luftschichten, in denen sich das Gas infolge seiner geringeren spezifischen Schwere hätte ansammeln müssen, selbst wenn es nur in der geringsten Quantität ausströmte.

Die gerade aufsteigende weiße Flamme der Lampe deutete auf keine Spur von Wasserstoff-Monokarbonat.

»An die Wand halten!« sagte der Ingenieur.

»Ja!« antwortete Simon Ford und bewegte die Lampe nach denjenigen Stellen der Wand hin, wo er und sein Sohn noch am Tage vorher die Gasentwicklung wahrgenommen hatten.

Des alten Bergmanns Arm zitterte, als er die Flamme in der Höhe jener Spalten des Schiefers hinführte.

»Löse du mich ab, Harry«, sagte er.

Harry ergriff den Stock und hielt die Lampe nach und nach an alle die gespaltenen Stellen im Schiefer . . . Doch er schüttelte den Kopf, denn das leise Knistern und Zischen, welches das ausströmende Wettergas zu begleiten pflegt, drang nicht zu seinem Ohre. Eine Entzündung fand nicht statt. Es lag also auf der Hand, daß jetzt kein Gasmolekül aus der Wand hervorquoll.

»Nichts!« rief Simon Ford, dessen Faust sich mehr infolge des aufflammenden Zorns, als der Entmutigung ballte.

Da entfuhr ein Schrei Harrys Lippen.

»Was ist dir?« fragte James Starr.

»Man hat die Spalten des Schiefers verstopft!«

»Sprichst du die Wahrheit?« fragte der alte Bergmann.

»Seht selbst, Vater!«

Harry hatte sich nicht getäuscht. Deutlich erkannte man beim Scheine der Lampe die Verschließung der Spalten, welche, erst neuerdings mittels Kalk ausgeführt, sich deutlich als eine lange weißere Linie zeigte, die durch darauf gestreuten Kohlenstaub nur unvollkommen verdeckt war.

»Er!« rief Harry, »das kann nur er getan haben!«

»Welcher er?« fragte James Starr.

»Nun, jener Unbekannte«, antwortete Harry Ford, »der unser Reich heimsucht; er, dem ich hundertmal aufgelauert habe, ohne ihn zu erlangen; derselbe, das steht nun außer Zweifel, der auch jenen zweiten Brief schrieb, um Sie, Herr Starr, von der Begegnung mit meinem Vater abzuhalten, und der in dem Stollen vom Yarow-Schachte her jenen Stein nach uns schleuderte! Oh, hier ist kein Zweifel möglich! Bei allen diesen Vorkommnissen ist die Hand eines Menschen im Spiele!«

Harry hatte mit solch entschiedener Sicherheit gesprochen, daß sich seine Überzeugung auch dem Ingenieur unwillkürlich aufdrängte. Nur der alte Obersteiger beharrte bei seiner Ansicht, trotzdem man sich hier angesichts einer unleugbaren Tatsache befand, jener Verschließung der Schieferspalten, durch welche das Gas noch gestern hervordrang.

»Nimm deine Spitzhaue, Harry«, rief Simon Ford. »Steig auf meine Schultern, mein Junge! Ich bin noch fest genug, dich zu tragen.«

Harry verstand ihn. Sein Vater stellte sich dicht an die Wand, er selbst schwang sich auf dessen Schultern, so daß er die verkitteten Spalten erreichen konnte. Sofort bearbeitete er mit wiederholten kräftigen Schlägen das umgebende Schiefergestein.

Bald entstand ein scharfes Zischen, wie man es vom Champagner hört, der seine Kohlensäure durch einen nicht ganz dichten Pfropfen treibt – ein Geräusch, das man in den englischen Kohlenwerken mit dem onomatopoetischen Namen »Puff« bezeichnet. Harry ergriff nun die Lampe und näherte sie dem Spalt . . .

Es entstand eine leichte Detonation, und längs der Wand hin hüpfte eine kleine rötliche, an den Rändern blaue Flamme, ähnlich einem flackernden Irrlicht.

Harry sprang wieder herunter, und der alte Obersteiger ergriff als Ausdruck seiner innigsten Freude die Hände des Ingenieurs mit den Worten:

»Hurra, hurra, hurra! Herr James, das Wettergas brennt, die Kohle ist da!«

Achtes Kapitel

Eine Dynamit-Explosion

Der von dem alten Obersteiger angekündigte Versuch war also geglückt. Das Wasserstoff-Monokarbonat entwickelt sich, wie bekannt, nur in und aus Kohlenlagern. Das Vorhandensein einer weiteren Ader des kostbaren Brennstoffes konnte also nicht mehr bezweifelt werden. Wie ausgedehnt, wie wertvoll sie wäre, das blieb der späteren Entscheidung überlassen.

Diese Konsequenzen zog der Ingenieur aus der eben selbst beobachteten Erscheinung. Sie stimmten übrigens vollständig mit denen Simon Fords überein.

»Gewiß«, sagte sich James Starr, »hinter dieser Wand verläuft noch eine Kohlenschicht, auf welche unsere Bohrversuche nicht trafen. Bedauerlich ist nur, daß fast die ganze Betriebsausrüstung des Werkes seit zehn Jahren verfallen und nun neu herzustellen ist. Immerhin! Wir haben die Ader, welche man schon für erschöpft hielt, wieder aufgefunden, und werden sie diesmal gewiß bis zum Ende verfolgen.«

»Nun, Herr James«, fragte Simon Ford, »was halten Sie von unserer Entdeckung? Tat ich unrecht daran, Sie zu belästigen? Bedauern Sie diesen letzten Besuch der Grube Dochart?«

»O nein, nein, mein alter Freund!« antwortete James Starr. »Diese Zeit war nicht verschwendet, aber es würde der Fall sein, wenn wir nicht sofort zum Cottage zurückkehrten. Morgen begeben wir uns wieder hierher und sprengen diese Wand mittels einer Dynamitpatrone. Treffen wir auf das Kohleflöz selbst, so werden uns wiederholte Bohrversuche über dessen Ausdehnung und Mächtigkeit aufklären, und ich gründe, sobald diese unserer Erwartung irgend entsprechen, gewiß zur Zufriedenheit der alten Aktionäre eine Gesellschaft von Neu-Aberfoyle. Noch vor Ablauf von drei Monaten müssen dann die ersten Kohlenwagen aus der neuen Lagerstätte gefördert werden.«

»Wohl gesprochen, Herr James!« rief Simon Ford freudig erregt. »Die alte Grube verjüngt sich, wie eine Witwe, wenn sie wieder heiratet. Das frische Leben der früheren Tage wird wieder aufblühen unter den Schlägen der Spitzhaue, dem Donner der Minen, dem Rasseln der Wagen, dem Wiehern der Pferde, dem Knarren des Gestänges und dem Keuchen der Maschinen! Oh, ich soll das alles wieder erblicken! – Ich hoffe, Herr James, Sie werden mich nicht für zu alt halten, mein Amt als Obersteiger wieder einzunehmen?«

»Nein, wackerer Simon, gewiß nicht! Ihr seid jünger geblieben als ich, alter Kamerad.«

»Und, beim heiligen Mungo, Sie werden auch wieder unser ›viewer‹ sein! Möge die neue Ausbeutung recht lange anhalten und mir der Himmel die Gnade angedeihen lassen, meine Augen eher zu schließen, bevor sie das Ende derselben sahen.«

Der alte Bergmann jubelte laut auf vor Freude. James Starr teilte diese gewiß, aber er ließ den alten Simon gern für zwei aufjauchzen.

Harry allein blieb in Gedanken versunken. Vor seiner Erinnerung standen alle jene sonderbaren, unerklärlichen Ereignisse, welche der Entdeckung des neuen Kohlenflözes vorausgingen, und erweckten in ihm manche Besorgnisse für die Zukunft.

Eine Stunde später trafen James Starr und seine zwei Begleiter wieder in dem Cottage ein.

Der Ingenieur aß mit bestem Appetit zu Abend, ging willig auf alle von dem rüstigen Obersteiger entwickelten Pläne ein, und hätte ihn nicht der lebhafte Wunsch erregt, schon den nächsten Tag anbrechen zu sehen, er würde nirgends in der Welt so gut geschlafen haben als in dieser ungestörten Ruhe des Cottage.

Am anderen Morgen brachen James Starr, Simon Ford, Harry und selbst Madge nach einem kräftigen Frühstück zeitig auf und schlugen den gestrigen Weg wieder ein. Außer verschiedenen notwendigen Werkzeugen nahmen sie auch einige Dynamitpatronen mit, um das vorliegende tote Gestein zu sprengen. Außer einer mächtigen Fackel führte Harry auch eine größere Sicherheitslampe, welche zwölf Stunden lang brennen konnte, mit sich. Das erschien ausreichend für den Weg hin und zurück sowohl, als auch für den notwendigen Aufenthalt durch weitere Nachforschungen, wenn solche ersprießlich schienen.

»Ans Werk!« drängte Simon, als er mit seinen Begleitern das Ende des Stollens erreicht hatte.

Er ergriff ein schweres Brecheisen und trieb es kräftig gegen die Schieferwand.

»Wartet einen Augenblick«, sagte da der Ingenieur. »Wir wollen uns zunächst überzeugen, ob hier alles unverändert ist und das Wettergas noch immer durch die Spalten dringt.«

»Sie haben sehr recht, Herr Starr«, stimmte ihm Harry zu; »was wir gestern hier verstopft fanden, könnte es auch heute wieder sein!«

Auf einem Steinblock sitzend, musterte Madge sorgfältig die umgebende Höhle und die Wand, welche gesprengt werden sollte.

Es ward konstatiert, daß sich alles noch in demselben Zustande befand. Die Spalten im Schiefer zeigten keinerlei Veränderung. Das Wasserstoff-Monokarbonat drang noch immer, wenn auch nur in schwächerem Strome, daraus hervor, was jedenfalls daher rührte, daß es seit dem gestrigen Tage schon ganz ungehinderten Abzug fand. Jedenfalls erschien dieses Hervorquellen so gering, daß es keine Befürchtung, es könne sich hier ein explosives Luftgemisch gebildet haben, wachrief. James Starr und seine Begleiter konnten also ganz unbesorgt ans Werk gehen. Übrigens durfte man voraussetzen, daß die Luft hier sich allmählich reinigen mußte, je nachdem sie sich nach den höheren Schächten und Galerien der Grube Dochart verbreitete, und daß die in diese große Luftmenge verteilten Wettergase zu einer Explosion keine Veranlassung geben konnten.

»Ans Werk also!« wiederholte Simon Ford.

Bald lösten sich unter seinen wuchtigen Schlägen abgesprengte Felsenstücke los.

Die Steinwand bestand im wesentlichen aus Sandstein und Schiefern mit zwischengelagerten Puddingsteinen, wie man sie nicht selten neben den Ausläufern der Kohlenflöze antrifft.

James Starr hob einige der durch das Werkzeug abgesprengten Bruchstücke auf und untersuchte sie sorgfältig, um vielleicht einen sicheren Hinweis auf Kohle daran zu entdecken.

Die erste Arbeit nahm etwa eine Stunde in Anspruch, bis eine hinreichend tiefe Aushöhlung in der Hinterwand des Stollens hergestellt war.

James Starr bezeichnete hierauf die Einzelstellen für die zu bohrenden Sprenglöcher, welche Harrys geübte Hand mittels Steinbohrer und Schlegel* sehr bald fertigstellte. Dann setzte man Dynamitpatronen in dieselben ein. Jene hatten eine lange geteerte Lunte mit Sicherheitszünder innerhalb der eigentlichen Sprengmasse. Man zündete die Lunten an. James Starr und seine Begleiter zogen sich genügend zurück.

»Oh, Herr James«, sagte Simon Ford, der seine Aufregung nicht zu bemeistern vermochte, »noch niemals hat mein altes Herz so erwartungsvoll geschlagen. Ich

*Eine besondere, von den Bergleuten gebrauchte Art Hammer

brenne schon darauf, die Kohlenader in Angriff zu nehmen.«

»Geduld, Simon«, ermahnte ihn der Ingenieur. »Sie setzen doch nicht voraus, hinter dieser Wand schon einen Stollen fix und fertig zu finden?«

»Entschuldigen Sie, Herr James«, erwiderte der alte Obersteiger. »Ich setze alles voraus, was überhaupt möglich ist. Wenn Harry und mich das Glück schon durch die Entdeckung eines neuen Flözes so außerordentlich begünstigte, warum sollte das auch nicht bis zum Ende der Fall sein?«

Die Dynamit-Explosion erfolgte. Rollend pflanzte sich der Donner in dem Netze der unterirdischen Gänge fort.

James Starr, Madge, Harry und Simon Ford eilten nach der Wand der Höhle.

»Herr James, Herr James«, rief der alte Obersteiger, »sehen Sie, die Tür ist aufgesprungen . . .«

Diesen Vergleich Simon Fords rechtfertigte das Sichtbarwerden einer neuen Aushöhlung, deren Tiefe man nicht zu schätzen vermochte.

Harry wollte schon durch die Öffnung eindringen . . .

Der Ingenieur, der übrigens sehr erstaunt war, jenen Hohlraum zu finden, hielt ihn zurück.

»Laß die Luft darin sich erst reinigen«, sagte er.

»Ja, Achtung vor den Mofetten*!« rief ihm Simon Ford zu.

Eine Viertelstunde verging in ängstlicher Erwartung. Dann hielt man die an das Ende des Stockes befestigte Fackel möglichst weit in die neu eröffnete Höhle hinein und überzeugte sich, daß sie darin unverändert weiterbrannte.

»So geh hinein, Harry«, sagte James Starr, »wir folgen dir nach.«

---

*So heißen die giftigen Ausdünstungen in den Kohlengruben.

Das durch das Dynamit freigelegte Sprengloch war hinreichend groß, um einen Menschen passieren zu lassen.

Mit der Leuchte in der Hand begab sich Harry ohne Zögern hindurch und verschwand bald in der Finsternis.

James Starr, Simon Ford und Magde warteten bewegungslos.

Eine Minute – wie lang erschien sie ihnen – verstrich. Harry erschien nicht wieder, er rief sie auch nicht. Als er sich dem gesprengten Eingange näherte, bemerkte James Starr auch nicht einmal einen Lichtschein mehr, der die dunkle Höhle doch einigermaßen hätte erhellen müssen.

Sollte Harry plötzlich der Boden unter den Füßen geschwunden sein? War der junge Bergmann vielleicht in irgendeine grundlose Tiefe gestürzt? Drang seine Stimme nicht mehr bis zu seinen Begleitern?

Ohne sich über solche Möglichkeiten Rechenschaft zu geben, wollte eben der alte Obersteiger schon in die unbekannte Höhle eintreten, als ein erst schwacher, bald aber heller werdender Schein aufleuchtete und Harrys Stimme ertönte.

»Kommen Sie, Herr Starr! Hierher, Vater!« rief er; »der Weg durch Neu-Aberfoyle ist offen!«

Neuntes Kapitel

Neu-Aberfoyle

Wäre es möglich gewesen, mittels irgendeiner übermenschlichen Kraft in einem Stück und in einer Dicke von etwa tausend Fuß die ganze Erdrinde abzuheben, welche alle die Seen, Flüsse und Golfe der Grafschaften Stirling, Dumbarton und Renfrew trägt, so würde man unter diesem enormen Deckel eine ungeheuere Aushöhlung gefunden haben, der sich nur eine einzige andere auf der ganzen Erde – die berühmte Mammouth-Grotte in Kentucky – vergleichen könnte.

Diese Aushöhlung bestand aus mehreren hundert Zellen von jeder Form und Größe, einem Bienenkorbe mit verschiedenen, willkürlich angelegten Etagen nicht unähnlich, doch einem Bienenkorbe in riesenhaftem Maßstabe, der statt der Bienen recht gut die Ichthyosauren, Megatherien und Pterodactylen der geologischen Vorzeit hätte beherbergen können.

Ein Labyrinth von Galerien, die einen höher als die höchsten Wölbungen der Kirchen, andere eng und gewunden, diese in horizontaler Richtung verlaufend, jene in ganz beliebiger Abwechslung schräg nach oben oder unten sich hinziehend – stellten diese Höhlen dar, welche frei untereinander zusammenhingen.

Die Pfeiler, welche die alle Baustile nachahmenden Wölbungen trugen, die dicken, zwischen den Galerien verlaufenden Mauern und die Nebengänge in diesen sekundären Schichten waren alle aus Sandstein und schiefrigen Felsen zusammengesetzt. Zwischen diesen wertlosen Lagern aber, und von denselben mächtig zusammengepreßt, zeigten sich herrliche Kohlenflöze, ähnlich scharzem Blute, das in der Vorzeit durch dieses unentwirrbare Netz geflossen zu sein schien. Jene Lager erstreckten sich übrigens nach Norden und Süden in einer Länge von vierzig Meilen und setzten sich sogar unter dem Grunde des Nordkanales fort. Die Mächtigkeit des ganzen Bassins konnte freilich erst nach vielfachen Sondierungen abgeschätzt werden, sein Gesamtinhalt aber übertraf ohne Zweifel weit die Kohlenvorräte Cardiffs, der Grafschaft Galles und der Flöze von Newcastle in der Grafschaft Northumberland.

Hierzu kommt noch, daß die Ausbeutung dieser Kohlengrube gewiß eine sehr bequeme sein mußte, weil die Natur schon durch die sonderbare Gestaltung dieser sekundären Gesteinsmassen, durch ein unerklärliches Zurücktreten der mineralischen Stoffe in der geologischen Epoche, als diese Bergmasse erhärtete, eine Menge Stollen und Nebengänge in Neu-Aberfoyle geschaffen hatte.

Ja, die Natur allein! Man hätte wohl auf den ersten Blick glauben können, irgendeine seit Jahrhunderten verlassene Kohlenmine wieder aufgefunden zu haben, doch dem war nicht so. Solche Reichtümer hätte niemand liegenlassen. Die menschlichen Termiten hatten diesen Teil des Untergrundes von Schottland noch nicht durchwühlt, alles war das reine Werk der Natur. Doch wie gesagt, kein Hypogeon Ägyptens, keine Katakombe der Römerzeit wäre jenen Höhlen zu vergleichen gewesen – höchstens jene berühmten Mammuthöhlen, welche bei einer Länge von zwanzig Meilen zweihundertsechsundzwanzig Straßen, elf Seen, sieben Ströme, acht Wasserfälle, zweiunddreißig unergründliche Schluchten und siebenundfünfzig ungeheure Gewölbe zählen, von denen einige mehr als vierhundert Fuß Höhe haben.

So waren auch diese Grotten von Aberfoyle nicht ein Werk von Menschenhänden, sondern ein solches des

Schöpfers aller Dinge.

Die Ehre der Auffindung dieses Gebietes mit allen seinen unvergleichlichen Reichtümern gebührte ohne Zweifel dem alten Obersteiger. Ein zehnjähriger Aufenthalt in der alten Kohlengrube, eine seltene Zähigkeit in seinen Nachforschungen, ein unerschütterlicher Glaube und neben diesem ein ausgezeichneter bergmännischer Instinkt, alles hatte sich hier vereinigen müssen, um ihn einen Erfolg da erzielen zu lassen, wo alle Versuche anderer gescheitert waren. Warum setzte man mit den unter James Starrs Leitung, während der letzten Jahre des Betriebes vorgenommenen Bohrversuchen gerade hier, dicht an der Grenze dieser neuen Kohlenmine, aus? Man kann das nur dem Zufalle zuschreiben, der ja bei allen Nachsuchungen dieser Art eine so große Rolle spielt.

Doch, wie dem auch sei, hier in dem Unterirdischen Schottlands lag eine ganze Grafschaft verdeckt, der, um bewohnbar zu sein, nichts fehlte, als die Sonne des Himmels oder irgendein anderes Gestirn, welches sie speziell beleuchtete.

Das Wasser hatte sich hier in diesen verschiedenen Vertiefungen gesammelt und bildete Teiche, selbst noch größere Seen als der Katrinesee, der genau darüber lag. Freilich entbehrten diese Seen der Bewegung des Wasser, der Strömungen und Brandung. In ihnen spiegelte sich nicht das Bild irgendeines gotischen Schlosses; weder Weiden noch Eichen hingen über ihren Ufern, kein langer Schatten benachbarter Berge fiel auf ihre Oberfläche; der Sonne Strahlen zitterten nicht darin und der Mond ging niemals über ihrem Horizonte auf. Und dennoch wären diese tiefen Seen, deren Spiegel keine Brise kräuselte, noch ohne Reiz gewesen, wenn der Glanz eines elektrischen Lichtes darüber gelegen und die vielverzweigten Kanäle gezeigt hätte, welche die

Geographie dieses fremdartigen Gebietes vervollständigten.

Wenn auch ungeeignet zu jeder pflanzlichen Vegetation, hätte es doch einer zahlreichen Bevölkerung als Wohnsitz dienen können. Und wer weiß wohl, ob inmitten dieser immer gleichmäßigen Temperatur, im Grunde der Werke von Aberfoyle, ebenso wie in denen von Newcastle, Alloa und Cardiff, wenn ihre Lagerstätten erschöpft sein werden – wer weiß, ob die ärmere Klasse des Vereinigten Königreiches nicht einmal noch darin Zuflucht suchen wird?

Zehntes Kapitel

Hin und zurück

Auf Harrys Ruf hatten sich James Starr, Madge und Simon Ford durch den Eingang begeben, welche die Grube Dochart mit der neuen Höhle in Verbindung setzte.

Sie sahen sich hier am Anfange einer geräumigen Galerie. Man hätte glauben können, sie sei von der Hand des Menschen angelegt, Axt und Haue hätten sie zum Zwecke der Ausbeutung eines reichen Lagers erst gebrochen. Die Eintretenden legten sich auch zuerst die Frage vor, ob sie nicht in irgendeine alte Kohlengrube gelangt seien, von deren Existenz auch die ältesten Bergleute der Grafschaft keine Ahnung mehr hatten.

Nein! Die geologischen Schichten allein hatten diese Galerien »ausgespart« zu jener Zeit, als sich die sekundären Ablagerungen bildeten. Vielleicht brauste hier in der Urzeit einmal ein mächtiger Strom, als die Wasser von oben sich mit den in den Abgründen verschlungenen Pflanzen mischten; jetzt aber erschienen sie so trokken, als wäre sie einige tausend Fuß tiefer, durch die Granite des Urgebirges getrieben. Übrigens zirkulierte die Luft in denselben scheinbar leicht, was den Beweis lieferte, daß sie durch irgendwelche natürliche Wetterschächte mit der äußeren Atmosphäre in Verbindung standen.

Diese, von dem Ingenieur gemachte Bemerkung wurde von allen bestätigt. Bezüglich der Wettergase, welche vorher durch Spalten der Wände gedrungen waren, schien es doch, als seien sie nur in einer sogenannten »Tasche« angesammelt gewesen, die sich geleert hatte, wenigstens überzeugte man sich, daß die Luft der Galerien keine Spur davon enthielt. Aus Vorsicht hatte Harry jedoch nur die Sicherheitslampe mitgenommen, die ja für eine Brennzeit von zwölf Stunden ausreichte.

James Starr und seine Begleiter waren hoch erfreut über diese alles übertreffende Erfüllung ihrer Wünsche. Rings um sie stand die Kohle an. Eine gewisse Erregung machte sie sprachlos. Selbst Simon Ford bezwang sich und äußerte sein Entzücken statt durch lange Sätze nur durch kurze Ausrufe der Verwunderung.

Es war vielleich unklug, sich so tief in diese Krypta hineinzuwagen. Oh, an die Rückkehr dachten sie jetzt ja kaum. Die Galerie erwies sich gangbar und verlief ziemlich gerade. Kein Spalt hemmte ihren Schritt, kein »Puff« atmete schädliche Dünste aus. Es lag also gar kein Grund vor, haltzumachen, und so wanderten James Starr, Madge, Harry und Simon Ford eine Stunde lang weiter, ohne daß sie durch irgendein Merkzeichen sich über die genaue Formation des unbekannten Tunnels hätten vergewissern können.

Gewiß wären sie noch weiter vorgedrungen, wenn sie nicht das Ende des weiteren Weges erreicht hätten, dem sie vom Anfange an folgten.

Die Galerie mündete wiederum in eine ungeheuere Höhle. In welcher Entfernung senkte sich die entgegengesetzte Wand herab? Die herrschende Dunkelheit verhinderte das zu erkennen. Beim Schein der Lampe konnten die Wanderer aber erkennen, daß die unsichtbare Wölbung eine ausgedehnte, schlafende Wasserfläche – einen Teich oder See – bedeckte, dessen pittoreske, von hohen Felsenmassen eingefaßte Ufer sich in der Finsternis verloren.

»Halt!« rief Simon Ford, indem er plötzlich stehenblieb. »Einen Schritt weiter und wir stürzen vielleicht in einen Abgrund.«

»Wir wollen ein wenig ausruhen, meine Freunde«, meinte der Ingenieur. »Auch werden wir an die Rückkehr nach dem Cottage denken müssen.«

»Unsere Lampe würde noch für zehn Stunden reichen, Herr Starr«, sagte Harry.

»Nun, gut, jedenfalls wollen wir haltmachen«, wiederholte James Starr; »ich gestehe, meine Beine haben es nötig! – Und Sie, Madge, verspüren Sie denn gar nichts von der Anstrengung eines so weiten Weges?«

»Nicht allzuviel, Herr James«, antwortete die rüstige Schottin. »Wir pflegten die alte Grube von Aberfoyle öfter den ganzen Tag zu durchstreifen.«

»Bah«, setzte Simon Ford hinzu, »Madge legte diesen Weg, wenn es nötig wäre, auch zehnmal zurück. Ich bleibe aber dabei, Herr James, meine Mitteilung war doch wohl der Mühe, die sie Ihnen veranlaßte, wert? Wagen Sie, nein zu sagen, Herr James, wagen Sie es nur einmal!«

»Ei, mein alter Freund, eine solche Freude habe ich seit undenklicher Zeit nicht gehabt!« erwiderte der Ingenieur. »Das wenige, was wir von dieser Wundergrube gesehen haben, scheint darauf hinzudeuten, daß ihre Ausdehnung, mindestens bezüglich der Länge, eine sehr große ist.«

»Bezüglich der Breite und der Tiefe nicht minder, Herr James!« vervollständigte Simon Ford.

»Das werden wir später erfahren.«

»Ich stehe dafür ein! Verlassen Sie sich auf meinen Instinkt des alten Bergmannes; er hat mich nie getäuscht.«

»Ich glaube Euch ja gern, Simon«, sagte der Ingenieur lächelnd. »Soweit ich es nach dieser oberflächlichen und kurzen Prüfung zu beurteilen vermag, besitzen wir hier Unterlagen zu einem mehrere Jahrhunderte andauernden Betrieb!«

»Jahrhunderte!« rief Simon Ford, »ich glaub' es, ja, ja, ich glaub' es, Herr James, oh, es werden tausend Jahre vergehen, bevor das letzte Stück Kohle aus unserer neuen Mine gefördert wird.«

»Gott geb' es«, erwiderte James Starr. »Was nun die Qualität der Kohle betrifft, welche hier an den Wänden ausläuft . . .«

»Die ist vortrefflich, Herr James, ganz vortrefflich«, fiel ihm Simon Ford ins Wort. »Da sehen Sie nur selbst!«

Bei diesen Worten schlug er mit der Spitzhaue ein Stück von dem schwarzen Minerale los.

»Seht, seht!« rief er, indem er seine Lampe näherte, »die Bruchflächen der Kohle glänzen! Wir finden hier eine fette, an bituminösen Stoffen reiche Steinkohle, die fast ohne Staub und Abfall in kleinere Stücke springt. Oh, Herr James, das ist ein Flöz, das Swansea und Cardiff eine fühlbare Konkurrenz machen wird. Die Konsumenten werden sich noch darum streiten, und da sie mit so wenig Unkosten zu gewinnen ist, wird sie auch zu niedrigem Preise verkauft werden können.«

»In der Tat«, sagte Madge, die ein Stückchen Kohle aufgenommen und es mit Kennerblick betrachtete,

»das ist ein gutes Brennmaterial. Nimm dieses Stückchen mit nach dem Cottage, Simon; ich möchte das erste Erzeugnis der neuen Grube unter unserem Herde brennen sehen!«

»Ganz recht, Frau«, antwortete der alte Obersteiger, »und du wirst sehen, daß ich mich nicht getäuscht habe.«

»Herr Starr«, fragte da Harry, »haben Sie wohl eine ungefähre Ansicht über die Richtung und den Verlauf der langen Galerie, welche wir in der neuen Kohlengrube durchschritten haben?«

»Nein, mein Sohn«, erwiderte der Ingenieur, »mit einem Kompaß hätte ich seine allgemeine Richtung wohl feststellen können, ohne einen solchen aber befinde ich mich in derselben Lage wie der Schiffer auf offenem Meere mitten im Nebel, wenn ihm das Nichtsichtbarsein der Sonne eine Aufnahme seiner Lage nicht gestattet.«

»Gewiß, Herr James«, warf Simon Ford ein, »aber ich bitte, vergleichen Sie unsere Lage nicht mit der eines Seemanns, der immer und überall nur den Abgrund unter sich hat. Wir stehen hier auf festem Grund und Boden und brauchen nicht zu fürchten, jemals unterzugehen.«

»Ich werde Euch diesen Schmerz nicht machen, alter Simon«, beruhigte ihn James Starr. »Fern sei von mir der Gedanke, daß neue Kohlenwerk von Aberfoyle durch einen ungerechten Vergleich herabzusetzen. Ich habe nur das eine sagen wollen, daß wir hier nicht wissen, wo wir eben sind.«

»Wir sind im Untergrunde der Grafschaft Stirling, Herr James«, antwortete Simon Ford, »und das behaupte ich so sicher, als ob . . .«

»Hört!« rief Harry, indem er den alten Obersteiger unterbrach.

Alle lauschten ebenso wie der junge Bergmann. Sein geübtes Ohr hatte ein Geräusch vernommen, ähnlich einem entfernten Murmeln. James Starr, Simon und Madge hörten es ebenfalls. Von den oberen Schichten her erklang es, wie eine Art Rollen, an dem man, so schwach es auch war, ein Crescendo und Decrescendo deutlich unterscheiden konnte.

Einige Minuten verharrten alle vier in tiefem Schweigen. Plötzlich rief Simon Ford:

»Ei, beim heiligen Mungo, rollen denn die Hunde schon über die Schienen in Neu-Aberfoyle?«

»Vater«, erwiderte Harry, »mir scheint das Geräusch vielmehr von einer Wassermasse herzurühren, welche über einen Uferrand hinwegrollt.«

»Wir sind hier doch nicht unter dem Meere!« meinte der alte Obersteiger.

»Das nicht«, erklärte der Ingenieur, »aber es wäre nicht unmöglich, daß wir uns unter dem Katrinesee befänden.«

»Dann müßten die Erdschichten über uns freilich nur einen geringen Durchmesser haben, da man das Rauschen des Wassers so deutlich hört.«

»Das ist leicht denkbar«, erwiderte James Starr, »und wird dadurch zu erklären sein, daß diese Höhle selbst sehr hoch hinauf reicht.«

»Damit könnten Sie recht haben, Herr Starr«, sagte Harry.

»Übrigens ist draußen sehr schlechtes Wetter«, fuhr James Starr fort, »und die Wogen des Sees werden wohl ebenso wild aufwallen wie die des Golfes von Forth.«

»Nun, immer zu«, fiel Simon Ford ein. »Die Steinkohlenschicht wird deshalb nicht schlechter sein, daß sie unter einem See lagert. Es würde nicht das erste Mal sein, daß man der Kohle selbst bis unter den Grund des Ozeans nachgeht! Und sollten wir alle Tiefen der Nordsee durchwühlen, was wäre daran so Schlimmes?«

»Bravo, Simon«, sagte der Ingenieur, der sich eines Lächelns über den Enthusiasmus des alten Obersteigers nicht enthalten konnte. »Wir treiben unsere Stollen hinaus unter das Meer. Wir durchlöchern das Bett des atlantischen Meeres wie ein Sieb! Wir arbeiten uns mit der Spitzhaue unter dem Ozean hindurch bis zu unseren Stammverwandten der Vereinigten Staaten. Wir wühlen uns bis an den Mittelpunkt der Erde ein, um ihr das letzte Stückchen Kohle zu rauben!«

»Lachen Sie mich aus, Herr James?« fragte Simon Ford ganz ernsthaft.

»Ich lachen, alter Simon, nein! Aber Euer Enthusiasmus reißt Euch fort bis zum Unmöglichen! Halten wir uns nur an die Wirklichkeit, sie verspricht uns ja genug. Wir wollen jetzt die Werkzeuge ruhig hier liegenlassen und den Weg zum Cottage wieder einschlagen.«

Etwas anderes war für jetzt wirklich nicht vorzunehmen. In der nächsten Zukunft wollte der Ingenieur in Begleitung einer Brigade von Bergleuten mit vollständiger Ausrüstung die Ausbeutung von Neu-Aberfoyle wieder in die Hand nehmen. Jetzt empfahl es sich jedoch, nach der Grube Dochart zurückzukehren. Der Weg war ja leicht zu finden. Die Galerie verlief bis zu der gesprengten Öffnung fast in gerader Linie, also konnte man sich nicht wohl verirren.

Als James Starr aber sich schon zum Aufbruch anschickte, hielt ihn Simon Ford noch einmal zurück.

»Herr James«, begann er, »Sie sehen hier diese ungeheure Höhle, den unterirdischen See, den sie bedeckt, das Ufer, welches die Wasser zu unseren Füßen bespülen? Nun, hierher werde ich meine Wohnung verlegen, und wenn einige wackere Kameraden meinem Beispiel folgen wollen, so wird es binnen einem Jahre tief im Erdboden von Alt-England ein Dörfchen mehr geben!«

James Starr billigte lächelnd die Projekte des alten Simon, drückte ihm die Hand, und alle begaben sich, Madge voran, zurück nach der Galerie und nach der Grube Dochart.

Während der ersten Wegmeile trug sich nichts Besonderes zu. Harry ging allen voraus und hielt die Lampe über den Kopf empor. Er folgte aufmerksam der Hauptgalerie und vermied die engeren Tunnels, welche rechts und links an derselben ausliefen. Es schien also, als ob der Rückweg mit derselben Leichtigkeit wie der Hinweg vollendet werden sollte, als ein unangenehmer Zwischenfall die Situation der Wanderer plötzlich zu einer sehr verzweifelten machte.

Eben als Harry seine Lampe einmal höher halten wollte, entstand eine heftige Bewegung der Luftschichten, als würden sie durch unsichtbare Flügelschläge fortgetrieben. Die von der Seite getroffene Lampe entfiel Harrys Hand und zerbrach auf dem Steinboden der Galerie.

James Starr und seine Begleiter befanden sich plötzlich in der tiefsten Finsternis. Ihre Lampen, denen das Öl ausgegangen war, konnten ihnen nichts mehr nützen.

»Nun, Harry, du denkst wohl, wir sollen den Hals brechen, ehe wir zum Cottage gelangen?«

Harry erwiderte nichts. Ihm fesselten seine Gedanken die Zunge. Sollte er auch in diesem letzten Zufalle die Hand eines rätselhaften Wesens erblicken? Hauste in diesen Tiefen ein Feind, dessen unerklärlicher Widerstand dereinst vielleicht ernstere Schwierigkeiten herbeiführen sollte? Wer hatte ein Interesse daran, die Ausbeutung des neuen Kohlenlagers zu verhindern? Es erschien das ja sinnlos, und doch sprachen die Tatsachen dafür und häuften sich derartig, um bloße Voraussetzungen zur Gewißheit zu erheben.

Jedenfalls war die Lage der Wanderer jetzt keine beneidenswerte. Sie mußten in der dunklen Tiefe etwa fünf Meilen weit der Galerie folgen, welche zur Grube Dochart führte. Dann hatten sie immer noch eine Stunde Weges, bevor sie das Cottage erreichten.

»Lassen wir uns nicht aufhalten«, drängte Simon Ford, »wir haben keinen Augenblick zu verlieren. Marschieren wir tastend, wie die Blinden. Verirren können wir uns unmöglich. Die Tunnels, welche sich auf unseren Weg öffnen, sind nichts weiter als Eingänge zu Maulwurfshöhlen, und wenn wir nur der Hauptgalerie nachgehen, müssen wir offenbar auf die Mündung treffen, durch welche wir vorher hereinkamen. Dann sind wir in dem alten Kohlenwerke, das ist uns bekannt, und nicht zum ersten Male durchwandern wir dasselbe in tiefster Dunkelheit. Dort finden wir ja auch noch die zurückgelassenen Lampen. Vorwärts also! – Harry, gehe du voran; Sie folgen ihm zunächst, Herr James, dann Madge, und ich werde den Zug schließen. Nur nicht voneinander loslassen, immer nur einer dem anderen auf den Fersen!«

Man mußte sich wohl oder übel in die Anordnungen des alten Obersteigers fügen. Sich an der Wand forttastend, konnte man wirklich auch kaum den rechten Weg verfehlen. Nur mußten eben die Hände die Stelle der Augen vertreten, und mußte man sich auf den Instinkt verlassen, der bei Simon Ford und seinem Sohne fast zur zweiten Natur geworden war.

James Starr und seine Freunde setzten sich also in der angegebenen Ordnung in Bewegung. Sie sprachen kein Wort, aber ihre Gedanken beschäftigten sie um so lebhafter. Unzweifelhaft hatten sie es mit einem Gegner zu tun. Wer aber war das und wie konnte man sich gegen dessen so geheimnisvoll vorbereitete Angriffe schützen? Sosehr ihnen solche Befürchtungen aber auch im Kopfe umhergingen, jetzt war keine Zeit zur Entmutigung. Mit weit ausgebreiteten Armen schritt Harry sicher vorwärts und folgte der Galerie von einer Wand zur anderen. Zeigte sich eine Ausbuchtung, eine Seitenöffnung, so überzeugte er sich mit der Hand leicht dadurch, daß diese nicht den rechten Weg bezeichnete, daß die Ausbuchtung nur seicht oder die Öffnung nur eng war, so daß er also immer auf dem rechten Wege blieb.

Inmitten der Dunkelheit, an welche sich das Auge nicht gewöhnen konnte, weil es eben eine absolute war, nahm dieser beschwerliche Weg gegen zwei Stunden in Anspruch. Durch Abschätzung der verflossenen Zeit, und unter Berücksichtigung, daß sie nur langsam hatten gehen können, sagte sich James Starr, daß der Ausgang nun bald erreicht sein müsse.

Wirklich stand Harry fast gleichzeitig still.

»Sind wir am Ende der Galerie?« fragte Simon Ford.

»Ja«, antwortete der junge Bergmann.

»Nun, so mußt du doch die Öffnung wiederfinden, welche Neu-Aberfoyle mit der Grube Dochart verbindet?«

»Nein, ich finde sie nicht«, erwiderte Harry, der überall umhertastete, aber nur die ununterbrochene Wand traf.

Der alte Obersteiger ging einige Schritte weiter vorwärts und untersuchte selbst das Schiefergestein.

Da entfuhr ihm ein Schrei.

Entweder hatten sich die Wanderer auf dem Rückwege doch verirrt oder der einzige durch die Dynamitsprengung in der Felswand eröffnete Ausgang war neuerdings verschlossen worden.

Mochte nun hiervon das eine oder das andere sich bewahrheiten, jedenfalls war James Starr samt seinen Begleitern in Neu-Aberfoyle eingeschlossen.

Elftes Kapitel

Die Feuerhexen

Acht Tage nach obigen Ereignissen bemächtigte sich der Freunde James Starrs eine große Unruhe. Der Ingenieur war verschwunden geblieben, ohne daß man dafür einen Grund anzugeben vermochte. Durch Nachfragen bei seinem Diener erfuhr man zwar, daß er am Granton-Pier an Bord eines Dampfers, sowie von dem Kapitän des »Prince de Galles«, daß er in Stirling wieder ans Land gegangen sei, aber weiter fehlte nun auch jede Spur von James Starr. Simon Fords Brief hatte ihm die Geheimhaltung seines Besuches empfohlen, und so hatte er auch nichts über das Ziel seiner Reise verlauten lassen.

In Edinburgh war überall die Rede von dem unerklärlichen Verschwinden des Ingenieurs. Sir W. Elphiston, der Präsident der »Royal Institution«, machte seinen Kollegen Anzeige von dem Briefe, den James Starr kurz vor der Abreise an ihn gerichtet, und worin er sich entschuldigte, der nächsten Sitzung der Gesellschaft nicht beiwohnen zu können. Einige andere Personen produzierten ebenfalls ähnliche Schreiben. Diese Dokumente bewiesen freilich, daß James Starr Edinburgh verlassen hatte – was man ohnedem schon wußte –, erklärten aber nicht, wo er hingekommen sei. Seitens eines solchen Mannes mußte diese, seinen Gewohnheiten ganz widersprechende Abwesenheit aber zuerst auffallen und dann beunruhigen, je mehr sie sich in die Länge zog.

Keiner von des Ingenieurs Freunden wäre auf den Gedanken gekommen, daß er sich nach den Kohlenwerken von Aberfoyle begeben haben könne. Man kannte sein Widerstreben, den früheren Schauplatz seiner Tätigkeit wiederzusehen. Er hatte dorthin niemals wieder einen Fuß gesetzt seit der Stunde, da die letzte Hürde Kohlen zu Tag gefördert wurde. Da ihn das Dampfboot jedoch am Landungsplatze von Stirling abgesetzt hatte, veranlaßte man einige Nachforschungen nach dieser Seite.

Leider blieben sie ohne Erfolg. Kein Mensch erinnerte sich, den Ingenieur in der Grafschaft gesehen zu haben. Nur Jack Ryan, der ihm in Begleitung Harrys auf einem Leiterpodest des Yarow-Schachtes begegnet war, hätte eine erwünschte Aufklärung geben können. Der junge Mann arbeitete aber, wie wir wissen, auf der Meierei von Melrose, vierzig Meilen südwestlich in der Grafschaft Renfrew, und ihm kam es gar nicht in den Sinn, daß man sich über das Verschwinden James Starrs beunruhigen könne. Acht Tage nach seinem Besuche in dem Cottage hätte Jack Ryan also gewiß ebenso wie früher seine beliebtesten Lieder bei den Abendversammlungen des Clans von Irvine vorgetragen, wenn auch er nicht unter einer gewissen Unruhe gelitten hätte, wovon sofort weiter die Rede sein wird.

James Starr war nicht allein in der Hauptstadt, sondern auch in ganz Schottland ein viel zu bekannter und allgemein geachteter Mann, als daß irgendein ihn berührendes Vorkommnis hätte unbemerkt bleiben können. Der Lordmayor, der Stadtrat von Edinburgh, die Amtsleute und Räte, zum größten Teile lauter nähere Freunde des Ingenieurs, ließen nun eingehendere Nachforschungen anstellen und sendeten damit betraute Agenten hinaus ins Land, welche freilich ebenfalls kein Resultat erzielten.

Es blieb nun nichts anderes übrig, als in den gelesensten Zeitungen des Vereinigten Königreiches eine Bekanntmachung nebst Personalbeschreibung James Starrs zu erlassen, welche die Zeit seiner Abreise aus

Edinburgh angab, und des Erfolges derselben zu harren. Die ängstliche Aufregung stieg von Tag zu Tag. Die gelehrte Welt Englands neigte sich schon der Annahme zu, daß eines ihrer hervorragendsten Mitglieder definitiv verschollen sei.

Während sich die Allgemeinheit so wegen der Person James Starrs beunruhigte, war Harry nicht minder der Gegenstand lebhaftester Besorgnisse, nur daß letzterer, statt von der Allgemeinheit vermißt zu werden, allein der guten Laune seines Freundes Jack Ryan Abbruch tat.

Der Leser erinnert sich, daß Jack Ryan bei Gelegenheit des Zusammentreffens im Yarow-Schachte Harry einlud, in acht Tagen zu dem Feste des Clans von Irvine zu kommen. Letzterer hatte es angenommen und sein Erscheinen ausdrücklich zugesagt. Jack Ryan wußte aus vielfacher Erfahrung, daß sein früherer Kamerad ein Mann von Wort war. Was er versprach, war so gut wie schon geschehen.

Beim Feste in Irvine hätte es ihm nun an nichts gefehlt, weder an Liedern, noch an Tänzen und Lustbarkeiten aller Art, aber – Harry Ford blieb aus.

Jack Ryan wollte ihm schon zürnen, denn das Fehlen des Jugendfreundes trübte seine gute Laune, so daß ihn sogar mitten in einem Gesange das Gedächtnis im Stiche ließ und er zum ersten Male halb Fiasko machte, wo er sonst den lautesten Beifall einzuernten gewöhnt war.

Die James Starr betreffende und in den Journalen veröffentlichte Bekanntmachung war ihm freilich noch nicht zu Gesicht gekommen. Der wackere Bursche machte sich also nur über Harrys Ausbleiben allerhand Gedanken, welche immer darauf hinausliefen, daß nur gewichtige Umstände ihn veranlaßt haben könnten, sein Versprechen nicht einzulösen. Jack Ryan beschloß also, den nächsten Tag die Eisenbahn nach Glasgow zu benutzen, um sich nach der Grube Dochart zu begeben, und hätte diesen Vorsatz gewiß auch ausgeführt, wenn nicht ein Ereignis dazwischengetreten wäre, das ihn beinahe das Leben gekostet hätte.

Wir lassen hier folgen, was sich in der Nacht des 12. Dezembers zutrug. Jedenfalls war es Wasser auf die Mühle für alle Anhänger des Aberglaubens, deren die Meierei von Melrose nicht zu wenige zählte.

Irvine, eine kleine Seestadt in der Grafschaft Renfrew, zählt etwa siebentausend Einwohner und liegt, nahe der Mündung des Golfs von Clyde, an einer scharf zurückspringenden Bucht der schottischen Küste. Seinen gegen die Seewinde gut geschützten Hafen bezeichnet ein mächtiges Leuchtfeuer, so daß der kundige Seemann sich hier allemal ausfindet. Schiffbrüche gehören an dieser Küste also zu den Seltenheiten, und Küstenfahrer und größere Schiffe können, sie mögen nun in den Golf von Clyde einlaufen, um sich nach Glasgow zu begeben, oder auch in der Bai von Irvine vor Anker gehen wollen, hier auch in der dunkelsten Nacht gefahrlos manövrieren.

Hat eine Stadt eine gewisse historische Vergangenheit, und wäre diese noch so dürftig, hat ein Schloß daselbst ehemals einem Robert Stuart gehört, so besitzt sie sicher auch einige Ruinen.

In Schottland gerade sind alle Ruinen von Gespenstern bewohnt; so glaubt man wenigstens in den Hochlanden wie in den Ebenen.

Die ältesten und gleichzeitig berüchtigsten Ruinen dieser Küstenstrecke waren nun die eines Schlosses Robert Stuarts, welches den Namen Dundonald-Castle führt.

Zur Zeit unserer Erzählung stand dieses Schloß von Dundonald schon lange, lange Jahrhunderte ganz leer und diente nur umherirrenden Geistern als Zuflucht. Niemand besuchte es auf dem hohen, am Meere emporragenden Felsen, zwei Meilen von der Stadt. Einzelne Fremde gerieten wohl auf den Einfall, diese alten, historischen Überbleibsel näher in Augenschein zu nehmen, dann mußten sie den Weg aber allein zu finden wissen. Die Einwohner von Irvine hätten sie um keinen Preis der Welt dahin geleitet. Daran mochten vorzüglich die Erzählungen von gewissen »Feuerhexen« schuld sein, welche das Schloß unsicher machten.

Die Abergläubischen behaupteten, jene phantastischen Wesen gesehen, mit eigenen Augen gesehen zu haben. Jack Ryan gehörte natürlich zu den letzteren.

Die Wahrheit hieran war, daß von Zeit zu Zeit, bald über einer halb zusammengefallenen Mauer, bald an der Höhe des Turmes, der die Ruinen von Dundonald-Castle überragt, lange Flammen sichtbar wurden.

Ähnelten dieselben wirklich der Gestalt eines Menschen, wie man allgemein behauptete? Verdienten sie den Namen »Feuerhexen«, den ihnen die Uferbewohner beilegten? Offenbar lag hier nur eine der großen Leichtgläubigkeit zuzuschreibende Täuschung vor, während eine nüchterne Prüfung die ganze Erscheinung leicht auf ihre physikalischen Ursachen zurückgeführt hätte.

Wie dem auch sei, die Feuerhexen standen in der ganzen Umgebung in dem Rufe, die Ruinen des alten Schlosses häufig zu besuchen und dort, vorzüglich in dunklen Nächten, ihre wilden Tänze und Gesänge aufzuführen. Ein so mutiger Gesell Jack Ryan auch war, er hätte doch nimmermehr gewagt, jene dabei auf seinem Dudelsack zu begleiten.

»Für sie ist der eisgraue Nick schon genug«, sagte er; »der bedarf meiner nicht, sein Orchester zu verstärken.«

Man wird leicht glauben, daß diese seltsamen Erscheinungen den obligaten Text der Vorträge bei den Abendvereinigungen abgaben. Jack Ryan besaß ein ganzes Repertoire Legenden von den Feuerhexen und kam niemals in Verlegenheit, wenn dieses Thema angeregt wurde.

Auch bei der letzten Abendgesellschaft des Irviner Festes, bei der Ale, Brandy und Whisky reichlich flossen, verfehlte Jack Ryan nicht, zum großen Vergnügen und doch auch zum heimlichen Graulen der Zuhörer, sein Lieblingsthema wieder aufzunehmen.

Diese Versammlung fand in einer großen Scheuer der Meierei von Melrose, nahe dem Ufer der Bai, statt. In der Mitte der Teilnehmer loderte ein tüchtiges Koksfeuer auf einem eisernen Dreifuß.

Draußen tobte ein schweres Wetter. Über die Wellen jagten dichte Dunstmassen dahin, unter denen jene, von einem steifen Südwest getrieben, der Küste zueilten. Bei der pechschwarzen Nacht, ohne jede hellere Stelle am Himmel, flossen Erde, Himmel und Wasser in der Finsternis zusammen und mußten jede Landung in der Bai von Irvine außerordentlich erschweren, im Fall sich ein Schiff bei dem heftigen, auf die Küste zutreibenden Winde hineinwagte.

Der kleine Hafen von Irvine ist nicht stark besucht, wenigstens nicht von Fahrzeugen mit einigermaßen größerem Tonnengehalte. Größere Dampf- und Segelschiffe steuern auf das Land etwas nördlicher zu, wenn sie in den Golf von Clyde einfahren wollen.

An jenem Abend aber hatte ein am Strande zurückgebliebener Fischer nicht ohne Verwunderung ein Fahrzeug bemerkt, welches auf die Küste zuhielt. Wäre es plötzlich Tag geworden, man hätte nicht mit Erstaunen, sondern mit Entsetzen erkannt, daß das Fahrzeug, mit dem Wind im Rücken und mit aller Leinwand, die es tragen konnte, darauf zu segelte. Verfehlte es aber einmal den Eingang des Golfes, so fand es keine rettende Bai an den mächtigen Felsen des Ufers. Wenn dieses unvorsichtige Schiff sich noch weiter näherte, so war nicht einzusehen, wie es wieder werde abkommen können.

Die Abendgesellschaft sollte eben nach einem letzten Liede Jack Ryans geschlossen werden. Die einmal in die Welt der Phantome versetzten Zuhörer waren gerade in der Verfassung, gegebenenfalls ganz ihrem Aberglauben gemäß zu handeln.

Plötzlich hörte man draußen laut und ängstlich rufen. Jack Ryan unterbrach seinen Vortrag, und alles eilte aus der Scheuer.

Die Nacht war dunkel; peitschend flogen kalte Regenschauer über den Strand.

Einige Fischer, welche sich gegen einen Felsen lehnten, um dem Winde besser Trotz zu bieten, riefen wiederholt mit lauter Stimme.

Jack Ryan und seine Genossen liefen auf sie zu.

Das Rufen galt freilich nicht den Insassen des Gutes, sondern einer Schiffsmannschaft, welche unbewußt in ihr Verderben lief.

Einige Kabellängen vom Ufer erhob sich eine dunkle Masse. Daß es ein Segelschiff sei, erkannte man an seinen Positionslichtern, einem grünen Licht an der Steuerbord- und einem roten auf der Backbordseite (ein Dampfschiff hätte auch noch ein weißes Licht am Top des Fockmastes führen müssen). Man sah dasselbe also von vornher, und es unterlag keinem Zweifel, daß jenes mit aller Schnelligkeit auf die Küste zusegelte.

»Ein Schiff in Not?« rief Jack Ryan.

»Ja«, erwiderten die Schiffer, »und wenn es jetzt noch wenden wollte, würde das nicht mehr gelingen.«

»Signale, Signale geben!« rief einer der Schotten.

»Aber welche?« versetzte einer der Fischer. »Bei diesem Sturme könnte man eine Fackel gar nicht brennend erhalten!«

Während dieses kurzen Gespräches riefen die Nebenstehenden dem Schiffe immer lauter zu. Wie hätte man sie aber bei diesem Wetter hören können? Der Besatzung des Schiffes war jede Möglichkeit genommen, den drohenden Schiffbruch zu verhüten.

»Warum mögen sie nur diesen Kurs steuern?« fragte ein Seemann.

»Wollen sie sich vielleicht absichtlich auf den Grund setzen?« meinte ein anderer.

»Der Kapitän hat also wohl keine Kenntnis von dem Leuchtfeuer von Irvine?« fragte Jack Ryan.

»Man möchte es fast glauben«, erwiderte einer der Fischer, »wenn er sich nicht hat täuschen lassen durch irgend . . .«

Noch hatte der Fischer seine Worte nicht vollendet, als Jack Ryan einen entsetzlichen Schrei ausstieß. Hörte ihn jene unglückliche Mannschaft? Jedenfalls war es für sie doch zu spät, das Schiff aus der wilden, weiß aufschäumenden Brandung wieder zurückzuführen.

Jener Aufschrei hatte aber auch gar nicht, wie man zuerst wohl annahm, die Bedeutung einer letzten Warnung. Jack Ryan stand jetzt mit dem Rücken nach dem Meere gewendet, seine Kameraden drehten sich ebenfalls um, und alle blickten unverwandt nach einem etwa eine halbe Meile landeinwärts liegenden Punkte hin.

Dort erhob sich das Schloß von Dundonald. Im Winde loderte eine gewaltige Flamme an der Spitze des alten Turmes.

»Die Feuerhexe!« riefen wie aus einem Munde die abergläubigen Schotten.

Es gehörte freilich nicht wenig Einbildung dazu, in

dieser Flamme eine menschenähnliche Erscheinung zu erkennen. Flatternd, wie eine vom Winde bewegte, feurig-leuchtende Flagge, schien sie manchmal von der Spitze des Turmes wegzufliegen, als sollte sie erlöschen, und heftete sich im nächsten Augenblicke doch wieder mit ihrem unteren, bläulichen Teile an denselben an.

»Die Feuerhexe! Die Feuerhexe!« riefen die Fischer und die entsetzten Landleute.

Jetzt erklärte sich alles. Offenbar hatte sich das durch den Nebel getäuschte Schiff verirrt und jene auf dem Schlosse Dundonald lodernde Flamme für das Leuchtfeuer von Irvine gehalten. Es mochte glauben, sich vor dem zwei Meilen nördlicher gelegenen Eingange zum Golf zu befinden, und segelte jetzt direkt auf die Küste zu, die ihm verderblich werden mußte.

Was konnte man zu seiner Rettung tun, wenn dazu überhaupt noch Zeit war? Vielleicht hätte man nach den Ruinen eilen sollen, um womöglich jene Flamme zu ersticken und eine fernere Verwechslung derselben mit dem Leuchtfeuer von Irvine unmöglich zu machen.

Doch wenn hierin auch das einzige wirksame Mittel zu liegen schien, welcher Schotte hätte nur den Gedanken, und nach diesem die Kühnheit gehabt, der Feuerhexe Trotz zu bieten? Höchstens Jack Ryan, denn er war eine mutige Natur, und sein Aberglaube vermochte, so stark er auch war, eine edlere Regung in ihm nicht ganz zu unterdrücken.

Zu spät ... ein entsetzliches Krachen übertönte für einen Augenblick das Toben der Elemente.

Das Schiff war mit dem Hinterteile des Kieles auf den Grund gestoßen. Seine Signallichter verloschen. Die weiße Linie der Brandungswellen erschien für eine Minute gebrochen. Das Schiff, welches sich auf die Seite legte und zwischen einigen Klippen festsaß, hielt sie auf.

Gerade in diesem Augenblick verschwand durch ein fast wunderbar zufälliges Zusammentreffen die lange Flamme, als habe sie ein heftigerer Windstoß entführt. Das Meer, der Himmel und der Strand verhüllte wieder die undurchdringliche Finsternis.

»Die Feuerhexe!« hatte Jack Ryan zum letzten Male ausgerufen, als jene für ihn und seine Kameraden übernatürliche Erscheinung plötzlich unsichtbar ward.

Fehlte es den abergläubigen Schotten aber vorher an Mut gegenüber einer eingebildeten Gefahr, so gewannen sie diesen einer tatsächlichen gegenüber bald wieder, als es sich um die Rettung bedrohter Menschenleben handelte. Die entfesselten Elemente schreckten sie nicht zurück. Sie sicherten sich selbst möglichst durch umgeschlungene Taue und stürzten sich – jetzt ebenso entschlossen, wie vorher abergläubig – in das Meer, dem verunglückten Schiffe Hilfe zu bringen.

Ihr Wagestück gelang, freilich nicht, ohne daß der eine oder der andere – und Jack Ryan gehörte zu diesen – sich an den Felsen unter dem Wasser ziemlich ernsthaft verletzte; der Kapitän des Schiffes aber und dessen aus acht Mann bestehende Besatzung wurden heil und gesund ans Land gebracht.

Jenes Schiff, die norwegische Brigg »Motala«, mit einer Ladung Holz aus dem Norden, hatte nach Glasgow segeln wollen.

Es verhielt sich, wie man vermutete. Getäuscht von dem Feuer auf dem Schloßturme von Dundonald, war der Kapitän geradewegs auf die Küste zugesteuert, wo er in den Golf von Clyde einzulaufen glaubte.

Von der »Motala« schwammen bald nur noch einige Wrackstücke umher, welche die Brandung an den Felsen des Ufers vollends zertrümmerte.

Zwölftes Kapitel

Jack Ryans Nachforschungen

Jack Ryan wurde mit drei seiner ebenfalls verwundeten Genossen in ein Zimmer der Meierei zu Melrose geschafft, wo man allen die sorgfältigste Pflege widmete.

Jack Ryan trug bei jenem Abenteuer die schlimmsten Verletzungen davon, denn, als er sich mit dem Tau um die Lenden ins Wasser warf, rollten ihn gleichsam die wütenden Wogen über die Klippen hin. Es fehlte nicht eben viel, so hätten ihn seine Kameraden leblos ans Land gebracht.

Der wackere Bursche blieb also einige Tage ans Bett gefesselt, was ihm recht ungelegen kam. Da ihn jedoch niemand verhinderte, nach Herzenslust zu singen, so ertrug er seine Leiden in Geduld, und die Meierei von Melrose erschallte jederzeit von seinen fröhlichen Gesängen. Bei jener Gelegenheit aber nahm in Jack Ryan das Gefühl der Furcht nur noch mehr zu vor jenen Gespenstern und bösen Geistern, welche sich ein Vergnügen daraus machen, die arme Welt zu quälen, und so schrieb er ihnen allein jene Katastrophe der »Motala« zu. Man wäre bei ihm übel angekommen mit der Behauptung, daß diese Feuerhexen gar nicht existierten und daß jene Flamme, welche plötzlich aus den Ruinen emporschlug, auf eine einfache physikalische Erscheinung zurückzuführen sei. Keine Auseinandersetzung hätte ihn überzeugt. Seine Kameraden lagen vielleicht noch mehr als er in den Fesseln des Aberglaubens. Ihrer Erklärung nach hätte eine solche Feuerhexe die »Motala« boshafterweise nach der Küste gelockt. Sie zu bestrafen, erschien etwa ebenso leicht, wie dem Orkane eine Geldstrafe zu diktieren. Die Behörden durften getrost zu ihrer Verfolgung alles aufbieten. Eine Flamme steckt man in kein Gefängnis, ein körperloses Wesen legt man nicht an Ketten. Die sorgsamsten Untersuchungen schienen auch wirklich – wenigstens vor der Hand – diese abergläubige Art der Erklärung nicht Lügen zu strafen.

Da dem Magistrat des Ortes die Verpflichtung oblag, wegen des Unterganges der »Motala« eine Untersuchung einzuleiten, so befragte er die verschiedenen Augenzeugen jener Katastrophe. Aller Aussagen stimmten darin überein, daß der Schiffbruch nur durch die übernatürliche Erscheinung der Feuerhexen auf den Ruinen des Schlosses von Dundonald verschuldet sei.

Natürlich konnte sich die Behörde bei einer derartigen Lösung der Frage nicht beruhigen. Es unterlag ja keinem Zweifel, daß man es mit einer rein physikalischen Erscheinung zu tun habe. Ob aber hier nur der Zufall oder die böswillige Absicht im Spiele sei, das wollte und mußte der Magistrat klarlegen.

Über die Unterstellung einer böswilligen Absicht braucht man sich nicht zu wundern. Man würde in der bretagnischen Geschichte nicht allzuweit zurückzugehen haben, um Belege dafür zu finden. Nicht wenige Strandräuber der Küste machten ein Geschäft daraus, Fahrzeuge anzulocken und sich in die dadurch erhaschte Beute zu teilen. Bald verlockte eine in Brand gesteckte Gruppe harziger Bäume ein Schiff in ein Fahrwasser, in dem es zugrunde gehen mußte. Bald täuschte eine Fackel, die man an die Hörner eines Ochsen befestigte und von diesem beliebig umhertragen ließ, die Besatzung eines solchen rücksichtlich des einzuhaltenden Kurses. Derlei Schandtaten führten dann nicht selten einen Schiffbruch herbei, den sich das Raubgesindel zunutze zu machen wußte. Es bedurfte des strengsten Einschreitens der Behörden und der empfindlichsten Strafen, um diese barbarischen Gewohnheiten auszurotten. Konnte man also nicht auf den Gedanken kommen, daß hier ein gewissenloser Verbrecher sich aufs neue jenes früher beliebten Mittels der Strandräuber bediente?

Trotz aller Aussagen Jack Ryans und seiner Genossen blieb das doch immer die Ansicht der Polizeibeamten. Als jene von einer einzuleitenden Untersuchung hörten, teilten sie sich in zwei Parteien, deren eine sich begnügte, mit den Achseln zu zucken, während die furchtsamere gar prophezeite, daß man damit nur jene übernatürlichen Wesen reizen und weitere Unglücksfälle herbeiführen werde.

Trotz alledem ging die Untersuchung ihren Gang. Die Polizeibeamten begaben sich nach Schloß Dundonald und begannen daselbst die sorgfältigsten Nachforschungen.

Zunächst suchte man festzustellen, ob der Erdboden vielleicht Fußabdrücke zeige, welche von anderen Füßen, als denen der Gespenster, herrührten; es war aber unmöglich, auch nur die leichteste frischere oder ältere Fußspur zu entdecken, trotzdem die noch von dem gestrigen Regen feuchte Erde gewiß den seichtesten Eindruck bewahrt hätte.

»Fußtapfen von Geistern!« rief Jack Ryan aus, als er von dem Mißerfolge der Untersuchungen hörte, »da könnte man wohl auch die Fußspuren eines Irrlichtes auf dem Sumpfe wiederfinden wollen!«

Die ersten Maßnahmen lieferten also keinerlei Resultat. Es war kaum anzunehmen, daß die weiteren von besseren Erfolgen gekrönt sein würden.

Es handelte sich nun vorzüglich darum, nachzuweisen, wie das Feuer auf der Spitze des alten Turmes angezündet worden wäre, welches Brennmaterial man verwendet und endlich welche Rückstände dieses gelassen habe.

Bezüglich des ersten Punktes fand man nichts, weder Reste von Zündhölzchen oder Papierstückchen.

Der zweite Punkt blieb ebenso dunkel. Nirgends lag dürres Gras, ein Stückchen Holz oder sonst etwas von dem Materiale umher, das in vergangener Nacht dem Feuerherde gewiß in reichlicher Menge zugeführt worden war.

Der dritte Punkt trotzte nicht minder jeder Erklärung. Das vollständige Fehlen der Asche oder jedes anderen Brennstoffrestes ließ nicht einmal den eigentlichen Herd des Feuers erkennen. Nirgends, weder am Boden, noch am Gestein zeigte sich auch nur eine geschwärzte Stelle. Sollte man annehmen, daß ein Bösewicht nur eine große Fackel in der Hand gehalten habe? Das war doch unwahrscheinlich, da die Flamme nach der Aussage der Zeugen ganz riesenmäßige Dimensionen gehabt hatte, so daß die Mannschaft der »Motala« sie trotz des nebeligen Wetters schon in der Entfernung mehrerer Meilen von der offenen See her wahrnehmen konnte.

»Herrlich!« sagte Jack Ryan, »die Feuerhexe soll Streichhölzchen nötig gehabt haben! Sie bläst, und rings um sie entzündet sich die Luft, von der keine Asche zurückbleibt!«

Der Erfolg aller Bemühungen der Behörden war schließlich nur der, daß eine neue Legende zu den früheren hinzukam – eine Legende, welche die Erinnerung an den Untergang der »Motala« verewigen und die nicht wegzuleugnende Erscheinung der Feuerhexen bekräftigen mußte.

Ein so braver Bursche wie Jack Ryan konnte bei seiner vortrefflichen Konstitution indes nicht lange ans Bett gefesselt bleiben. Einige Hautschrunden und Verrenkungen waren nicht imstande, ihn länger als nötig zur Untätigkeit zu zwingen. Ihm felte jetzt die Zeit, um krank zu sein. Wenn diese Zeit aber mangelt, so ist man es am wenigsten in den gesunden Landstrichen der Lowlands (Unterlande von Schottland).

Jack Ryan war also sehr bald wieder hergestellt. Sobald er das Bett verlassen, wollte er, vor Wiederaufnahme seiner Arbeiten in der Meierei, erst einen schon früher gefaßten Vorsatz ausführen, nämlich seinem Freunde Harry einen Besuch abstatten, um zu erfahren, warum er beim Feste in Irvine zu erscheinen versäumt habe. Bei einem Manne wie Harry, der nichts versprach, ohne es zu halten, erschien ihm das unerklärlich. Höchstwahrscheinlich hatte der Sohn des alten Obersteigers auch von dem in allen Zeitungen ausführlich berichteten Unfalle der »Motala« nichts gehört. Er hätte dann wissen müssen, welcher Anteil an dem Rettungwerke Jack Ryan gutzuschreiben und was ihm dabei zugestoßen sei; in diesem Falle aber wäre es von Harrys Seite ein Zeichen gar zu großer Teilnahmslosigkeit gewesen, nicht nach der Meierei zu kommen, um seinem leidenden Freunde die Hand zu drücken.

Stellte sich Harry also nicht ein, so mußte ihm das jedenfalls unmöglich sein. Jack Ryan hätte eher die Existenz der Feuerhexen geleugnet, als Harry für so teilnahmslos gehalten.

Zwei Tage nach dem Schiffbruche schon verließ Jack Ryan fröhlich und wohlgemut die Meierei, als fühle er nicht das geringste mehr von seinen Wunden. Mit einem munteren, aus voller Brust gesungenen Liede rief er das Echo an den Uferfelsen wach und wanderte nach der Eisenbahn, welche über Glasgow nach Stirling und Callander führt.

Da fiel ihm, als er auf dem Bahnhofe wartete, ein an verschiedenen Stellen angeheftetes Plakat in die Augen. Es enthielt folgende Bekanntmachung:

»Vergangenen 4. Dezember hat sich der Ingenieur James Starr aus Edinburgh am Granton-Pier an Bord des ›Prince de Galles‹ begeben und dieses Schiff an demselben Tage in Stirling verlassen. Seit dieser Zeit fehlt jede Nachricht von ihm.

Man bittet dringend, jede bezügliche Auskunft dem Präsidenten der Royal Institution in Edinburgh zukommen zu lassen.«

Jack Ryan blieb vor einer dieser Affichen stehen und las sie zweimal unter dem Ausdrucke des höchsten Erstaunens.

»Herr Starr!« rief er aus. »Gerade am 4. Dezember bin ich ihm und Harry doch auf einer der Leitern des Yarow-Schachtes begegnet! Seitdem sind zehn Tage vergangen, und so lange sollte er nicht wieder erschienen sein? Das scheint mir zu erklären, warum mein Freund Harry nicht nach Irvine gekommen ist.«

Ohne sich Zeit zu nehmen, den Präsidenten der Royal Institution brieflich von dem zu benachrichtigen, was er von James Starr wußte, sprang der wackere Bursche in den Zug, um sich zunächst selbst nach dem Yarow-Schachte zu begeben. Dort wollte er, wenn nötig, bis ganz hinunter in die Grube Dochart steigen, um Harry aufzusuchen und gleichzeitig den Ingenieur James Starr zu finden.

Drei Stunden später verließ er in Callander die Bahn und eilte so schnell er konnte nach dem Yarow-Schachte.

Sie sind nicht wieder heraufgekommen?« fragte er sich. »Weshalb? Sollte sie irgendein Hindernis davon abhalten? Sind sie im Grunde der Kohlengrube so lange mit einer wichtigen Arbeit beschäftigt? – Das muß ich wissen!«

In weniger als einer Stunde traf Jack Ryan an dem Schachte ein.

Äußerlich zeigte sich hier keine Veränderung; dieselbe Stille in der Tiefe, kein lebendes Wesen in der Einöde.

Jack Ryan betrat das halb verfallene Haus, welches die Schachtöffnung bedeckte. Er blicke hinunter in den Abgrund ... er sah nichts. Er lauschte gespannt ... er hörte nichts.

»Und meine Lampe«, sagte er, »sollte sie nicht auf ihrem Platze sein?«

Die Lampe, deren sich Jack Ryan bei seinen Besuchen der Grube zu bedienen pflegte, stand gewöhnlich in einem Winkel nahe dem Podest der ersten Leiter.

Die Lampe war verschwunden.

»Das wäre also der erste auffällige Umstand«, sagte Jack Ryan, der etwas unruhig zu werden begann.

Dann setzte er, trotz seiner Hinneigung zum Aberglauben, hinzu:

»Ich werde doch hinuntergehen, und wäre es in der Grube finsterer als im tiefsten Schoße der Hölle!«

Sofort machte er sich daran, die lange Reihe der Leitern hinabzuklettern, welche in den schwarzen Schacht führten.

Dieses Wagnis konnte Jack Ryan deshalb unternehmen, weil er die Grube Dochart noch von früher her genau genug kannte. Er stieg mit aller Vorsicht hinab und prüfte mit dem Fuße jede Sprosse, ob sie noch haltbar sei. Jeder Fehltritt konnte für ihn todbringend werden. Jack Ryan zählte auch die einzelnen Leitern, welche er hinabkletterte, um nach einer tieferen Etage zu gelangen. Er wußte es, daß er den Grund des Schachtes erst nach Zurücklegung der dreißigsten erreichen würde. Dort einmal angelangt, dachte er das am Ende der einen Galerie errichtete Cottage ohne Schwierigkeit wiederzufinden.

Jack Ryan erreichte den sechsundzwanzigsten Podest; hier trennten ihn also höchstens noch zweihundert

Fuß von der Schachtsohle.

Er suchte mit dem Fuße die Stufen der siebenundzwanzigsten Leiter – vergeblich, er fand keinen Stützpunkt.

Jack Ryan kniete auf dem Podeste nieder, er dachte das Ende der Leiter mit der Hand besser zu finden . . . es gelang ihm nicht.

Offenbar befand sich die siebenundzwanzigste Leiter nicht an ihrem Platze und war folglich entfernt worden.

»Hier muß der alte Nick geklettert sein!« sagte er sich, nicht ohne das Gefühl eines gelinden Schauers.

Erst stand er mit gekreuzten Armen überlegend in der undurchdringlichen Finsternis. Dann kam ihm der Gedanke, daß es, wenn er nicht hinuntersteigen konnte, den Bewohnern der Grube ebenfalls unmöglich sein müsse, heraufzukommen. Zwischen der Erdoberfläche der Grafschaft und der Sohle des Kohlenwerkes bestand keine Verbindung mehr. Wenn diese Entfernung der unteren Leitern des Yarow-Schachtes schon kurz nach seinem letzten Besuche stattgefunden hatte, was mochte dann aus Simon Ford, seiner Frau, seinem Sohne und dem Ingenieur geworden sein? Die fortdauernde Abwesenheit James Starrs bewies, daß er die Grube seit dem Tage, als er jenem im Yarow-Schachte begegnete, nicht verlassen habe. Wie war dann das Cottage mit den nötigen Nahrungsmitteln versorgt worden? Sollten diese den unglücklichen, fünfzehnhundert Fuß unter der Erde Gefangenen nicht ausgegangen sein?

Alle diese Gedanken kreuzten sich in Jack Ryans Gehirn. Er sah wohl ein, daß es ihm allein unmöglich sei, bis zum Cottage zu gelangen. Lag dieser Unterbrechung des Verbindungsweges wohl eine böse Absicht zugrunde? Ihm erschien es kaum zweifelhaft. Jedenfalls hielt er es für seine Pflicht, hierüber bei der zuständigen

Behörde schleunigst Anzeige zu erstatten.

Noch einmal bog sich Jack Ryan über den Abgrund hinaus.

»Harry! Harry!« rief er, so laut er konnte.

Wiederholt rief das Echo den Namen zurück, bis er in der Tiefe des Yarow-Schachtes verhallte.

Jack Ryan klomm eiligst wieder die oberen Leitern empor und kam glücklich an das Licht des Tages. In größter Schnelligkeit legte er den Weg nach dem Bahnhof in Callander zurück, um keinen Augenblick zu verlieren. Glücklicherweise brauchte er nur einige Minuten auf den Abgang des Eilzuges nach Edinburgh zu warten, so daß er sich daselbst schon nachmittags drei Uhr dem Lordmayor der Stadt vorstellte.

Hier wurden seine Aussagen zu Protokoll genommen. Die Einzelheiten, welche er mitteilte, ließen seine Wahrhaftigkeit nicht bezweifeln. Sir W. Elphiston, der Präsident der Royal Institution, der nicht nur ein Kollege, sondern auch ein spezieller Freund James Starrs war, erhielt sofort Nachricht und erbat sich das Vorrecht, die Nachforschungen zu leiten, welche in der Grube Dochart ohne Aufschub ins Werk gesetzt werden sollten. Man stellte ihm also mehrere Beamte zur Disposition, welche mit Lampen, Äxten, langen Strickleitern, Nahrungsmitteln und einigen Herzstärkungen ausgerüstet wurden. Unter der Führung Jack Ryans begaben sich dann alle schleunigst auf den Weg nach den Kohlenwerken von Aberfoyle.

Noch an dem nämlichen Abend trafen Sir W. Elphiston, Jack Ryan und die Beamten am Yarow-Schachte ein und stiegen bis zum sechsundzwanzigsten Podest hinab, auf dem Jack nur wenige Stunden vorher hatte umkehren müssen.

Zuvörderst ließ man die Lampen an langen Seilen in die Tiefe hinabgleiten und überzeugte sich dabei, daß sogar alle vier letzten Leitern fehlten.

Ohne Zweifel hatte man also die Verbindung zwischen Ober- und Unterwelt hier absichtlich unterbrochen.

»Was zögern wir, mein Herr!« fragte Jack Ryan ungeduldig.

»Wir wollen nur die Lampen wieder heraufziehen lassen, mein Sohn«, erwiderte Sir W. Elphiston. »Dann steigen wir hinab bis zur Sohle der letzten Galerie und du führst uns ...«

»Nach dem Cottage«, fiel Jack Ryan ein, »und wenn es sein muß, bis zu den letzten Ausläufern der Grube!«

Als die Lampen wieder heraufgezogen waren, befestigten die Beamten an dem Podeste Strickleitern, welche man in den Schacht hinuntergleiten ließ. Die unteren Absätze waren noch vorhanden. Man konnte also von einem zu dem anderen hinabklimmen.

Immerhin ging das nicht so leicht vonstatten. Jack Ryan vertraute sich zuerst den schwankenden Leitern an und erreichte vor den anderen den Grund der Kohlengrube.

Sir W. Elphiston und die Beamten folgten ihm alsbald nach.

Die runde Grundfläche des Yarow-Schachtes erschien vollkommen leer, aber Sir W. Elphiston erstaunte nicht wenig, als er Jack Ryan ausrufen hörte:

»Hier liegen einige Überreste der Leitern, sie sind jedoch halb verbrannt!«

»Verbrannt?« wiederholte Sir W. Elphiston. »Wahrhaftig, da liegt noch erkaltete Asche.«

»Glauben Sie, mein Herr«, fragte Jack Ryan, »daß der Ingenieur James Starr ein Interesse daran gehabt haben könne, diese Leitern zu verbrennen und die Verbindung mit der Außenwelt zu unterbrechen?«

»Nein«, erwiderte Sir W. Elphiston nachdenklich.

»Vorwärts, mein Sohn, nach dem Cottage! Dort werden wir die Wahrheit erfahren.«

Jack Ryan zog den Kopf ein, als zweifle er daran. Er nahm indessen eine Lampe von einem der Beamten und ging rasch durch die Hauptgalerie der Grube Dochart voran. Alle folgten ihm.

Eine Viertelstunde später hatten Sir W. Elphiston und seine Begleiter die Aushöhlung erreicht, in deren Grunde Simon Fords Cottage errichtet war. Kein Lichtschein erhellte die Fenster.

Jack Ryan stürzte auf die Tür zu, die er hastig aufstieß.

Das Cottage erwies sich verlassen.

Man durchsuchte alle Räumlichkeiten der dunklen Wohnung. Im Innern zeigte sich keine Spur einer Gewalttätigkeit. Alles stand in Ordnung, als ob die alte Madge noch hier wäre. Lebensmittel waren genügend vorhanden und hätten für die Familie Ford noch mehrere Tage ausgereicht.

Die Abwesenheit der Bewohner des Cottage erschien also unerklärlich. Vermochte man vielleicht wenigstens mit Gewißheit zu bestimmen, wann sie dasselbe verlassen hatten? – Ja, denn in dieser Umgebung, wo Tage und Nächte einander nicht folgten, hatte sich Madge gewöhnt, jeden angefangenen Tag im Kalender durch ein Kreuz zu bezeichnen.

Dieser Kalender hing an einer Wand des Zimmers. Das letzte dieser Kreuze stand bei dem 6. Dezember, dem zweiten Tag seit der Ankunft des Ingenieurs – was Jack Ryan ja bestätigen konnte. Seit dem 6. Dezember, d. h. also seit zehn Tagen hatten Simon Ford, sein Sohn und seine Frau nebst ihrem Gaste das Cottage verlassen. Konnte eine neue Untersuchung der Grube seitens des Ingenieurs eine so lange Abwesenheit rechtfertigen? Nein, gewiß nicht.

So urteilte wenigstens Sir W. Elphiston. Nach genauester Besichtigung des Cottage schien er in große Verlegenheit zu geraten, was nun zu beginnen sei.

Es herrschte eine tiefe Finsternis. Der Schein der Lampen, welche die Beamten hielten, schimmerte allein in der dunklen Umgebung.

Plötzlich stieß Jack einen Schrei aus.

»Da! Da!« rief er.

Er zeigte dabei mit dem Finger nach einem Lichtpunkte, der sich im dunklen Hintergrunde der Galerie hin und her bewegte.

»Eilen wir diesem Feuer nach, meine Freunde!« drängte Sir W. Elphiston.

»Einem Geisterlichte!« warf Jack Ryan ein, »was sollte uns das nützen, wir erreichen es doch niemals!«

Der Präsident der Royal Institution und die Beamten waren zu frei vom Aberglauben, um sich dadurch von dem Versuche einer Verfolgung abhalten zu lassen. Trotz seines Widerstrebens schloß sich auch Jack Ryan ihnen, und zwar nicht als der letzte, an.

Es kam zu einer langen, ermüdenden Verfolgung. Der leuchtende Punkt schien von einer kleinen, aber sehr beweglichen Gestalt getragen zu werden. Jeden Augenblick verschwand die Erscheinung hinter einem Felsenvorsprunge, dann sah man sie plötzlich in einem Quergange wieder. Durch rasche Seitensprünge wußte sie sich immer wieder den Blicken der Verfolger zu entziehen. Schon hielt man sie für vollständig verschwunden, und plötzlich schimmerte der Lichtschein wieder in desto hellerem Glanze. Jedenfalls gewann man keinen merkbaren Vorsprung, und Jack Ryan bestand auf seiner Ansicht, daß man sich fruchtlos abmühen werde.

Bei dieser schon eine Stunde andauernden Verfolgung drangen Sir W. Elphiston und seine Genossen tief in den nordwestlichen Teil der Grube Dochart ein. Beinahe kamen auch sie auf den Gedanken, es nur mit einem Irrlichte zu tun zu haben.

Jetzt schien es aber doch, als wenn sich die Entfernung zwischen ihnen und dem Lichtscheine verminderte. Ermüdete vielleicht das vor ihnen fliehende Wesen oder wollte es sie etwa eben dahin verführen, wohin es vielleicht die Bewohner der Cottage verlockt hatte? Es wäre schwierig gewesen, diese Frage zu entscheiden.

Jedenfalls verdoppelten die Beamten, als sie einen Erfolg zu erreichen glaubten, nur ihre Anstrengungen. Der Lichtschein, welcher sonst in einer Entfernung von ungefähr zweihundert Schritt vor ihnen sichtbar war, hatte sich etwa bis auf fünfzig Schritt genähert und wurde immer deutlicher. Auch der Träger der Leuchte war ein wenig zu erkennen. Manchmal wandte er den Kopf zurück, wobei das Profil eines Menschenantlitzes unbestimmt sichtbar ward, und wenn kein Berggeist diese Gestalt angenommen hatte, so mußte Jack Ryan wohl oder übel zugeben, daß hier von einem übernatürlichen Wesen nicht die Rede sein könne.

Nun lief er selbst schneller und suchte die anderen anzutreiben.

»Hurtig! Hurtig!« rief er. »Wir erreichen diese Erscheinung bald. Sie scheint zu ermüden, und wenn sie ebenso gut sprechen kann, wie sie bisher zu entweichen wußte, wird sie uns so manches mitzuteilen vermögen!«

Leider wurde die Verfolgung immer schwieriger. In der Nähe der letzten Ausläufer der Grube kreuzten sich enge Stollen wie die Irrgänge eines Labyrinthes. Dieses Gewirr erleichterte dem Träger jenes Lichtes sehr wesentlich die Flucht. Es brauchte dasselbe nur zu verlöschen und sich seitwärts in irgendeinem dunklen Gange zu verbergen.

»Aber angenommen, er wolle uns entgehen«, dachte Sir W. Elphiston, »warum tat er es nicht längst?«

Wenn das bisher nicht geschehen war, so verschwand doch in demselben Augenblicke, als Sir W. Elphiston jener Gedanke kam, der Lichtschein, und die immer weitereilenden Beamten standen plötzlich am Ende eines Stollens vor einer engen Öffnung in dem Schieferfelsen.

Schnell wurden die Lampen geprüft, und entschlossen drangen Sir W. Elphiston, Jack Ryan und ihre Begleiter durch diese Pforte. Kaum aber waren sie hundert Schritte weit in einer sich immer höher ausweitenden Galerie vorgedrungen, als alle plötzlich stehenblieben.

Dicht neben der Wand lagen vier Körper – vielleicht vier Leichname, auf dem Boden.

»James Starr!« sagte Sir W. Elphiston.

»Harry! Harry!« rief Jack Ryan.

In der Tat, hier lagen der Ingenieur, Madge, Simon und Harry Ford bewegungslos ausgestreckt.

Bald aber regte sich der eine Körper und vernahm man die schwache Stimme der alten Madge.

»Sie, sie sind es! Endlich!«

Sir W. Elphiston, Jack Ryan und die Beamten suchten nun den Ingenieur und die anderen wieder ins Leben zurückzurufen und flößten ihnen einige erwärmende Tropfen ein. Bald erreichten sie ihr Ziel. Die seit zehn Tagen in Neu-Aberfoyle eingeschlossenen Unglücklichen waren nahe daran, vor Hunger zu sterben.

Wenn sie während dieser langen Gefangenschaft noch nicht umkamen, so rührte das – wie der Ingenieur Sir W. Elphiston mitteilte – einzig davon her, daß sie dreimal ein Brot und einen Krug Wasser in ihrer Nähe gefunden hatten. Sicher vermochte das hilfreiche Wesen, dem sie es verdankten, noch am Leben zu sein, nicht mehr für sie zu tun! . . .

Sir W. Elphiston fragte sich, ob es nicht dasselbe unerreichbare Irrlicht gewesen sein möge, welches auch sie nach der Stelle geführt hatte, an der die Unglücklichen lagen.

Wie dem auch sei, jedenfalls waren der Ingenieur, Madge, Simon und Harry Ford gerettet. Durch die enge Öffnung, nach der der Träger jenes Lichtes Sir W. Elphiston offenbar hatte bringen wollen, begaben sich nun alle nach dem Cottage zurück.

Daß James Starr und sein Begleiter den durch den Dynamit gesprengten Ausgang nicht wiederzufinden vermochten, hatte seinen Grund darin, daß derselbe durch übereinandergehäufte Felsstücke verschlossen worden war, die sie in der Finsternis nicht beseitigen konnten.

Während sie also die weite Höhle im Innern untersuchten, hatte eine feindliche Hand jede Verbindung zwischen dem alten und Neu-Aberfoyle absichtlich unterbrochen.

Dreizehntes Kapitel

Coal-City

Drei Jahre nach den im vorigen erzählten Ereignissen empfahlen die Reisehandbücher von Joanne oder Murray »als eine besondere Sehenswürdigkeit« den zahlreichen Touristen der Grafschaft Stirling einen mehrstündigen Besuch der Kohlenwerke von Neu-Aberfoyle.

Kein Bergwerk in irgendeinem Lande der Alten oder Neuen Welt bot einen so merkwürdigen Anblick.

Überdies waren Einrichtungen getroffen, die Besucher der Grube ohne Gefahr oder Anstrengung bis zu ihrem Grunde, fünfzehnhundert Fuß unter der Oberfläche, zu befördern.

Sieben Meilen entfernt von hier, im Südwesten von Callander, lief ein schräger, an seinem Eingange mit Türmchen, Zinnen und anderem Schmucke monumental verzierter Tunnel aus, der bei genügender Weite und sanftem Abfall direkt in die wunderbare, unter dem Boden Schottlands ausgehöhlte Krypta führte.

Auf doppelten Schienengleisen rollten, durch hydraulische Kraft bewegt, Stunde für Stunde die Wagen herauf und hinab, welche dem im Untergrunde der Grafschaft entstandenen Dorfe, das den vielleicht etwas zu anspruchsvollen Namen »Coal-City«, d. h. Kohlenstadt, führte, als Kommunikation mit der Außenwelt dienten.

In Coal-City angelangt, befand sich der Besucher in einem Bereiche, in dem die Elektrizität als Licht- und Wärmequelle eine hochwichtige Rolle spielte.

Die zahlreichen, senkrecht aufsteigenden Luftschächte hätten nämlich nicht hingereicht, die tiefe Finsternis in Neu-Aberfoyle genügend zu verdrängen. Es erglänzte aber alles in blendendem Lichte, da zahlreiche elektrische Strahlenbündel daselbst die Sonne des Himmels ersetzten. Hier in den Bogenrundungen der Gewölbe, dort an natürlichen Pfeilern angebracht und stets von einem kräftigen, durch magnet-elektrische Maschinen erzeugten Strome ernährt, beleuchteten sie, hier einer Sonne, dort einem Sterne ähnlich, die weiten Räume. Schlug die Stunde der Ruhe, so genügte eine einfache Unterbrechung des Stromes, um nach Belieben die Nacht in den tiefen Abgründen des Werkes eintreten zu lassen.

Alle jene größeren oder kleineren Apparate arbeiteten im luftleeren Raume, d. h. ihre Lichtbogen standen nirgends mit der umgebenden Atmosphäre in Berührung. Sollten sich letzterer also auch einmal Wettergase in größerer Menge beigemischt haben, so konnte es dennoch zu einer Explosion nicht kommen. Die Elektrizität diente auch ohne Ausnahme allen Bedürfnissen des industriellen und häuslichen Lebens, ebenso in den Wohnstätten von Coal-City, wie in den im Betrieb befindlichen Stollen von Neu-Aberfoyle.

Wir erwähnen hier auch im voraus, daß die Vermutungen James Starrs – bezüglich der von der neuen Grube zu erhoffenden Ausbeute – nach keiner Seite hin getäuscht wurden. Der Reichtum dieser Kohlenadern erwies sich fast unschätzbar. Im Westen der großen Aushöhlung, eine Viertelmeile von Coal-City, hatte man zuerst mit dem Betriebe begonnen. Die Arbeiterstadt lag also nicht im Mittelpunkte desselben. Vor Beginn des eigentlichen Betriebes stellte man die nötigen Luft- und Förderschächte her, welche die verschiedenen Etagen des Bergwerks untereinander in Verbindung setzten. Der große Tunnel mit seiner durch Wasserkraft betriebenen Bahn diente nur zur Beförderung der Bewohner und Besucher von Coal-City.

Der Leser erinnert sich wohl der merkwürdigen Gestaltung jener ungeheuren Höhle, bis zu welcher der alte Obersteiger und seine Begleiter bei dem ersten Besuche vordrangen. Über ihnen wölbte sich da eine Art von Dom mit gerippten Bögen. Die stützenden Pfeiler desselben verliefen in der schiefrigen Felsmasse in einer Höhe von dreihundert Fuß – eine Höhe, welche der des Mammut-Domes in den Grotten von Kentucky nahezu gleichkommt.

Bekanntlich vermag diese ungeheure Halle, die größte unter dem ganzen amerikanischen Kontinente, bequem 5000 Personen aufzunehmen. Der erwähnte Teil von Neu-Aberfoyle zeigte dieselben Verhältnisse und dieselbe Anordnung. An Stelle der wunderbaren Stalaktiten jener berühmten Grotte aber haftete hier der Blick an den reichen Kohlenadern, welche unter dem enormen Druck des darüber lagernden Gesteins überall gleichsam hervorzuquellen schienen, wobei die glatten Bruchflächen der Pechkohlenflöze in dem Glanze der elektrischen Strahlen flimmerten.

Unter diesem gewaltigen Dome dehnte sich ein See aus, seiner Größe nach ähnlich dem »Toten Meere«, den »Mammouth-Caves« – ein tiefer See, dessen klares Wasser von augenlosen Fischen wimmelte und dem der Ingenieur den Namen Malcolmsee gab.

Hier in dieser ungeheuren, natürlichen Höhle hatte Simon Ford sein neues Cottage erbaut, das er nicht gegen das schönste Hotel der Princesstreet in Edinburgh vertauscht hätte. Das Häuschen lag am Ufer des Sees, und seine fünf Fenster boten eine Aussicht über das dunkle, bis über die Grenzen des Gesichtskreises reichende Wasser.

Zwei Monate später erhob sich eine zweite Wohnung in der Nachbarschaft von der Simon Fords, es war das Haus James Starrs'. Der Ingenieur hatte sich Neu-Aberfoyle mit Leib und Seele ergeben. Auch er wollte dieselbe bewohnen, und seine Geschäfte mußten sehr dringlicher Natur sein, wenn er sich entschließen sollte, einmal an die Oberwelt zu gehen. Er lebte hier ganz in der Mitte seiner Welt von Bergleuten.

Nach Auffindung der neuen Kohlenlager beeilten sich alle früheren Werkleute der Grube, Pflug und Egge zu verlassen und wieder nach Haue und Schlegel zu greifen. Durch die Gewißheit, daß es ihnen hier niemals an Arbeit fehlen könne, ebenso angezogen, wie durch den hohen Lohn, den man bei dem gewinnreichen Betriebe der Handarbeit bewilligte, hatten sie gern die Oberwelt gegen die Unterwelt vertauscht und wohnten gleichzeitig ganz in dem Werke, welches ihnen durch seine natürliche Gestaltung eine Unterkunft anbot.

Die aus Backsteinen errichteten Häuschen der Bergleute lagen ringsum malerisch verstreut, die einen an den Ufern des Malcolmsees, die anderen unter den Bogengängen an den Wänden, welche wie geschaffen schienen, um die Last der überlagernden Erdschichten sicher zu tragen. Hauer, welche mit Axt und Spitzhaue arbeiten; Karrenläufer, welche die Kohle wegschaffen, Aufseher, Zimmerer, welche das Holzbauwerk der Stollen und Schächte besorgen, Wegearbeiter zur Instandhaltung der nötigen Fußstege, Wiederausfüller, welche die abgebauten Gänge wieder mit totem Gestein verschütten, überhaupt alle die speziell mit den Arbeiten in der Tiefe beschäftigten Werkleute verlegten ihre Wohnstätten nach Neu-Aberfoyle und gründeten so allmählich Coal-City, unter der Ostspitze des Katrinesees im Norden der Grafschaft Stirling.

Es war also eine Art flamändisches Dorf, das sich nahe den Ufern des Malcolmsees erhob. Eine, dem heiligen Gilles geweihte Kapelle krönte das ganze. Sie leuchtete freundlich von einem hohen Felsen herab, dessen Fuß sich in dem Wasser dieses unterirdischen Meeres badete.

Wenn diese ganze Ortschaft von den blendenden Strahlen des elektrischen Lichtes erhellt wurde, das hier von mächtigen Säulen herab, dort aus den ehrwürdigen Bögen der Nebenschiffe heraus erglänzte, gewährte sie einen phantastischen, höchst fremdartigen Anblick, der die Empfehlung in den Reisehandbüchern von Joanne und Murray gewiß rechtfertigte. Der Fremdenzufluß war deshalb auch immer ein starker.

Daß die Bewohner von Coal-City auf ihre Niederlassung nicht wenig stolz waren, versteht sich wohl von selbst. Nur sehr selten verließen sie auch ihre Arbeiterstadt, indem sie sich hierin Simon Ford zum Muster nahmen, der so gut wie niemals nach der Oberwelt hinauffuhr. Der alte Obersteiger blieb bei der Behauptung, daß es »da oben« immer regne, und bezieht man diese Äußerung auf das Klima des Vereinigten Königreichs, so hatte er vielleicht nicht gar so unrecht. Die einzelnen Familien in Neu-Aberfoyle gediehen vortrefflich. Im Verlauf dreier Jahre hatten sie sich zu einem gewissen Wohlstande emporgeschwungen, den sie auf der Oberfläche der Grafschaft kaum je erreicht hätten. Eine hübsche Zahl kleiner Kinder, welche seit der Wiederaufnahme der Arbeiten geboren wurden, hatten noch niemals die Luft der Außenwelt geatmet.

Jack Ryan pflegte deshalb scherzend zu sagen:

»Da sind sie nun schon achtzehn Monate der Mutterbrust entwöhnt und haben noch nicht einmal das Licht der Welt erblickt.«

Übrigens gehörte Jack Ryan seinerzeit zu den ersten, welche auf den Ruf des Ingenieurs herbeieilten. Der muntere Bursche hielt es für seine Pflicht, sich dem früheren Berufe wieder zu widmen. Die Meierei von Melrose verlor mit ihm also ihren Sänger und Dudelsackpfeifer. Damit soll aber nicht etwa gesagt sein, daß Jack Ryan selbst nicht mehr gesungen habe. Im Gegenteil; er ließ der steinernen Lunge des Echos in Neu-Aberfoyle kaum je eine Stunde Ruhe.

Jack Ryan wohnte in dem neuen Cottage Simon Fords. Man hatte ihm darin ein Zimmerchen angeboten, und er nahm, als ein einfacher offenherziger Mann, dasselbe ohne Umstände an. Die alte Madge schätzte ihn wegen seines guten Charakters und seiner frohen Laune. Sie teilte ja im Innern auch seine Gedanken hinsichtlich der phantastischen Wesen, welche in der Kohlengrube hausen sollten, und wenn beide einmal allein waren, erzählten sie einander gern schauerliche Geschichten, wertvolle Bereicherungen der hyperboreischen Mythologie.

Jack Ryan wurde so die Freude des Cottage. Er war

ein gutmütiger Mensch, ein zuverlässiger Arbeiter. Sechs Monate nach Wiedereröffnung des Betriebes übernahm er die Leitung von einer Arbeiterkolonne.

»Sie haben sich da wahrlich verdient gemacht, Herr Ford«, begann er wenige Tage nach seinem Einzuge. »Sie haben eine neue Kohlenader entdeckt, und wenn Sie dafür bald mit Ihrem Leben gebüßt hätten, nun, so war auch dieser Preis vielleicht nicht zu teuer.«

»Ei nein, Jack, es ist sogar ein gutes Geschäft, das wir hierbei machten!« antwortete der alte Obersteiger. »Aber weder Herr Starr, noch ich werden es jemals vergessen, daß wir dir unser Leben danken.«

»Nein, nein«, erwiderte Jack. »Daran ist Ihr Sohn Harry schuld, weil er den guten Gedanken hatte, meine Einladung zu dem Feste in Irvine anzunehmen . . .«

»Und daselbst nicht zu erscheinen, nicht wahr?« fiel Harry ein und drückte die Hand des Kameraden. »Nein, dir, Jack, der seiner Wunden nicht schonte, der keinen Tag, keine Stunde verstreichen ließ, dir verdanken wir es, noch lebend in der Grube aufgefunden worden zu sein.«

»Nein, nimmermehr!« wehrte sich der Trotzkopf. »Ich werde nichts sagen lassen, was nicht wahr ist! Ich habe nicht gesäumt, zu erfahren, was aus dir geworden sei, das ist alles. Doch um jedem seinen Anteil zu lassen, so muß ich bemerken, daß ohne jenes unerreichbare Bergmännchen . . .«

»Aha, da haben wir's!« rief Simon Ford. »Ein Bergmännchen!«

»Ja, ein Bergmännchen, ein Gnom, das Kind einer Fee«, wiederholte Jack, »vielleicht der Enkel einer Feuerhexe, ein Urisk, oder was Ihr sonst wollt. Es steht aber fest, daß wir ohne seine Hilfe niemals in die Galerie gekommen wären, die Euch gefangenhielt.«

»Ganz gewiß, Jack«, stimmte ihm Harry zu. »Es fragt

sich nur, ob jenes Wesen wirklich so übernatürlicher Art war, wie du annimmst.«

»Übernatürlich!« rief Jack Ryan. »Es war eben so übernatürlich wie ein Irrlicht, das man mit der Fackel in der Hand dahineilen sähe, das man vergeblich einzuholen suchte, das euch entwischt wie ein Sylph und verschwindet wie ein Schatten. Warte nur, Harry, es wird schon noch einmal sichtbar werden.«

»Nun gut, Jack«, bemerkte Simon Ford, »ob Irrlicht oder nicht, wir werden es wieder aufzufinden suchen, und du wirst uns dabei behilflich sein.«

»Das würde Ihnen nicht gut bekommen, Herr Ford«, antwortete Jack Ryan.

»Ei, das wird sich ja zeigen, Jack.«

Der Leser wird leicht begreifen, wie alle Glieder der Familie Ford, und vorzüglich Harry, mit dem Gebiete von Neu-Aberfoyle schnell vollständig bekannt wurden. Letzterer durchstreifte alle Gänge und Winkel desselben und kam bald dahin, angeben zu können, welche Punkte der Erdoberfläche der und jener Punkt des Kohlenwerkes entsprach. Er wußte, daß auf der einen Erdschicht der Golf von Clyde ruhte oder über der anderen sich der Lomond- oder Katrinesee ausbreitete. Diese Pfeiler hier dienten als Widerlager für die darüber aufgetürmten Grampianberge. Jene Wölbung trug Dumbarton. Über diesem umfangreichen Teiche lief die Eisenbahn von Balloch hin. Hier endete die Küste Schottlands und begann das Meer, dessen furchtbaren Wellenschlag man während der heftigen Äquinoktialstürme hörte. Harry wäre der vorzüglichste »Führer« durch diese natürlichen Katakomben gewesen, und was die Führer auf den schneeigen Gipfeln der Alpen bei vollem Tageslichte leisten, das leistete auch er, in der Finsternis geleitet durch seinen unvergleichlichen Instinkt, in dem ungeheuren Kohlenwerke.

Wie hing er auch an diesem Neu-Aberfoyle! Wie oft wagte er sich, seine Lampe am Hute, in dessen entfernteste Galerien. Die Teiche untersuchte er mittels eines Bootes, das er sehr geschickt führte. Er jagte sogar manchmal, denn durch die Höhlen schwärmten zahlreiche wilde Vögel, wie langgeschwänzte und Trauerenten, Bekassinen, welche sich von den Fischen nährten, die in den dunklen Wassern spielten. Es schien fast, als seien Harrys Augen für diese dunklen Räume geschaffen, wie die des Seemanns für das Auslugen in die Ferne.

Doch wenn er so umherirrte, trug sich Harry immer mit der Hoffnung, das rätselhafte Wesen wiederzutreffen, dessen hilfreichem Dazwischentreten er und die Seinigen mehr als jedem anderen ihre Rettung verdankten. Sollte sie in Erfüllung gehen? Wenn er seinen Ahnungen traute, gewiß; wenn er den bisherigen Mißerfolg seiner Bemühungen überlegte, freilich nur schwerlich.

Ähnliche Attentate auf die Familie Ford, wie vor der Erschließung Neu-Aberfoyles, hatten sich nicht wiederholt. –

So gestalteten sich die Verhältnisse in diesem fremdartigen Gebiete.

Man braucht auch nicht zu glauben, daß es selbst zu der Zeit, als erst die Anfänge von Coal-City emporwuchsen, an jeder Zerstreuung in dieser unterirdischen Ortschaft gefehlt habe und das Leben daselbst ein gar zu einförmiges gewesen sei.

Gewiß nicht. Die Bevölkerung daselbst, mit ihrem gleichartigen Interesse, mit demselben Geschmack und dem fast gleichmäßig herrschenden Wohlstande, bildete eigentlich nur eine große Familie. Alle kannten sich, standen sich stets nahe, und dabei erwachte das Verlangen, nach Vergnügungen in der Außenwelt zu suchen, nur sehr selten.

Jeden Sonntag veranstaltete man Spaziergänge in dem Kohlenwerke, Exkursionen auf den Seen und Teichen, welche zu ebenso vielen angenehmen Zerstreuungen wurden.

Häufig erklangen auch die Töne des Dudelsacks an den Ufern des Malcolmsees. Dann eilten die Schotten auf den Ruf ihres nationalen Instrumentes herbei. Bald ward ein Tänzchen eröffnet, und an solchen Festtagen spielte Jack Ryan, in der kleidsamen Tracht der Hochländer, den König des Festes.

Alles das bewies, wie Simon Ford gern behauptete, daß Coal-City schon mit der Hauptstadt von Schottland rivalisieren konnte; jener Stadt, welche der Kälte des Winters, der Hitze des Sommers, der Unbill einer manchmal abscheulichen Witterung ausgesetzt war und durch ihre durch den Rauch der vielen Schornsteine verpestete Atmosphäre den Beinamen des »alten *Rauchfanges*«* gewiß rechtfertigte.

Vierzehntes Kapitel

Am letzten Fädchen hängend

Jetzt, nach Befriedigung ihrer innigsten Wünsche, fühlte sich Simon Fords Familie wirklich glücklich. An Harry allein, der schon von Natur einen etwas verschlossenen Charakter besaß, hätte man beobachten können, daß er mehr und mehr »in sich gekehrt« blieb, wie Madge zu sagen pflegte. Selbst Jack Ryan gelang es trotz seiner »ansteckenden« guten Laune nicht, ihn umzuwandeln.

---

*Old Reesky, Spottname für das alte Edinburgh.

Eines Sonntags im Monat Juni gingen die beiden Freunde am Ufer des Malcolmsees spazieren. Coal-City feierte. Draußen tobte ein stürmisches Wetter. Heftige Regengüsse entwickelten aus der erhitzten Erde einen warmen, fast erstickenden Brodem.

In Coal-City dagegen herrschte die tiefste Ruhe, die angenehmste Temperatur, und gab es weder Regen noch Wind. Hier verriet nichts den Kampf der Elemente in der Oberwelt. Aus Stirling und dessen Umgegend strömten Spaziergänger herzu, um sich an der angenehmen Frische des Kohlenwerkes zu erquicken.

Die elektrischen Apparate übergossen alles mit einem Lichtglanz, um den es die für einen Sonntag etwas gar zu nebelverhüllte Sonne Britanniens beneidet hätte.

Jack Ryan machte seinen Kameraden Harry auf den außerordentlichen Andrang von Besuchern aufmerksam; dieser nahm seine Worte aber nur mit sehr geteilter Aufmerksamkeit auf.

»Sieh doch, Harry«, begann er, »welches Gedränge von Gästen! Komm, Freund! Verscheuche deine trüben Gedanken! Du wirst die Leute von oben auf den Gedanken bringen, daß man sie um ihr Schicksal beneiden könne.«

»Lieber Jack«, antwortete Harry, »sorge dich nicht um mich! Du bist ja lustig für zwei, das genügt schon.«

»Hol' mich der alte Nick!« versetzte Jack, »wenn deine Melancholie mich nicht zuletzt mit ansteckt! Meine Augen werden trüber, die Lippen pressen sich zusammen, das Lachen bleibt mir in der Kehle stecken und zum Singen fehlt mir das Gedächtnis. Sprich, Harry, was fehlt dir?«

»Du weißt es ja, Jack.«

»Noch immer dieser Gedanke . . .«

»Noch immer.«

»Du armer Harry«, erwiderte Jack Ryan achselzukkend, »wenn du, wie ich, alles das auf Rechnung der Berggeister setztest, würdest du weit ruhiger sein.«

»Du weißt wohl, Jack, daß diese Gnomen und Feen nur in deiner Einbildung existieren und daß sich seit Wiederaufnahme der Arbeiten kein einziger mehr in Neu-Aberfoyle hat blicken lassen.«

»Zugegeben, Harry! Doch wenn sich die Berggeister nicht mehr zeigen, so scheint mir nur, zeigen sich die Wesen, denen du alles dieses zuschreiben willst, desto weniger.«

»Ich werde sie wiederzufinden wissen, Jack.«

»O Harry! Harry! Die Geister von Neu-Aberfoyle sind nicht so leicht zu fangen.«

»Ich will sie schon entdecken, deine vermeintlichen Geister!« erwiderte Harry mit einem Tone der festesten Überzeugung.

»Du gedenkst sie also zu bestrafen? . . .«

»Zu bestrafen und sie zu belohnen, Jack. Wenn die eine Hand uns in jener Galerie eingesperrt hatte, so vergesse ich dabei nicht, daß eine andere uns zu Hilfe gekommen ist! Nein, nein, das vergesse ich niemals.«

»Bist du aber«, entgegnete ihm Jack Ryan, »auch überzeugt, daß diese beiden Hände nicht ein und demselben Wesen angehören?«

»Warum, Jack? Wie kommst du auf diesen Gedanken?«

»Ja, zum Kuckuck . . . Du weißt . . . Harry! Die Wesen, welche in diesen Abgründen hausen . . . sind nicht so wie wir gebaut!«

»Jene aber sind ganz unseresgleichen, Jack!«

»Nein, Harry, nein . . . wäre es übrigens nicht möglich, daß hier ein Geisteskranker sein Wesen triebe . . .«

»Ein Geisteskranker?« erwiderte Harry; »ein Wahnsinniger, in dessen Ideen eine solche Folgerichtigkeit herrschte! Ein Verrückter, jener Bösewicht, der seit dem

Tage, da er die Leitern im Yarow-Schachte zerstörte, uns unausgesetzt zu schädigen suchte!«

»Er tut es aber nicht mehr, Harry. Seit drei Jahren ist weder gegen dich noch gegen deine Angehörigen irgendeine neuere Bosheit ausgeführt worden.«

»Das tut nichts, Jack«, antwortete Harry. »Ich kann die Ahnung nicht loswerden, daß jener böse Geist, sei er wer er will, auf seine verderblichen Absichten noch nicht verzichtet hat. Worauf ich mich mit dieser Annahme stütze, ich könnte es selbst nicht sagen. Auch im Interesse des wieder aufgelebten Betriebes unserer Grube möchte ich wissen, wer es ist und woher er kommt.«

»Im Interesse des jetzigen Betriebes? . . .« fragte Jack erstaunt.

»Gewiß, Jack« versetzte Harry, »aber ich sehe in allen diesen Handlungen ein dem unseren offenbar widerstrebendes Interesse. Ich habe wohl oft darüber nachgedacht und glaube mich nicht zu täuschen. Erinnere dich an jene Reihe unerklärlicher Vorkommnisse, welche sich ganz logisch folgten. Jener anonyme, dem meines Vaters widersprechende Brief beweist zunächst, daß irgend jemand von unserem Vorhaben Kenntnis gehabt und dessen Ausführung zu vereiteln suchte. Herr Starr kam, uns zu besuchen, nach der Grube Dochart. Kaum habe ich ihn ein Stück dahingeführt, so wird ein gewaltiger Stein nach uns geschleudert und durch Zerstörung der Leitern des Yarow-Schachtes jede Verbindung mit der Außenwelt unterbrochen. Unsere Nachforschungen beginnen. Ein Experiment, welches für das Vorhandensein eines weiteren Kohlenlagers als Beweis dienen sollte, war durch Verschließung der Spalten im Schiefergestein unmöglich gemacht. Nichtsdestoweniger gelingt dieser Beweis zuletzt, das Flöz wird gefunden. Wir kehren zurück, da entsteht eine heftige

Bewegung der Luft. Unsere Lampe zerbricht. Rings um uns wird es finster. Trotzdem gelingt es uns, den richtigen Weg einzuhalten ... da war kein Ausgang mehr vorhanden, die Mündung verschlossen. Wir waren eingesperrt! – Nun, Jack, erblickst du in dem allen nicht eine böswillige Absicht? Unzweifelhaft, ein bis jetzt von mir noch nicht erlangtes, aber keineswegs übernatürliches Wesen, wie du glaubst, annehmen zu müssen, war hier in der Grube verborgen. Aus einer noch unaufgeklärten Absicht suchte es unser weiteres Vordringen zu verhindern. Es war früher hier! ... Eine Ahnung sagt mir, daß es auch jetzt nicht verschwunden ist und wahrscheinlich irgend etwas Furchtbares im Schilde führt. – Nun wohl, Jack, und sollte es mein Leben kosten, ich muß hier klarsehen lernen!«

Harry sprach mit einer so sicheren Überzeugung, daß er die Ansicht seines Kameraden gewaltig erschütterte.

Jack Ryan fühlte recht wohl, daß Harry recht habe, wenigstens bezüglich der Vergangenheit. Doch mochten diese außerordentlichen Ereignisse eine natürliche oder übernatürliche Ursache haben, jedenfalls lagen sie klar vor Augen.

Trotzdem verzichtete der wackere Bursche nicht darauf, die Tatsachen nach seiner Art zu erklären. Da er jedoch wußte, daß Harry niemals die Intervention eines rätselhaften Wesen zugeben würde, so betonte er nur jenes eine Vorkommnis, welches mit der Annahme einer böswilligen Absicht gegen die Familie Ford offenbar unvereinbar schien.

»Nun gut, Harry«, begann er, »muß ich dir auch hinsichtlich mehrerer Erscheinungen recht geben, bist du mit mir nicht darüber wenigstens einer Meinung, daß euch irgendein guter Geist durch das Herbeischaffen von Brot und Wasser das Leben rettete und ...«

»Jack«, unterbrach ihn Harry, »jenes hilfreiche Geschöpf, das du zu einem übernatürlichen Wesen machen möchtest, existiert unzweifelhaft ebenso wie der betreffende Bösewicht, und ich wiederhole dir, ich werde sie beide bis in die letzten Ausläufer der Grube suchen.«

»Hast du denn irgendwelche Vermutung, die dich dabei auf den richtigen Weg führen könnte?« fragte Jack Ryan.

»Vielleicht«, antwortete Harry. »Höre mir aufmerksam zu. Fünf Meilen westlich von Aberfoyle, unter den Schichten, welche den Lomondsee tragen, findet sich ein natürlicher Schacht, der senkrecht in die Tiefe hinabführt. Vor etwa acht Tagen versuchte ich schon, seine Länge zu messen. Da, als ich mich über die obere Mündung beugte, um meine Sonde hinabgleiten zu lassen, schien mir die Luft im Innern desselben heftig, wie von kräftigen Flügelschlägen, bewegt.«

»Es wird sich ein Vogel in die unteren Galerien der Grube verirrt haben«, bemerkte Jack.

»Das ist noch nicht alles«, fuhr Harry fort. »Noch an demselben Tage kehrte ich einmal zu dem Schachte zurück und glaubte da in dessen Grunde ein leises Wimmern zu hören.«

»Ein Wimmern!« rief Jack, »du hast dich getäuscht, Harry. Das ist nur der Luftzug gewesen . . . wenn nicht etwa ein Berggeist . . .«

»Morgen, Jack, werde ich wissen, woran ich bin.«

»Morgen?« fragte Jack, der seinen Kameraden mit großen Augen ansah.

»Gewiß! Morgen steig' ich in den Abgrund hinab.«

»Harry, das heißt Gott versuchen!«

»Nein, mein Freund, ich werde seine Hilfe erbitten zu diesem Unternehmen. Morgen begeben wir beide uns nebst einigen Kameraden nach dem Schachte. Ich schlinge mir ein langes Seil um den Leib, an dem ihr mich hinablassen und auf ein gegebenes Zeichen wieder hinaufziehen könnt. – Ich darf doch auf dich rechnen, Jack?«

»Harry«, antwortete Jack sehr ernst, »ich werde alles tun, was du von mir verlangst, und doch wiederhole ich dir: Du tust unrecht!«

»Es ist besser, einmal unrecht zu tun, als sich die Vorwürfe machen zu müssen, etwas unterlassen zu haben«, erwiderte Harry mit entschiedenem Tone. »Also, morgen früh sechs Uhr, und – schweigen können! Leb wohl, Jack!«

Um ein Gespräch nicht weiter fortzusetzen, bei dem Jack Ryan gewiß versucht hätte, ihm von seinem Vorhaben abzuraten, verließ Harry schnell seinen Kameraden und kehrte nach dem Cottage zurück.

Man muß übrigens zugeben, daß Jacks Befürchtungen nicht übertrieben waren. Wenn Harry ein persönlicher Feind bedrohte und sich in dem Schachte verborgen hielt, den der junge Bergmann untersuchen wollte, so setzte sich dieser der augenscheinlichsten Gefahr aus. Warum sollte es nicht so sein können?

»Und überdies«, wiederholte sich Jack, »warum einer möglichen Gefahr in die Arme laufen, um eine Reihe von Tatsachen zu erklären, welche sich durch die Annahme des Einschreitens übernatürlicher Wesen ganz von selbst erklärt?«

Trotzdem fanden sich am anderen Morgen Jack Ryan nebst drei Kameraden in Begleitung Harrys an der Mündung des verdächtigen Schachtes ein.

Harry hatte sein Vorhaben sowohl James Starr, als auch dem alten Obersteiger verheimlicht. Auch Jack Ryan war seinerseits verschwiegen gewesen. Als die anderen Bergleute die kleine Gesellschaft aufbrechen sahen, glaubten sie, es handle sich nur um irgendeine Untersuchung der Mächtigkeit des Flözes an einer anderen

Stelle.

Harry trug ein zweihundert Fuß langes Seil, das zwar nicht dick, aber besonders fest war. Da er mit Hilfe der Hände und Arme weder hinab- noch hinaufklettern konnte, so mußte er ein Seil gebrauchen, welches das Gewicht seines Körpers sicher trug. Seine Begleiter sollten ihn also hängend in den Abgrund hinuntersinken lassen und ebenso wieder emporziehen. Eine Erschütterung des Seiles sollte zwischen ihm und jenen als Signal dienen.

Der ziemlich weite Schacht mochte im Durchmesser zwölf Fuß messen. Oben wurde ein Pfosten wie eine Brücke darüber gelegt, so daß der Strick sich beim Nachgleiten immer in der Mitte halten mußte, um Harry bei seiner Fahrt in die unbekannte Tiefe vor dem Anstoßen an den Seitenwänden zu bewahren.

Harry war bereit.

»Du bestehst also auf deiner Absicht, diese Schlucht zu untersuchen?« fragte ihn Jack Ryan mit ernster Stimme.

»Ja, Jack«, antwortete Harry.

Das Seil wurde nun zuerst um Harrys Lenden und dann unter seinen Armen weg befestigt, so daß der Körper sicher gerade hing.

Hierdurch behielt Harry beide Arme frei. Am Gürtel befestigte er eine Sicherheitslampe und an der Seite eines jener breiten schottischen Messer in einer Lederscheide.

Harry trat bis auf die Mitte des Pfosten vor, über welche das Seil laufen sollte.

Dann ließen ihn seine Begleiter sinken und er verschwand langsam in der Tiefe. Da sich das Seil gleichzeitig langsam drehte, fiel der Schein seiner Lampe nach und nach rings auf die Wand, und Harry konnte sie dabei sehr genau ins Auge fassen.

Diese Wände bestanden aus Schiefer und waren so steil und glatt, daß man daran unmöglich emporklettern konnte.

Harry berechnete, daß er sich nur mit mäßiger Geschwindigkeit senkte – etwa einen Fuß in der Sekunde. Er konnte demnach alles bequem sehen und sich für jede Eventualität bereithalten.

Bis nach Ablauf von zwei Minuten, also bis in eine Tiefe von ungefähr hundertzwanzig Fuß ging diese Niederfahrt ohne jede Störung vor sich. Die Wand des Schachtes zeigte nirgends eine davon ausgehende Seitengalerie; der letztere selbst weitete sich allmählig tonnenartig etwas aus. Vom Grunde aus fühlte Harry jetzt eine kühlere Luft heraufwehen, woraus er schloß, daß der Schacht daselbst mit irgendeinem anderen Wetterschachte in der Grube in Verbindung stehen müsse.

Das Seil sank tiefer. Rings herrschte vollständige Finsternis, vollkommene Ruhe. Wenn irgendein lebendes Wesen in dieser geheimnisvollen und tiefen Schlucht Zuflucht gesucht hatte, so war es entweder nicht mehr anwesend oder verriet seine Gegenwart wenigstens nicht durch die leiseste Bewegung.

Je tiefer er hinabkam, desto mißtrauischer ward Harry; er zog deshalb das Messer aus dem Gürtel und hielt es in der rechten Hand zur etwaigen Abwehr bereit.

In einer Tiefe von hundertachtzig Fuß fühlte Harry, daß er den Boden erreicht habe; die Spannung des Seiles ließ nach und dasselbe wurde von oben nicht weiter nachgelassen.

Harry atmete einen Augenblick auf. Eine Befürchtung, der er sich nicht erwehren konnte, daß nämlich das Seil über ihm durchschnitten werden könne, hatte sich nicht erfüllt. Er hatte übrigens nirgends in der Schachtwand irgendeine Aushöhlung bemerkt, in der sich ein lebendes Wesen hätte verbergen können.

Der unterste Teil des Schachtes lief wieder ziemlich eng zusammen.

Harry löste seine Lampe aus dem Gürtel und leuchtete damit auf dem Grunde umher. Seine vorige Annahme hatte ihn nicht getäuscht.

In einem tiefen Kohlenflöze zog sich ein enger, mehr schlauchähnlicher Gang hin, so daß man sich bücken mußte, um in denselben zu gelangen, und nur auf Händen und Füßen darin weiter fortkriechen konnte.

Harry wollte sich über den Verlauf dieses engen Stollens unterrichten und sehen, ob er später vielleicht wieder in eine erweiterte Höhle mündete.

Er streckte sich auf den Erdboden aus und begann zu kriechen; aber plötzlich sperrte ihm ein Hindernis den Weg.

Dem Gefühle nach urteilte er, daß dieses Hindernis in einem menschlichen Körper bestand, der den Gang fest verschloß.

Harry wich zuerst entsetzt zurück, kroch dann aber doch wieder vorwärts.

Er hatte sich nicht geirrt; es war in der Tat ein menschlicher Körper, der hier im Wege lag. Er überzeugte sich durch das Gefühl, daß derselbe, wenn auch eisig an den Extremitäten, doch noch nicht völlig erkaltet war.

Ihn zu sich heranzuziehen, nach dem Grunde des Schachtes zu bringen und dort zu beleuchten, das war bei Harry schneller ausgeführt, als wir es hier erzählen.

»Ein Kind!« rief er erstaunt.

Das in diesem Abgrunde aufgefundene Kind lebte zwar noch, seine Atmung war aber so schwach, daß Harry jeden Augenblick dessen Tod befürchtete. Er mußte das arme Wesen also schleunigst mit nach der Schachtmündung hinaufnehmen und nach dem Cottage bringen, um es der Pflege seiner Mutter anzuvertrauen.

Harry vergaß alles übrige, befestigte das Seil an seinem Gürtel, band auch die Lampe daran, faßte das Kind, welches er mit dem linken Arm an sich drückte, so, daß er die bewaffnete rechte Hand frei behielt, und gab das verabredete Zeichen, um sich hinaufziehen zu lassen.

Das Seil ward bald wieder straff und das Aufsteigen begann.

Mit verdoppelter Aufmerksamkeit blickte Harry rund um sich. Jetzt drohte eine mögliche Gefahr ja nicht mehr ihm allein.

Während der ersten Minuten dieser Fahrt nach oben ging alles nach Wunsch, und kein Unfall schien ihm zu drohen, als er plötzlich eine heftigere Luftbewegung wahrnahm, die von dem Grunde des Schachtes ausgehen mußte. Er sah unter sich und bemerkte bald im Halbdunkel einen sich nach und nach emporschwingenden Körper, der ihn im Vorüberschweben streifte.

Es war ein ungeheurer Vogel, dessen Art er nicht erkennen konnte, und der mit mächtigem Flügelschlage emporstieg.

Das furchtbare beflügelte Tier hielt an, schwebte einen Augenblick in ein und derselben Höhe hin und stieß dann wütend auf Harry nieder.

Harry konnte nur von seinem rechten Arme Gebrauch machen, um die Schläge des gewaltigen Schnabels dieses Tieres abzuwehren.

Er verteidigte sich jedoch nach Kräften und suchte dabei das Kind so gut wie möglich zu schützen. Die Angriffe des Vogels galten aber auch gar nicht dem Kinde, sondern ihm allein. Durch die Drehungen des Seiles behindert, gelang es ihm auch nicht, jenen tödlich zu treffen.

Der Kampf zog sich in die Länge. Harry rief aus Leibeskräften, in der Hoffnung, oben gehört zu werden.

Es geschah, was er hoffte, das Seil stieg schneller mit ihm empor.

Noch lag eine Strecke von etwa achtzig Fuß vor ihm. Da gab der Vogel seine direkten Angriffe gegen ihn auf. Jetzt drohte aber eine weit schrecklichere Gefahr, denn jener krallte sich zwei Fuß über Harrys Kopfe und so weit, daß er ihn mit der freien Hand nicht erreichen konnte, an dem Seile fest und suchte es mit seinem furchtbaren Schnabel zu zerstören.

Harrys Haare sträubten sich.

Eine Trosse war schon zerhackt und zerrissen. Mehr als hundert Fuß über dem Grunde der Schlucht begann das Seil sich zu dehnen.

Harry stieß einen entsetzlichen Schrei aus.

Eine zweite Trosse löste sich unter der doppelten Last, welche das halb zerstörte Seil jetzt tragen mußte.

Harry ließ sein Messer fallen, und es gelang ihm vermöge einer übermenschlichen Anstrengung, gerade als das Seil dem Zerreißen nahe war, dasselbe mit der rechten Hand über jener durch den Schnabel des Vogels zerbissenen Stelle zu ergreifen. Trotz seiner eisenfesten Hand fühlte er das Seil aber doch langsam durch seine Finger gleiten.

Er hätte sich an demselben mit zwei Händen halten können, wenn er das Kind opferte, welches sein linker Arm noch hielt . . . Nein, er wollte daran gar nicht denken.

Inzwischen zogen ihn Jack Ryan und die beiden anderen Bergleute, da sie Harrys verzweifeltes Rufen vernommen hatten, immer schneller empor.

Harry glaubte nicht, daß seine Kräfte ausreichen würden, bis er die Schachtmündung erreichte. Das Blut schoß ihm ins Gesicht. Einen Augenblick schloß er die

Augen mit der gräßlichen Erwartung, in die Tiefe zu stürzen, dann öffnete er sie wieder ...

Der offenbar erschreckte Vogel war verschwunden.

Gerade als Harrys Hand das Seil entgleiten wollte, um dessen äußerstes Ende seine Faust sich krampfhaft schloß, ward er von seinen Genossen ergriffen und samt dem Kinde auf den Boden niedergelegt.

Doch eine Nachwirkung konnte hier ja nicht ausbleiben. – Harry war bewußtlos in den Armen seiner Kameraden zusammengebrochen.

Fünfzehntes Kapitel

Nell in der Cottage

Zwei Stunden später kamen Harry, der die Besinnung nicht so schnell wiedererhalten hatte, und das überaus schwache Kind mit Hilfe Jack Ryans und seiner Kameraden in der Cottage an.

Jetzt erzählte man dem alten Obersteiger das Vorgefallene, und Madge widmete dem armen, von ihrem Sohne geretteten Geschöpfe die sorgsamste Pflege.

Harry hatte ein Kind aus dem Abgrund zu bringen geglaubt ... es war schon ein junges Mädchen von etwa sechzehn Jahren. Ihr irrender, verwunderter Blick, ihr eingefallenes Gesicht, dem man die Spuren grausamer Leiden ansah, ihre helle Farbe, welche vom Tageslichte noch unberührt schien, ihre zarte und niedliche Gestalt – alles ließ sie ebenso fremdartig als reizend erscheinen. Jack Ryan verglich sie mit einigem Recht mit einem Kobold von etwas übernatürlichem Aussehen. War es eine Folge der eigentümlichen Umstände, der ganz ungewöhnlichen Umgebung, in der das junge Mädchen bis jetzt offenbar gelebt hatte, daß sie dem menschlichen Geschlecht nur zur Hälfte anzugehören schien? Ihr Gesichtsausdruck mußte jedem auffallen. Erstaunt und doch schüchtern blickten ihre Augen, welche die Lampen des Cottage anzustrengen schienen, umher, als ob ihnen alles neu erschiene.

Die alte Schottin richtete an dieses eigentümliche Wesen, das man auf Madges Bett niedergelgt hatte, und welches wieder zum Leben kam, als erwache es aus einem jahrelangen Schlafe, einige freundliche Worte.

»Wie heißt du, mein Kind?« fragte sie.

»Nell*«, antwortete das junge Mädchen.

»Fehlt dir etwas, Nell?« fuhr Madge fort.

»Mich hungert«, erwiderte Nell. »Oh, ich habe nichts gegessen seit ... seit ...«

Man hörte es schon bei diesen wenigen Worten, daß Nell nicht gewöhnt war, zu sprechen. Ihr Dialekt war der altgälische, den auch Simon Ford und die Seinigen häufig gebrauchten.

Madge brachte dem jungen Mädchen einige Nahrung. Nell war nahe daran, vor Hunger zu sterben. Seit wann befand sie sich im Grunde jenes Schachtes? Niemand wußte es.

»Wie viele Jahre lang warst du dort unten, meine Tochter?« fragte sie Madge.

Nell antwortete nicht; sie schien den Sinn der Worte nicht zu fassen.

»Seit wieviel Tagen? ...« wiederholte Madge.

»Tagen?« ... erwiderte Nell, für welche jenes Wort gar keine Bedeutung zu haben schien.

Dann schüttelte sie kurz mit dem Kopfe, wie jemand, der eine an ihn gestellte Frage nicht versteht.

Madge hatte Nells Hand ergriffen und streichelte sie, um jene zutraulicher zu machen.

---

*Nell ist eine Abkürzung von Helena.

»Wie alt bist du denn, mein Kind?« fragte sie weiter und schaute ihr freundlich ins Gesicht.

Dasselbe verneinende Zeichen von Nells Seite.

»Nun, ich meine, wie viele Jahre zählst du?« erläuterte Madge ihre Frage.

»Jahre?« . . . antwortete Nell verwundert.

Wie für das Wort »Tag« schien das junge Mädchen auch für dieses zweite kein Verständnis zu haben.

Simon Ford, Harry, Jack Ryan und die übrigen betrachteten sie mit dem doppelten Gefühle des Mitleids und der Sympathie. Der Zustand des armen, mit einem groben Rocke bekleideten Wesens rührte sie innig.

Harry besonders fühlte sich noch mehr als die anderen von der Eigenart Nells angezogen. Er sah Nell, deren Lippen sich dabei zu einem leichten Lächeln zu öffnen schienen, offen ins Gesicht und sagte:

»Nell . . . da unten . . . in der Grube . . . warst du da allein?«

»Allein! Allein!« rief das junge Mädchen, sich aufrichtend.

In ihrem Antlitz malte sich jetzt der Schrecken. Ihre unter den Blicken des jungen Mannes so sanften Augen sprühten jetzt ein fast unheimliches Feuer.

»Das arme Kind ist noch zu schwach, uns Rede und Antwort zu stehen«, meinte Madge, nachdem sie das junge Mädchen wieder niedergelegt hatte. »Einige Stunden Ruhe und dann etwas Speise und Trank werden sie schon wieder kräftigen. Komm, Simon, und du, Harry, und kommt ihr anderen alle, lassen wir sie ruhig schlummern!«

Auf Madges Rat wurde Nell allein gelassen, und kurz darauf konnte man sich schon überzeugen, daß sie fest eingeschlafen war.

Das ganze seltsame Ereignis verfehlte natürlich nicht, erst in dem Kohlenwerke, dann in der Grafschaft

Stirling und endlich in dem ganzen Vereinigten Königreiche das größte Aufsehen zu erregen. Die wunderbarsten Gerüchte über Nell kamen in Umlauf. Hätte man ein junges Mädchen direkt in dem Schieferfelsen gefunden, wie eines jener vorsintflutlichen Geschöpfe, welche Hammer und Fäustel des Bergmannes manchmal aus dem Jahrtausende alten Felsengrabe wieder an das Licht bringen, das Aufsehen wäre kaum ein größeres gewesen.

Sich selbst unbewußt, kam Nell sozusagen in die Mode. Abergläubige Leute fanden hier eine neue Unterlage für ihre Legenden. Sie glaubten steif und fest, Nell sei die gute Fee von Neu-Aberfoyle, wie Jack Ryan das auch seinem Freunde Harry gegenüber aussprach.

»Es sei«, erwiderte Harry, um ein solches Gespräch nicht auszudehnen, »es sei, Jack. Aber jedenfalls ist sie nur die gute Fee. Sie war es, die uns zu Hilfe kam und uns Brot und Wasser brachte, als wir in der Kohlengrube eingesperrt waren. Das kann nur sie gewesen sein. Wenn der andere böse Geist aber noch in der Grube haust, so werden wir ihn schon eines Tages entdecken.«

Es versteht sich von selbst, daß man den Ingenieur James Starr schleunigst von dem Vorgefallenen unterrichtete.

Das junge Mädchen, welches am Tage nach der Ankunft in dem Cottage ihre Kräfte völlig wiedergewonnen hatte, wurde von ihm nach allen Seiten befragt. Ihr schienen die meisten Dinge des Lebens völlig unbekannt. Dennoch erweckte sie den Eindruck einer mehr als gewöhnlichen Intelligenz, nur daß ihr einzelne Begriffe, unter anderen der der Zeit, völlig abgingen. Man merkte es, daß sie nicht gewöhnt war, die Zeit in Stunden oder Tage zu teilen, und daß sie selbst diese Worte nicht einmal kannte. Ihre an eine ununterbrochene

Nacht gewöhnten Augen vertrugen nur schwierig den Glanz der elektrischen Sonnen; in der Finsternis aber erreichte ihr Blick eine überraschende Schärfe, und die weitgeöffneten Pupillen gestatteten ihr, selbst bei tiefer Dunkelheit noch zu sehen. Eindrücke von der Außenwelt schien ihr Gehirn noch nicht erhalten zu haben; sie umgab nie ein anderer Horizont, als die dunkle Kohlengrube; was sie von der Menschheit kannte, beschränkte sich gewiß auf eines oder wenige in dieser Aushöhlung der Erde lebende Wesen. Wußte dieses arme Kind überhaupt, daß es eine Sonne und Sterne, Städte und Länder, daß es ein Weltall gab, durch welches ungezählte Weltkörper kreisten? Daran mußte man zweifeln bis zu der Stunde, in welcher gewisse ihr noch unbekannte Worte in ihrem Geiste eine feststehende Bedeutung gewannen.

Auf die Lösung der Frage, ob Nell in den Tiefen von Neu-Aberfoyle allein gelebt habe, mußte der Ingenieur verzichten. Jede Anspielung hierauf erfüllte dieses eigentümliche Wesen mit schauderndem Entsetzen. Entweder wollte oder konnte Nell hierauf nicht antworten; jedenfalls aber war hier noch ein Geheimnis zu entschleiern.

»Willst du hier bei uns bleiben oder dahin zurückkehren, wo du früher warst?« hatte sie der Ingenieur gefragt.

Auf den ersten Teil der Frage rief sie schnell und freudig: »Ach ja!« und den zweiten Teil beantwortete sie nur durch einen ängstlichen Schrei.

Gegenüber diesem hartnäckigen Stillschweigen beschlichen James Starr, Simon Ford und Harry aufs neue ihre früheren Ahnungen. Sie konnten die unerklärlichen Zufälle bei Gelegenheit der Entdeckung der neuen Kohlengrube nicht vergessen. Obwohl schon drei Jahre ohne jedes hieraus herzuleitende Ereignis verstrichen waren, versahen sie sich doch jeden Tag eines wiederholten Angriffs seitens ihres unsichtbaren Feindes. Sie nahmen sich vor, jenen geheimnisvollen Schacht näher zu untersuchen, und führten es auch wohlbewaffnet und in größerer Anzahl aus. Dabei fand sich indes keine verdächtige Spur. Der Schacht kommunizierte mit den unteren Etagen des Höhlensystems, welches die mächtige Kohlenablagerung durchsetzte.

Wiederholt besprachen James Starr, Simon und Harry dieses Rätsel. Wenn ein oder mehrere Übeltäter sich in der Grube versteckt hielten und irgendeinen hinterlistigen Streich vorbereiteten, so hätte Nell vielleicht darüber Auskunft geben können, aber diese schwieg nach wie vor. Die geringste Erwähnung ihrer Vergangenheit rief allemal so heftige Anfälle hervor, daß man es für rätlich hielt, eine solche ganz zu unterlassen. Mit der Zeit würde sie ihr Geheimnis vielleicht wider Willen verraten.

Vierzehn Tage nach ihrer Ankunft in dem Cottage machte sich Nell schon als die intelligenteste und eifrigste Helferin der alten Madge nützlich. Ihr erschien es ganz natürlich, dieses Haus, in dem sie eine so entgegenkommende Aufnahme gefunden, niemals zu verlassen, und vielleicht glaubte sie, außerhalb desselben überhaupt gar nicht leben zu können. Ihr genügte die Familie Ford vollkommen, so wie es sich von selbst verstand, daß sie von derselben, seit ihrem ersten Betreten der Cottage, als Adoptivkind angesehen wurde.

Nell war in der Tat reizend. Das neue Leben machte sie nur noch schöner. Jetzt blühten ihr wohl die ersten glücklichen Tage ihres Lebens, die sie voll aufrichtiger Erkenntlichkeit gegen diejenigen, denen sie sie schuldete, genoß. Madge empfand für Nell eine wahrhaft mütterliche Teilnahme. Der alte Obersteiger war bald ganz vernarrt in sie. Alle liebten das Mädchen. Jack

Ryan bedauerte nur allein, daß er selbst sie nicht gerettet habe. Er hielt sich häufig in dem Cottage auf. Er sang wohl auch, und Nell, welche noch niemals singen gehört hatte, fand das sehr schön; leicht hätte jeder aber wahrnehmen müssen, daß sie vor den Liedern Jack Ryans offenbar den ernsteren Unterhaltungen Harrys den Vorzug gab, durch welche sie nach und nach lernte, was sie von der Außenwelt noch nicht wußte.

Wir müssen gestehen, daß Jack Ryan, seitdem Nell ihm in ihrer natürlichen Menschengestalt erschien, seinen Glauben an die Berggeister etwas verblassen sah. Zwei Monate später sollte seine Gläubigkeit noch einen weiteren Schlag erhalten.

Harry machte da nämlich eine ganz unerwartete Entdeckung, welche zum Teil die Erscheinung der Feuerhexen in den Ruinen des Dundonald-Schlosses bei Irvine erklärte.

Nach einer weit fortgesetzten Untersuchung des südlichen Teiles der Kohlengrube – eine Untersuchung der äußersten Ausläufer dieses unterirdischen Labyrinthes, welche mehrere Tage in Anspruch nahm – hatte Harry einen schräg aufwärts führenden engen Gang erklommen, der sich durch den Schieferfelsen hinzog. Wie erstaunte er da, sich plötzlich in freier Luft zu befinden. Die Galerie endigte außerhalb genau bei den Ruinen von Dundonald-Castle. Es bestand also eine bisher unbekannte Verbindung zwischen Neu-Aberfoyle und jenem von dem Schlosse gekrönten Hügel. Die obere Mündung dieses Tunnels war fast gar nicht zu entdekken, so dicht war sie von Steinblöcken und Gesträuch verhüllt. So gelang es auch damals trotz ihrer Untersuchung den Beamten nicht, diesen Eingang zu finden.

Einige Tage später nahm auch James Starr, den Harry hierher geleitet hatte, die natürliche Anordnung der Gesteinsschichten und des Kohlenflözes näher in

Augenschein.

»Nun«, sagte er, »da besitzen wir ja das Mittel, die Abergläubischen eines Besseren zu belehren. Jetzt fahrt wohl, ihr Gespenster, Kobolde und Feuerhexen!«

»Ich glaube kaum«, wendete Harry ein, »daß wir Ursache haben, uns deshalb zu beglückwünschen! Ihre Stellvertreter taugen wahrlich nicht mehr und könnten sogar noch schlechter sein.«

»Du magst recht haben, Harry«, erwiderte der Ingenieur, »doch was sollen wir dagegen tun? Offenbar benutzen die Bösewichte, welche in der Grube ihr Wesen treiben, diesen Tunnel als Verbindungsgang zur Oberwelt. Sie sind es ohne Zweifel, welche während jener stürmischen Nacht mit Fackeln in den Händen die ›Motala‹ anzulocken wußten, deren Wracktrümmer sie sich, ganz wie die ehemaligen Strandräuber, zugeeignet hätten, wenn ihnen Jack Ryan und seine Genossen nicht hinderlich gewesen wären. Doch jedenfalls erklärt sich hiermit alles. Hier ist der Eingang zur Räuberhöhle, und die Frage ist nur, ob die früheren Insassen sie auch heute noch bewohnen.«

»Gewiß, denn Nell erzittert stets, wenn man hiervon etwas erwähnt«, erwiderte Harry zuversichtlich. »Gewiß, da Nell hierüber niemals zu sprechen wagt!«

Harry konnte wohl recht haben. Wenn die rätselhaften Bewohner der Grube diese verlassen hatten oder vielleicht gar tot waren, welchen Grund hätte das junge Mädchen dann gehabt, bei ihrem Schweigen zu beharren?

James Starr hielt es jeoch für unumgänglich notwendig, dieses Geheimnis zu lüften. Er ahnte, daß die ganze Zukunft des großen Werkes davon abhängen könne. Man sorgte also aufs neue für die strengsten Vorsichtsmaßregeln. Die Behörden wurden benachrichtigt. Einige Beamte besetzten insgeheim die Ruinen von Dundonald-Castle. Harry selbst verbarg sich während mehrerer Nächte in dem Gebüsch, welches den Hügel bedeckte. Vergebliche Mühe! Man entdeckte nichts. Kein menschliches Wesen trat durch die Tunnelmündung heraus.

Endlich brach sich die Überzeugung mehr und mehr Bahn, daß die Übeltäter Neu-Aberfoyle definitiv verlassen hätten und die zurückgelassene Nell als in der Tiefe jenes engen Schachtes umgekommen betrachteten. Vor Beginn des Abbaues konnte die Kohlengrube ihnen ein sicheres Versteck bieten, indem ihnen keine Nachsuchung drohte. Jetzt hatten sich die Verhältnisse vollkommen verändert. Ihr Lagerplatz wäre nur noch schwierig zu verheimlichen gewesen. Man hätte also vernünftigerweise annehmen sollen, daß für die Zukunft nichts mehr zu fürchten sei. Dennoch konnte James Starr sich nicht vollkommen beruhigen. Auch Harry teilte diese Ansicht und sprach sich wiederholt darüber aus.

»Nell steht offenbar mit diesem Geheimnis in Verbindung«, sagte er. »Wenn sie nichts mehr zu befürchten hätte, warum sollte sie noch länger schweigen? Ohne Zweifel fühlt sie sich bei uns glücklich und liebt uns alle. Sie verehrt meine Mutter. Wenn sie über ihre Vergangenheit schweigt, über das, was uns wegen der Zukunft beruhigen könnte, so muß ein gewichtiges Geheimnis, welches zu entschleiern das Gewissen ihr verbietet, auf ihrer Seele lasten. Vielleicht glaubt sie sich auch mehr um unseres, als um ihres eigenen Besten willen in dieses unerklärliche Schweigen hüllen zu müssen.«

Infolge ähnlicher Betrachtungen war man allgemein übereingekommen, im Gespräche alles zu vermeiden, was das junge Mädchen an seine Vergangenheit erinnern könnte.

Eines Tages wollte es jedoch der Zufall, daß Harry Nell mitteilte, wieviel James Starr, sein Vater, seine Mutter und er selbst ihrer uneigennützigen Hilfe zu verdanken glaubten.

Es war ein Festtag. Ebenso wie auf der Oberfläche der Grafschaft feierten die fleißigen Arme heute auch in diesem unterirdischen Gebiete. Alle gingen ein wenig spazieren. An zwanzig verschiedenen Stellen ertönten fröhliche Gesänge unter den mächtigen Wölbungen von Neu-Aberfoyle.

Harry und Nell hatten das Cottage verlassen und folgten langsamen Schrittes dem linken Ufer des Malcolmsees. Dort leuchteten die elektrischen Strahlen minder heftig und brachen sich launenhaft an einigen pittoresken Felsen, welche den gewaltigen Dom stützten. Das Halbdunkel hier tat Nells Augen wohl, die sich nur schwierig an das Licht gewöhnten.

Nach einer Stunde Wegs blieben Harry und seine Begleiterin vor der Kapelle des heiligen Gilles auf einer natürlichen, die Gewässer des Sees beherrschenden Terrasse stehen.

»Deine Augen sind noch nicht an das Licht des Tages gewöhnt, Nell«, sagte Harry, »und würden den hellen Schein der Sonne wohl kaum ertragen.«

»Gewiß nicht, Harry«, erwiderte das junge Mädchen, »wenn die Sonne so ist, wie du sie mir beschrieben hast.«

»Ach Nell«, fuhr Harry fort, »mit Worten vermag ich dir keine richtige Vorstellung von ihrem Glanze, noch von den Herrlichkeiten der Welt zu geben, die deine Augen noch nicht erblickten. Doch sage mir, ist das möglich, daß du seit dem Tage deiner Geburt in der dunklen Kohlengrube niemals die Oberfläche der Erde betreten hättest?«

»Niemals, Harry, und ich glaube auch nicht, daß

mich der Vater oder die Mutter, selbst als ich noch ganz klein war, jemals dahin getragen haben. Ich würde doch eine dunkle Erinnerung an die Außenwelt bewahrt haben.«

»Ich glaub' es«, antwortete Harry. »Zu jener Zeit verließen auch manche andere niemals das Werk. Die Verbindung mit der Außenwelt war zu beschwerlich, und ich habe mehr als einen jungen Burschen oder junges Mädchen gekannt, die in deinem Alter ganz so wie du nichts von den Dingen da oben wußten. Jetzt befördert uns aber die Eisenbahn des großen Tunnels in wenigen Minuten nach der Oberfläche der Grafschaft. Oh, Nell, wie sehne ich die Stunde herbei, wo du mir sagen wirst: ›Komm, Harry, meine Augen vertragen nun das Licht des Tages, ich will die Sonne schauen! Ich will die Werke des Schöpfers bewundern!‹«

»Ich hoffe, Harry«, antwortete das junge Mädchen, »recht bald so zu dir sprechen zu können. Ich werde mich laben an dem Anblick der Außenwelt, und doch ...«

»Was willst du sagen, Nell?« fragte Harry lebhaft. »Bedauerst du vielleicht, den finsteren Abgrund verlassen zu haben, in dem du deine ersten Lebensjahre verbrachtest und dem wir dich dem Tode nahe entrissen haben?«

»O nein, Harry«, erwiderte Nell, »mir kam nur der Gedanke, daß auch die dunklen Tiefen ihre Schönheiten haben. Wenn du es wüßtest, was die allein an diese Finsternis gewöhnten Augen da alles erkennen! Manchmal huschen dort Schatten vorüber, denen man so gern in ihrem Fluge folgte. Ein andermal schlingen sich wunderbare Kreise vor dem Auge durcheinander, in deren Mitte man so gerne bleibt. Tief im Grunde der Grube gibt es finstere Schluchten, durch welche dann und wann ein ungewisser Schein zittert. Dann hört man wohl Geräusche, welche zu sprechen scheinen; – siehst du, man muß da unten gelebt haben, um zu verstehen, was ich dir mit Worten nicht zu schildern vermag.«

»Und du fühltest keine Angst, Nell, wenn du da allein warst?«

»Wenn ich allein war, Harry«, antwortete das junge Mädchen mit besonderer Betonung, »fürchtete ich mich niemals!«

Harry bemerkte es; er glaubte den günstigen Augenblick benützen zu müssen, um vielleicht noch mehr zu erfahren.

»Doch man konnte sich verirren in den langen Gängen, Nell. Hättest du das niemals befürchtet?«

»Nein, Harry, ich kannte alle Stollen und Schächte der neuen Kohlengrube schon lange Zeit sehr genau.«

»Verließest du dieselbe niemals?« ...

»Doch ... einige Male ...« antwortete das junge Mädchen zögernd, »ich kam wohl auch bis zu dem alten Werke von Aberfoyle.«

»Du kanntest demnach auch das alte Cottage?«

»Das Cottage ... ja ... aber deren Bewohner so gut wie gar nicht.«

»Die Bewohner derselben«, erklärte ihr Harry, »waren mein Vater, meine Mutter und ich. Wir hatten unsere alte, liebgewordene Wohnung nicht verlassen wollen.«

»Vielleicht wäre es für euch doch besser gewesen!« ... murmelte das junge Mädchen.

»Und weshalb, Nell? Danken wir die Auffindung der neuen Kohlenschätze nicht unserem treuen Ausharren? Und war diese Entdeckung nicht von den wohltätigsten Folgen für eine ganze Bevölkerung, deren Wohlstand die Arbeit neu begründete; auch für dich, Nell, welche dem Leben zurückgegeben, Herzen fand, die dir ganz und gar gehören?«

»Für mich!« antwortete Nell lebhaft ... »Ja, was auch kommen könne! Für die anderen? ... wer weiß? ...«

»Was willst du damit sagen?«

»Nichts ... nichts! ... Aber das erste Eindringen in die neuerschlossene Grube hatte seine Gefahren; ja, seine großen Gefahren. Einmal, Harry, waren einige Unvorsichtige in diese unbekannten Gänge geraten; sie wagten sich weit, weit hinein, zuletzt haben sie sich verirrt ...«

»Verirrt?« unterbrach sie Harry und sah sie beobachtend an.

»Ja ... verirrt ...« wiederholte Nell mit zitternder Stimme. »Ihre Lampe verlosch, sie konnten den Rückweg nicht finden.«

»Und blieben dort acht Tage eingeschlossen«, setzte Harry ihre Rede fort. »Sie wären bald dabei umgekommen, hätte ihnen Gott nicht ein hilfreiches Wesen, vielleicht einen Engel, gesendet, der sie geheimnisvoll mit etwas Nahrung versorgte, und nicht einen wunderbaren Führer, der ihnen später ihre Befreier zuführte. Ohne dem hätten sie nie wieder jenes ungeheure Grab verlassen.«

»Woher weißt du das alles?« fragte das junge Mädchen.

»Jene Gefangenen, Nell, waren James Starr, meine Eltern und ich.«

Nell erhob den Kopf, ergriff die Hand des jungen Mannes und sah ihm so tief in die Augen, daß dieser sich bis ins Herz erzittern fühlte.

»Du?« wiederholte das junge Mädchen.

»Ja«, bestätigte Harry nach kurzem Schweigen, »und die, der wir es verdanken, noch heute zu leben, das warst du, Nell, das kann niemand sonst gewesen sein, als du!«

Nell ließ den Kopf in ihre Hände sinken und gab keine Antwort. Noch niemals hatte Harry sie so tief ergriffen gesehen.

»Die, welche dich gerettet haben, Nell«, fügte er bewegt hinzu, »schuldeten vorher schon dir ihr Leben, und glaube mir, sie können und werden das niemals vergessen!«

Sechzehntes Kapitel

Auf der auf- und absteigenden Leiter

Inzwischen wurde die Ausbeutung von Neu-Aberfoyle mit bestem Erfolge fortgesetzt. Selbstverständlich kam James Starr und Simon Ford – den ersten Entdeckern dieser reichen Kohlenlager – ein großer Anteil des Gewinnes zu. Harry wurde demnach jetzt selbst eine gute Partie. Aber er dachte gar nicht daran, das Cottage zu verlassen. Er hatte jetzt die Stelle seines Vaters als Obersteiger übernommen und wachte sorgsam über diese Welt von Bergleuten.

Jack Ryan war ebenso stolz wie hoch erfreut über all das Glück, das seinem Freunde zuteil ward. Auch ihm selbst ging es dabei recht wohl. Beide sahen sich sehr häufig, entweder in dem Cottage oder bei den Arbeiten in der Grube. Jack Ryan hatte recht wohl die Gefühle bemerkt, welche Harry für das junge Mädchen hegte. Zwar gestand es dieser nicht ein, aber Jack lächelte verschmitzt, wenn Harry seine Anspielung durch ein verneinendes Kopfschütteln abweisen wollte.

Jack Ryans innigster Wunsch war es, Nell zu begleiten, wenn sie ihren ersten Besuch an der Oberfläche der Grafschaft machen würde. Er hätte so gern das Erstaunen und die Bewunderung über die ihr noch völlig unbekannte Natur mit angesehen. Wohl hoffte er, daß Harry ihn bei diesem Besuche mitnehmen werde, doch hatte dieser ihm noch keinen dahinzielenden Vorschlag gemacht – was ihn immerhin ein wenig beunruhigte.

Eines Tages stieg Jack Ryan eben einen der Luftschächte hinunter, durch welche die unteren Stollen der Grube mit der Erdoberfläche in Verbindung stehen. Er benutzte dabei eine jener Leitern, welche durch ihre aufeinanderfolgenden Bewegungen nach auf- und abwärts ohne Mühe hinauf- oder hinunterzugelangen gestatten. Zwanzig Bewegungen dieses Apparates hatten ihn etwa um hundertfünfzig Fuß hinunterbefördert, als ihm auf der schmalen Leiter, auf der er eben Platz genommen, Harry begegnete, der wegen einiger Tagarbeiten nach oben steigen wollte.

»Bist du es?« fragte Jack, indem er den anderen scharf ansah.

»Jawohl, Jack«, erwiderte Harry, »und es freut mich sehr, dich noch zu treffen. Ich möchte dir einen Vorschlag machen . . .«

»Ich höre auf nichts, bevor du mir nicht eine Nachricht über Nell gibst!« rief Jack Ryan.

»Nell geht es gut, Jack, und sogar so gut, daß ich sie binnen einem Monat oder sechs Wochen . . .«

»Zu heiraten gedenke, Harry?«

»Du weißt nicht, was du sprichst, Jack.«

»Das ist möglich, Harry, aber ich weiß, was ich tun würde.«

»Und was denn?«

»Ich würde sie heiraten, ja ich, wenn du es nicht tust«, versetzte Jack hell auflachend. »Beim heiligen Mungo! Sie gefällt mir einmal, die niedliche Nell. Ein junges und herzensgutes Geschöpf, welches die Mine noch niemals verlassen hat, das ist eine Frau, wie sie der

Bergmann braucht. Sie ist eine Waise und ich auch, und für den Fall, daß du wirklich nicht an sie denkst, möchte ich nur, daß sie deinen Kameraden auch wollte.«

Harry sah Jack ernsthaft an. Er ließ ihn plaudern, ohne überhaupt eine Antwort zu geben.

»Was ich da sagte, macht dich doch nicht eifersüchtig, Harry?« fragte Jack mit ernsterem Tone.

»Nein, lieber Jack«, erwiderte Harry ruhig.

»Nun, wenn du Nell nicht zu deiner Frau machst, hast du mindestens kein Recht, zu verlangen, daß sie eine alte Jungfer bleiben soll.«

»Ich beanspruche gar keine Rechte«, antwortete Harry.

Eine Bewegung der Leiter hätte den beiden Freunden jetzt erlaubt, sich zu trennen, indem der eine den Schacht hinauf-, der andere hinuntergegangen wäre. Sie blieben aber noch beisammen.

»Harry«, fuhr Jack fort, »glaubst du, daß ich jetzt zu dir bezüglich Nells ganz im Ernste gesprochen habe?«

»Nein, Jack, das glaube ich kaum.«

»Nun, so werde ich es jetzt tun.«

»Du, im Ernste sprechen?«

»Mein lieber Harry«, begann Jack, »ich wäre imstande, einem Freunde einen guten Rat zu erteilen.«

»So tu' es, Jack.«

»Nun, so höre! Du liebst Nell so innig, wie sie es verdient, Harry! Dein Vater, der alte Simon, und die alte Madge, deine Mutter, lieben sie ebenfalls, als wär' es ihr eigenes Kind. Es würde dich nicht viel kosten, sie ganz zu eurer Tochter zu machen. – Warum heiratest du sie nicht?«

»Kennst du denn, um so zuversichtlich zu sprechen, auch Nells eigene Meinung hierüber?«

»Darüber ist sich jedermann klar, auch du, Harry,

und eben deshalb bist du auch weder auf mich, noch auf irgendeinen anderen eifersüchtig. – Doch genug, die Leiter wird sich sogleich nach unten bewegen und . . .«

»Warte noch, Jack«, bat Harry und hielt seinen Kameraden, der den Fuß schon von der festen Leiter zurückgezogen hatte, um ihn auf die bewegliche zu setzen, zurück.

»Recht schön, du willst mich hier wohl vierteilen lassen!«

»Höre mir aufmerksam zu, Jack«, antwortete Harry, »denn was ich sage, meine ich ernsthaft.«

»Ich bin ganz Ohr . . . das heißt bis zur nächsten Bewegung der Leiter, nicht länger.«

»Jack«, fuhr Harry fort, »ich brauche dir ja nicht zu verheimlichen, daß ich Nell liebe und sie herzlich gern zu meinem Weibe machen würde . . .«

»Das ist ja schön . . .«

»Doch wie sie jetzt noch ist, würde ich mir Gewissensbisse machen, von ihr eine für ewig bindende Erklärung zu fordern.«

»Was willst du damit sagen, Harry?«

»Sieh, Jack, Nell hat die Tiefen der Kohlengrube, in der sie jedenfalls einst geboren wurde, noch niemals verlassen. Sie weiß nichts, sie kennt noch nichts von der Außenwelt. Ihre Augen, vielleicht auch ihr Herz, hat noch sehr vieles zu lernen. Wer weiß, welche Gefühle sie haben wird, wenn sie erst andere Eindrücke vom Menschenleben erhalten hat! Jetzt hat sie, sozusagen, noch gar nichts Irdisches an sich, und mir scheint, es hieße sie betrügen, bevor sie sich nach eigener Anschauung entschieden hat, ob sie den Aufenthalt in der Kohlengrube jedem anderen vorzuziehen willens ist. – Verstehst du mich nun, Jack?«

»Ja . . . so ungefähr . . . Vorzüglich sehe ich schon,

daß du es dahin bringen wirst, mich auch die nächste Bewegung der Leiter verfehlen zu lassen.«

»Jack«, antwortete Harry sehr ernsthaft, »und wenn diese Maschinen sich niemals mehr bewegten, wenn die Leiter unter unseren Füßen verschwinden sollte, du wirst hören, was ich dir zu sagen habe.«

»Ah, Harry, so höre ich dich gern zu mir sprechen. Wir beschließen also, daß du Nell, bevor sie die deine wird, erst noch in ein Pensionat nach dem alten Rauchfange schickst.«

»Nein, Jack«, erwiderte Harry, »ich werde die Erziehung derjenigen, die mein Weib werden soll, schon selbst zu leiten wissen.«

»Und daran dürftest du auch weit besser tun, Harry!«

»Vorher aber will ich jedenfalls, wie ich dir eben sagte, daß Nell aus eigener Anschauung Kenntnis von der Außenwelt erhält. Ein Vergleich, Jack: wenn du ein junges, blindes Mädchen liebst, von der man dir sagte, ›binnen einem Monat wird sie geheilt sein!‹, würdest du nicht mit der Hochzeit warten, bis die Heilung da wäre?«

»Wahrhaftig, ja«, antwortete Jack.

»Nun wohl, Jack, Nell ist auch noch blind, und bevor sie meine Frau wird, will ich, daß sie es wisse, daß sie mich und meine Lebensverhältnisse vor anderen, die sie erst kennenlernt, vorzieht. Ihre Augen müssen mit einem Worte erst das Licht des Tages gesehen haben!«

»Schön, Harry, sehr schön«, rief Jack Ryan, »nun verstehe ich dich ganz. Wann wird diese Operation vor sich gehen?« . . .

»In einem Monat, Jack; Nells Augen gewöhnen sich allgemach an die Helligkeit unserer Strahlenbündel. Das ist die Vorbereitung. In einem Monat, hoffe ich, wird sie die Erde und ihre Wunder, den Himmel und seinen Glanz gesehen haben! Wird wissen, daß die Natur dem Blicke des Menschen einen weiteren Horizont ausgespannt hat, als den einer finsteren Kohlengrube. Sie wird erkennen, daß das Weltall keine sichtbaren Grenzen hat!«

Während Harry sich so von seiner Phantasie hinreißen ließ, hatte Jack die Leiter verlassen und war auf den oszillierenden Apparat hinüber getreten.«

»He, Jack«, rief Harry, »wo bist du denn?«

»Unter dir«, antwortete lachend der lustige Kamerad. »Während du dich in die Unendlichkeit erhebst, steige ich in den Abgrund hinab.«

»Leb wohl, Jack«, rief ihm Harry noch zu und ergriff nun selbst den jetzt emporsteigenden Apparat. »Ich bitte dich, gegen niemand von dem zu sprechen, was ich dir jetzt anvertraut habe.«

»Gegen niemand!« versicherte Jack Ryan, »doch unter einer Bedingung . . .«

»Und die wäre?«

»Ich begleite euch beide bei Nells erstem Ausfluge nach der Oberwelt.«

»Gewiß, Jack, das verspreche ich dir«, willigte Harry ein.

Eine neue Pulsation der beweglichen Leiter brachte die beiden Freunde noch weiter auseinander. Der Ton der Stimme reichte nur noch schwierig von dem einen zum anderen.

Dennoch vermochte Harry noch zu hören, wie Jack ihm zurief:

»Und wenn Nell die Sonne, den Mond und die Sterne gesehen hat, weißt du, wen sie ihnen vorziehen wird?«

»Nein, Jack.«

»Nun dich, mein Freund, immer und allezeit dich!« Jacks Stimme erlosch allmählich in einem herzlichen

Hurra!

Harry widmete nun alle freien Stunden der Erziehung Nells. Er hatte sie lesen und schreiben gelehrt – Fächer, in welchen das junge Mädchen überraschende Fortschritte machte. Es schien, als kenne sie vieles rein aus Instinkt. Niemals besiegte eine seltene Intelligenz schneller eine frühere vollständige Unwissenheit. Jeder verwunderte sich, der diese schnelle geistige Entwicklung mit ansah.

Simon und Madge fühlten täglich mehr, wie innig sie an ihrem Adoptivkinde hingen, deren Vergangenheit ihnen doch noch immer einige Sorge wegen der Zukunft einflößte. Die Natur der Gefühle Harrys für Nell durchschauten sie sehr bald und hatten ihre innige Freude darüber.

Der Leser erinnert sich, daß der alte Obersteiger, gelegentlich des ersten Besuches des Ingenieurs in dem früheren Cottage, etwa geäußert hatte:

»Warum sollte sich mein Sohn verheiraten? Welches Wesen von da oben könnte für einen jungen Mann passen, dessen Leben in den Tiefen eines Kohlenwerkes zu verlaufen bestimmt ist?«

Gewann es jetzt nicht den Anschein, als habe die Vorsehung selbst die einzige Lebensgefährtin gesendet, welche für seinen Sohn passen konnte? Mußte man hierin nicht eine Gnade des Himmels finden?

Der alte Obersteiger gelobte sich auch heimlich, daß der Tag, an dem dieser Ehebund zur Wahrheit würde, in Coal-City mit einer Festlichkeit begangen werden sollte, welche unter den Bergleuten von Aberfoyle Aufsehen erregen werde.

Auch ein anderer noch wünschte eine Verbindung zwischen Harry und Nell von ganzem Herzen; das war der Ingenieur James Starr. Vor allem hatte er dabei gewiß das Glück der beiden jungen Leute im Auge. Aber auch ein anderer Beweggrund von allgemeiner Bedeutung leitete ihn dabei.

Bekanntlich bedrückten James Starr noch immer einige Vermutungen, obgleich sie bis jetzt nichts gerechtfertigt hatte. Nell war offenbar die einzige Mitwisserin des Geheimnisses der Kohlengrube, das bis heute noch derselbe Schleier deckte. Sollte die Zukunft nun den Bergleuten von Aberfoyle noch mit weiterem Unglück drohen, wie vermochte man sich dagegen zu schützen, solange man nicht einmal den Ausgangspunkt desselben oder die dabei mitwirkenden Personen kannte.

»Nell hat sich bis jetzt nicht aussprechen wollen«, philosophierte der Ingenieur; »doch was sie jedem anderen verschwieg, das wird sie dem Gatten nicht lange verheimlichen können. Eine Gefahr würde Harry nicht weniger bedrohen, als uns selbst. Eine Heirat also, welche das Lebensglück des Mannes und die Sicherheit der Freunde desselben begründet, ist gewiß nur zu billigen und verdient mehr als jede andere hier unten begünstigt zu werden.«

Das war das Räsonnement James Starrs, dem man nicht alle Logik absprechen wird. Er verriet seine Gedanken auch dem alten Simon, der diese Wünsche und Erwartungen vollkommen teilte. Nichts schien also entgegenzustehen, daß Harry der Ehemann Nells würde.

Wer hätte auch Einspruch erheben sollen? Harry und Nell liebten sich. Die bejahrten Eltern wünschten sich gar keine andere Schwiegertochter. Harrys Kameraden freuten sich über sein Glück, das sie ihm als ein wohlverdientes gönnten. Das junge Mädchen stand im übrigen ganz unabhängig da und brauchte nur seinem eigenen Herzen zu gehorchen.

Wenn dieser Eheschließung aber niemand ein Hindernis in den Weg legen zu können schien, warum schlich, wenn die elektrischen Strahlen während der

Stunde der Ruhe erloschen und die Nacht sich über das Arbeiterstädtchen verbreitete, aus einem der verborgensten Winkel von Aberfoyle ein geheimnisvolles Wesen hervor, das unhörbar durch die Dunkelheit dahinglitt? Welcher Instinkt leitete diesen Schatten durch verschiedene so enge Galerien, daß man sie für unwegsam gehalten hätte? Warum suchte dieses rätselhafte Wesen stets nach den Ufern des Malcolmsees zu kriechen? Warum wendete es sich beharrlich der Wohnung Simon Fords, und das mit solcher Schlauheit zu, daß es bis jetzt stets unbemerkt blieb? Warum drängte es sich an die Fenster des Cottage heran und suchte einzelne Bruchstücke der im Hause geführten Gespräche durch die Läden zu erlauschen?

Und wenn dann einige Worte zu ihm herausdrangen, warum bedrohte seine geballte Faust dann die trauliche Wohnung? Warum entschlüpften seinen wutverzerrten Lippen dann immer wieder die Worte:

»Sie und er? – Niemals!«

Siebzehntes Kapitel

Ein Sonnenaufgang

Einen Monat später – es war am Abend des 20. August – verabschiedeten sich Simon Ford und Madge mit den herzlichsten Glückwünschen von vier Touristen, welche im Begriff standen, das Cottage zu verlassen.

James Starr, Harry und Jack Ryan wollten Nell nach der Erdoberfläche führen, die ihr Fuß bis jetzt noch nie betrat; in die lichtstrahlende Oberwelt, deren Glanz ihre Augen noch nicht kannten.

Der Ausflug sollte auf zwei Tage ausgedehnt werden.

James Starr wollte, mit Harrys Übereinstimmung, daß das junge Mädchen nach einem achtundvierzigstündigen Aufenthalt in der Oberwelt alles das gesehen habe, was sie in dem Kohlenwerke niemals sehen konnte, d. h. die verschiedensten Bilder von der Erde, so als rolle sich ein bewegliches Panorama mit Städten, Landschaften, Bergen, Flüssen, Seen, Buchten und Meeren vor ihren Augen ab.

Gerade in diesem Teile Schottlands, zwischen Edinburgh und Glasgow, schien die Natur alle jene Erdenwunder zusammengehäuft zu haben; der Himmel bot ja hier wie überall denselben Anblick, mit seinen wechselnden Wolken, dem heiteren oder verschleierten Monde, der strahlenden Sonne und dem flimmernden Sternenheere.

Man hatte für den beabsichtigten Ausflug alles in der Weise verabredet, daß Nell möglichst viel zu sehen bekommen sollte.

Auch Simon Ford und Madge hätten Nell gar so gern begleitet; wir wissen aber, daß sie das Cottage nur sehr ungern verließen, und so kamen sie schließlich zu dem Entschlusse, sich von ihrer unterirdischen Wohnung auch nicht einen Tag zu entfernen.

James Starr ging mit als Beobachter, als Philosoph, der vom psychologischen Standpunkte sehr gespannt auf die Folgen der fremdartigen Eindrücke, welche Nell erhalten sollte, wartete, während er dabei gleichzeitig hoffte, vielleicht etwas von den geheimnisvollen Ereignissen während ihrer Kindheit zu erfahren.

Harry fragte sich, nicht ohne einige Befürchtungen, ob aus dem jungen Mädchen, das er liebte, durch die schnelle Einführung in die Außenwelt nicht vielleicht ein ganz anderes werden möge.

Jack Ryan war lustig wie ein Buchfink, der mit den ersten Sonnenstrahlen hinausflattert. Er hoffte, seine ansteckende, übermütige Freude werde sich auch den anderen mitteilen. Das war so seine Art, eine freundliche Aufnahme zu vergelten.

Nell erschien nachdenklich und in sich versunken.

James Starr hatte, gewiß nicht mit Unrecht, darauf bestanden, des Abends aufzubrechen, da es für das junge Mädchen unzweifelhaft besser sein mußte, nur durch unmerkliche Übergänge von der Finsternis zum Lichte zum ersten Male den Tag zu schauen. Das erreichte man aber durch den Aufbruch am Abend, wobei ihre Augen von Mitternacht bis Mittag sich ganz allmählig an die Helligkeit der Außenwelt gewöhnen konnten.

Als man das Cottage eben verlassen wollte, ergriff Nell Harrys Hand und sagte:

»Harry, ist es denn so nötig, daß ich unsere Kohlengrube, und wenn auch nur auf wenige Tage, verlassen soll?«

»Ja, Nell«, erwiderte der junge Mann, »es muß sein! Um deinet- und um meinetwillen.«

»Und doch, Harry«, fuhr Nell fort, »fühle ich mich seit dem Tage meiner Errettung durch dich so glücklich, wie man nur jemals sein kann. Du hast mich ja unterrichtet? Ist das noch nicht genug? Was soll ich denn da oben?«

Harry sah sie schweigsam an. Die von Nell ausgesprochenen Gedanken waren fast ganz auch die seinigen.

»Meine Tochter«, begann da James Starr, »ich begreife dein Zaudern recht wohl. Und doch ist es gut, daß du mit uns gehst. Die, welche du liebst, begleiten dich und werden dich auch zurückführen. Willst du dann dein Leben auch ferner in dem Kohlenwerke verbringen, wie der alte Simon, wie Madge und Harry, so steht dir das ja frei! Ich zweifle nicht daran und würde diese Entscheidung sogar gern sehen. Du wirst dann aber wenigstens beurteilen können, was du ausschlägst und was du annimmst, um ganz nach freiem Willen zu handeln. Komm also!«

»Komm, liebe Nell«, bat auch Harry.

»Harry, ich bin bereit, dir zu folgen«, antwortete das junge Mädchen.

Um neun Uhr führte der letzte Zug durch den Tunnel Nell und ihre Begleiter nach der Oberfläche der Grafschaft. Zwanzig Minuten später stiegen sie an dem Bahnhofe aus, in dem eine speziell für Neu-Aberfoyle hergestellte Zweigbahn der Eisenbahn von Dumbarton nach Stirling mündet.

Schon herrschte tiefe Dunkelheit. Vom Horizont nach dem Zenit bewegten sich in großer Höhe noch einige leichte Dünste, welche eine erfrischende Brise aus Nordwesten dahintrieb.

In Dumbarton angekommen, verließen Nell und ihre Begleiter sofort den Bahnhof.

Vor ihnen dehnte sich zwischen großen Bäumen eine lange, nach dem Ufer des Forth führende Straße aus.

Der erste physische Eindruck, den das junge Mädchen empfand, war der der reinen Luft, die ihre Lungen begierig einsogen.

»Atme recht tief, Nell«, sagte James Starr, »sauge sie ein, diese Luft mit allen belebenden Gerüchen der Landschaft.«

»Was ist das für Rauch, der da über uns hinzieht?« fragte Nell.

»Das sind Wolken«, erklärte Harry, »halb verdichtete Dunstmassen, die der Wind vor sich hertreibt.«

»Oh«, rief Nell, »wie gern flög' ich mit ihnen dahin. Aber was sind das für leuchtende Punkte, welche dort durch die Lücken in den Wolken schimmern?«

»Das sind die Sterne, von denen ich dir erzählte,

Nell. Es sind ebensoviele Sonnen, ebensoviele Mittelpunkte von Welten, welche wahrscheinlich der unsrigen gleichen.«

Nell betrachtete die unzähligen Sterne, die über ihrem Kopfe kreisten.

»Aber«, sagte sie, »wenn das Sonnen sind, wie kommt es, daß meine Augen deren Glanz vertragen?«

»Mein Kind«, bemerkte James Starr, »das sind wirklich Sonnen, aber solche, welche in unmeßbarer Ferne von uns wandeln. Der nächste dieser Sterne, deren Strahlen bis zu uns gelangen, ist die Wega, im Sternbild der Leier, welche du dort nahe dem Zenit erblickst, und doch ist diese noch fünfzigtausend Milliarden Lieues von uns entfernt. Ihr Glanz kann dich hier also nicht blenden. Unsere Sonne aber wird morgen früh in einer Entfernung von achtunddreißig Millionen Lieues aufgehen, und kein menschliches Auge vermag sie direkt anzusehen, denn sie leuchtet mehr als ein Schmelzofen. Doch komm jetzt, Nell, komm!«

Man wandte sich nach jener Straße. James Starr führte das junge Mädchen an der Hand. Harry ging auf ihrer anderen Seite. Jack Ryan lief hin und her, wie ein junger Hund, wenn ihm sein Herr zu langsam geht.

Der Weg war menschenleer. Nell sah die Schattenrisse der großen, vom Winde etwas bewegten Bäume an der Seite. Sie hielt dieselben für Riesen, welche ihre hundert Arme bewegten. Das Geräusch des Windes in den hohen Ästen, das tiefe Schweigen, wenn jener sich legte, die weite Linie des Horizontes, wenn die Straße eine Ebene durchschnitt, alles erfüllte sie mit neuen Empfindungen und prägte sich ihrem Geiste mit unverlöschlichen Zügen ein. Während sie zuerst eifrig Fragen stellte, schwieg Nell jetzt, und ihre Begleiter unterbrachen, wie durch gemeinsame Übereinkunft, dieses Schweigen nicht. Sie wollten durch ihre Worte die empfindliche Einbildungskraft des jungen Mädchens nicht störend beeinflussen, sondern ihre Gedanken über das alles sich ganz von selbst entwickeln lassen. Gegen halb zwölf Uhr erreichten sie das nördliche Ufer am Golf des Forth.

Dort erwartete sie eine schon vorher von James Starr gemietete Barke, welche die kleine Gesellschaft in wenigen Stunden nach dem Hafen von Edinburgh überführen sollte.

Nell sah das zitternde und am Strande infolge der Brandung leicht schäumende Wasser, welches mit flimmernden Sternen besetzt schien.

»Ist das ein See?« fragte sie.

»Nein«, antwortete Harry, »das ist ein Golf mit fließendem Wasser, die Mündung eines Stromes, oder fast schon ein Meeresarm. Schöpfe ein wenig von diesem Wasser mit der hohlen Hand, Nell, und du wirst sehen, daß es ganz anders schmeckt als das aus dem Malcolmsee.«

Das junge Mädchen bückte sich, tauchte die Hand ein und führte sie an die Lippen.

»Dieses Wasser ist salzig«, sagte sie.

»Ja«, bestätigte Harry, »es ist jetzt die Zeit der Flut, bei der das Meerwasser bis hierher eindringt. Fast drei Viertel der ganzen Erdoberfläche sind mit solchem Salzwasser, von dem du eben einige Tropfen kostetest, bedeckt.«

»Wenn das Wasser der Flüsse aber kein anderes ist, als solches aus dem Meere, das jenen die Wolken zuführten, warum ist dieses süß?« fragte Nell.

»Weil das Wasser bei der Verdunstung seinen Salzgehalt verliert«, erklärte ihr James Starr. »Die Wolken bilden sich nun allein durch Verdunstungsprozesse und verbreiten das reine Wasser aus dem Meere durch den Regen über die Länder.«

»Harry, Harry«, rief da plötzlich das junge Mädchen, »was ist das für ein rötlicher Schein am Horizonte? Brennt dort vielleicht ein ganzer Wald?«

Nell zeigte dabei nach einem Punkte am Osthimmel, wo sich die niedrigen Dunstmassen zu färben begannen.

»Nein, liebe Nell«, antwortete Harry. »Dort wird der Mond aufgehen.«

»Jawohl, der Mond«, fiel Jack Ryan ein, »eine herrliche Silberschale, welche die Genien des Himmels am Firmament vorübergleiten lassen, und die ein ganzes Heer von Sternen aufnimmt.«

»Wahrlich, Jack«, bemerkte der Ingenieur, »ich kannte dich bis jetzt noch nicht als Liebhaber so kühner Vergleiche.«

»Nun, Herr Starr, ich denke, mein Vergleich ist richtig. Sie sehen, daß die Sterne in demselben Maße verschwinden, als der Mond aufsteigt. Ich nehme also an, daß sie in jenen hineinfallen.«

»Sagen wir, Jack«, entgegnete der Ingenieur, »daß der Mond durch seinen Glanz das Licht der Sterne sechster Größe verdunkelt, und deshalb verschwinden diese, solange er am Himmel steht.«

»Oh, wie schön ist das alles«, rief Nell, welche ganz in ihrem Blicke lebte. »Aber ich glaubte, der Mond sei ganz rund?«

»Rund erscheint er, wenn er voll ist«, antwortete James Starr; »das heißt, wenn er sich in Opposition zur Sonne befindet. Heute steht er im letzten Viertel, ein Teil seiner Scheibe wird dabei fast unsichtbar, und die Silberschale unseres Freundes Ryan schrumpft zu einem – Barbierbecken zusammen.«

»Oh, Herr Starr«, wandte Jack Ryan ein, »welch' entwürdigender Vergleich! Eben wollte ich das Lied zum Preise des Mondes:

»Gestirn der Nacht, auf deiner Bahn,
Wie schmeichelnd ...«

anstimmen. Ihr Barbierbecken hat mir die ganze Sangeslust verdorben.«

Inzwischen stieg der Mond langsam am Horizont empor, und die letzten Dünste flohen vor seinen Strahlen. Im Zenit und im Westen glänzten die Sterne noch auf dem dunklen Hintergrunde, die nun bald vor dem Silberschein des Mondes erbleichen sollten. Schweigend erfreute sich Nell an dem wunderbaren Schauspiele, da ihre Augen das milde Licht des Freundes der Nacht recht gut ertrugen, ihre Hand aber zitterte leise in der Harrys und sprach für sie deutlich genug.

»Steigen wir ein, meine Freunde«, mahnte der Ingenieur, »vor Sonnenaufgang noch müssen wir den Abhang des Arthur-Seat erstiegen haben.«

Die Barke lag, von einem Schiffer bewacht, an einem Uferpfahl befestigt. Nell und ihre Begleiter nahmen darin Platz. Das Segel ward gehißt und wölbte sich unter dem Drucke des Nordwestwindes.

Welch' neue Erscheinung für das junge Mädchen. Sie war wohl manchmal auf den Seen Neu-Aberfoyles umhergefahren; so ruhig dabei Harry aber auch das Ruder führte, es verriet doch immer die Anstrengung des Schiffers. Hier sah sich Nell zum ersten Male fast ebenso sanft dahingeführt, wie etwa ein Ballon durch die Lüfte gleitet. Der Golf war glatt wie ein See. Halb zurückgelehnt, ergötzte sich Nell an dem sanften Schaukeln des Fahrzeuges. Dann und wann brach sich ein Mondstrahl Bahn auf die weite Fläche des Forth, dann schien das Schiffchen eine in Millionen Funken glitzernde Silberfläche zu durchschneiden. Längs der Ufer murmelten sanfte Wellen ihr eintöniges Lied dazu.

Es war wahrhaft entzückend.

Dann schlossen sich aber Nells Augen unfreiwillig. Ihren Geist beschlich eine vorübergehende Abspannung. Sie ließ den Kopf an Harrys Brust sinken und fiel in sanften Schlummer.

Harry wollte sie wecken, um ihr nichts von den Herrlichkeiten dieser Nacht entgehen zu lassen.

»Laß sie schlafen, mein Sohn«, riet ihm dagegen der Ingenieur. »Zwei Stunden der Ruhe werden sie besser vorbereiten, die Eindrücke des Tages zu ertragen.«

Um zwei Uhr morgens langte die Barke am Granton-Pier an. Nell erwachte, als jene ans Ufer stieß.

»Ich habe geschlafen?« fragte sie.

»Nein, mein Kind«, antwortete James Starr. »Du hast nur geträumt, du schliefest, weiter nichts.«

Die Nacht war jetzt sehr hell. Der Mond stand hoch am Himmel und goß seine Strahlen nach allen Seiten aus.

Der kleine Hafen von Granton enthielt nur wenige Fischerboote, welche sanft auf den langen Wellen des Golfes schaukelten. Gegen Morgen legte sich der Wind. Die dunstfreie Atmosphäre versprach einen jener herrlichen Augusttage, welche die Nachbarschaft des Meeres nur noch verschönert. Am Horizonte nur lagerte noch ein warmer Hauch, aber ein so zarter und durchsichtiger, daß die ersten Sonnenstrahlen ihn gewiß augenblicklich wegsaugen mußten. Das junge Mädchen sah also hier zum ersten Male das Meer, dessen äußerste Grenze mit dem Himmelsdache verschmolz. Zwar ihr Gesichtskreis erweiterte sich dabei, noch empfand sie aber den unbeschreiblichen Eindruck nicht, den der Ozean vorzüglich auf jeden Unbefangenen hervorbringt, wenn er auf grenzenlose Weiten hinaus das Licht des Tages widerspiegelt.

Harry faßte Nells Hand. Beide folgten James Starr

und Jack Ryan durch die noch menschenleeren Straßen. Diese Vorstadt der Metropole Schottlands erschien Nell für jetzt nur als eine Anhäufung düsterer Häuser, die sie an Coal-City erinnerte, mit dem einzigen Unterschiede, daß die Deckenwölbung über dem ganzen hier eine höhere war und voll flimmernder Punkte glänzte. Sie eilte so leichten Fußes dahin, daß Harry seinen Schritt nicht zu verlangsamen brauchte, wie er es wohl sonst tat, um sie nicht zu ermüden.

»Du fühlst dich nicht angegriffen?« fragte er sie nach einer halben Stunde Weges.

»O nein«, antwortete sie. »Meine Füße scheinen kaum den Boden zu berühren. Der Himmel über uns ist so hoch, daß ich mir nur Flügel wünschte, um mich emporschwingen zu können.«

»Halte sie!« rief Jack. »Wir müssen doch unsere gute Nell behüten und bewachen. Mir geht es übrigens ganz ähnlich, wenn ich einmal sehr lange Zeit aus dem Kohlenwerke nicht herauskam.«

»Das rührt daher«, meinte James Starr, »daß wir uns hier nicht durch die Felsmassen bedrückt fühlen, welche Coal-City überlagern. Dann erscheint das Firmament wie ein tiefer Abgrund, in den man sich zu stürzen versucht ist. – Hast du nicht eine ganz ähnliche Empfindung, Nell?«

»Ja gewiß, Herr Starr«, bestätigte das junge Mädchen. »Mich überkommt es wie ein Schwindel.«

»Du wirst dich schon eingewöhnen, Nell«, sagte Harry. »Du wirst dich gewöhnen an diese Unermeßlichkeit der Welt und unsere düstere Kohlengrube darüber vielleicht ganz vergessen.«

»Niemals, Harry!« versicherte Nell.

Sie bedeckte dabei mit der Hand ihre Augen, so als wollte sie ihrem Geiste zu Hilfe kommen, sich an alles zu erinnern, was sie verlassen hatte.

Zwischen den noch schlafumfangenen Häusern der Stadt durchschritten James Starr und seine Begleiter Leith-Walk. Sie gingen um den Calton-Hill (C.-Hügel), auf dem sich die Sternwarte und das Denkmal Nelsons erhebt. Dann folgten sie der Regent-Straße, überschritten eine Brücke und langten bald am Ausgange der Canongate an.

Die Stadt lag noch in tiefer Ruhe. Am gotischen Glockenturme der Canongate-Kirche schlug es zwei Uhr.

Jetzt blieb Nell plötzlich stehen.

»Was ist das dort für eine dunkle Masse?« fragte sie und wies dabei nach einem isolierten Gebäude am Ende eines kleinen Platzes.

»Das Holyrood, Nell«, antwortete James Starr, »der Palast der einstmaligen Beherrscher Schottlands, in dem sich so viele schreckliche Ereignisse zutrugen. Der Geschichtskundige könnte aus demselben eine ganze Anzahl königlicher Schatten hervorzaubern, von der unglücklichen Maria Stuart an bis zu Karl X., dem früheren Könige von Frankreich. Und doch wird dir, trotz dieser schaurigen Erinnerungen, diese Residenz bei vollem Tageslichte gar nicht so abschreckend aussehen. Mit seinen vier großen krenelierten Türmen gleicht Holyrood vielmehr einem Lustschlosse, dem nur die Laune seines Besitzers jenen feudalen Charakter bewahrt hat. – Doch setzen wir unseren Weg fort. Dort in der Umgebung der uralten Abtei von Holyrood erheben sich die prächtigen Salisbury-Felsen, welche der Arthur-Seat (d. i. A.-Stuhl) krönt. Das ist der Punkt, Nell, von dem aus deine Augen die Sonne aus dem Meere sollen auftauchen sehen.«

Sie betraten den königlichen Garten und stiegen dann langsam bergan, wobei sie die Victoria-Allee, einen prächtigen, fahrbaren, im Kreise verlaufenden Weg passierten, den Walter Scott in einem seiner Romane so begeistert schildert.

Der Arthur-Seat bildet im Grunde nur einen Hügel von 750 Fuß, der aber die benachbarten Höhen alle überragt. Auf einem vielfach geschlängelten, das Emporsteigen wesentlich erleichternden Wege, erreichten James Starr und seine Begleiter nach einer halben Stunde die Mähne des Löwen, dem der Arthur-Seat von Westen gesehen auffallend ähnelt.

Dort ließen sich alle vier nieder, und James Starr, der immer ein Zitat aus den Werken des großen schottischen Romandichters bei der Hand hatte, begann:

»Walter Scott schrieb im achten Kapitel des ›Kerkers von Edinburgh‹ folgendes:

›Sollte ich eine Stelle auswählen, von der aus man den Aufgang und Untergang der Sonne am herrlichsten sehen könnte, hier wäre diese!‹

Hab' also acht, Nell. Die Sonne muß bald erscheinen und zum ersten Male wirst du sie in ihrer ganzen Pracht bewundern können.«

Nells Augen blickten unverwandt nach Osten. Harry hielt sich neben ihr und beobachtete sie mit ängstlicher Spannung. Würden die ersten Strahlen des Tages nicht einen zu heftigen Eindruck auf sie machen? Alle schwiegen; selbst Jack Ryan verhielt sich still.

Schon flimmerte ein blasser, rosa angehauchter Schein am Horizonte. Ein Rest der über den Zenit hinirrenden Dunstmassen färbte sich unter dem ersten Morgenschimmer. Zu Füßen des Arthur-Seat breitete sich undeutlich das Häusermeer Edinburghs aus; noch ruhte die Stille der Nacht auf den Wohnstätten der Menschen. Nur da und dort unterbrachen einzelne Lichtpünktchen das nächtliche Dunkel. Das waren gleichsam die Morgensterne, welche die Leute in der alten Hauptstadt anzündeten. Auf der anderen Seite, im

Westen, bildete die wechselvolle Linie des Horizontes eine Reihe steilerer Bergspitzen, welche das Morgenrot alle bald mit einer feurigen Krone schmückte.

Inzwischen wurde nach Osten zu der Umriß des Meeres schärfer sichtbar. Nach und nach erschien die ganze Tonleiter von Farben in derselben Ordnung, wie ein Sonnenspektrum. Das Rot der untersten, dunstreichen Schichten ging allmählich bis zum Violett im Zenit über. Von Sekunde zu Sekunde schmückte sich die Palette mit lebhafteren Farben, das Rosa ward zum Rot, das Rot zum Feuer. Am Morgenpunkte, wo der Tagesbogen der Sonne die Grenzlinie des Meeres schnitt, wurde der Tag geboren.

Eben jetzt schweiften Nells Blicke von dem Fuße des Hügels bis zur Stadt, deren einzelne Quartiere sich deutlicher abgrenzten. Hohe Denkmäler, einige spitze Glockentürme tauchten da und dort auf, deren Umrisse sich bestimmter von der Umgebung abhoben. In der ganzen Atmosphäre zitterte eine Art Zwielicht. Endlich traf ein erster Sonnenstrahl das Auge des jungen Mädchens. Es war jener grüne Strahl, der bei reinem Horizonte sich morgens und abends aus dem Meere zuerst oder zuletzt loslöst.

Eine halbe Minute später wendete sich Nell um und wies mit der Hand nach einer Stelle, welche die Häuserviertel der Neustadt überragt.

»Da, ein Feuer!« rief sie erschrocken.

»O nein, Nell«, beruhigte sie Harry, »das ist kein Feuer. Es ist nur eine flüchtige Vergoldung, mit der die Morgensonne die Spitze des Denkmals Walter Scotts verziert.«

Wirklich leuchtete die oberste Spitze des gegen zweihundert Fuß hohen gotischen Baldachins über dem Denkmale des berühmten Schotten wie ein Leuchtturm erster Klasse.

Jetzt wurde heller Tag. Die Sonne löste sich vom Horizonte los. Noch erschien ihre Scheibe feucht, als sei sie buchstäblich aus dem Meere aufgestiegen. Zu Anfang eine verbreitetere Scheibe infolge der Strahlenbrechung und des scheinbar entfernteren Hintergrundes, zog sie sich nach und nach zusammen und nahm die gewöhnliche runde Gestalt an. Ihr Glanz wurde bald unerträglich und ähnelte dem der Mündung eines Hochofens, der sich am Himmelsgewölbe öffnete.

Nell mußte sofort die Augen schließen und auf ihre zu dünnwandigen Lider noch die dichtgeschlossenen Finger legen.

Harry riet ihr, sich nach der entgegengesetzten Seite des Himmels zu drehen.

»Nein, Harry«, antwortete sie. »Meine Augen müssen lernen, das zu sehen, was die deinigen schon zu sehen verstehen.«

Selbst durch die Hand hindurch bemerkte sie noch einen rötlichen Schimmer, der immer heller wurde, je mehr die Sonne über den Horizont aufstieg. Allmählig gewöhnten sich ihre Augen daran. Dann hob sie die Lider empor und schaute zum ersten Male hinaus in das Licht des Tages.

»O Gott«, rief sie aus, »wie ist deine Welt doch so schön!«

Dann senkte das junge Mädchen ihre Blicke und ließ sie ringsumher schweifen. Tief unten entrollte sich das Panorama von Edinburgh: die modernen, geradlinigen Häuserviertel der Neustadt; die Anhäufung von Gebäuden und das verwirrte Straßennetz des Od-Recky. Zwei Punkte ragten über das ganze empor, das auf seinem Balsaltfelsen aufgetürmte Schloß und der Calton-Hill, der auf seinem abgerundeten Gipfel die Ruinen eines griechischen Monumentes trug. Prächtige Alleen strahlten von der Hauptstadt nach dem Lande aus. Im

Norden schnitt ein Meeresarm, der Golf des Forth, tief in die Küste ein, an welcher sich der Hafen von Leith öffnete. Darüber erstreckten sich, als drittes Bild, weithin die lieblichen Gestade der Grafschaft Fife. Eine Straße, so schnurgerade wie die nach dem Piräus, verband auch dieses nordische Athen mit dem Meere. Nach Westen hin dehnten sich die schönen Küsten von Newhaven und Porto-Bello aus, deren Sand die letzten Ausläufer der Brandung gelblich färbte. Weit draußen belebten einige Schaluppen die Gewässer des Golfes, und zwei oder drei Dampfer wirbelten ihre langen Rauchsäulen gen Himmel. Auf der anderen Seite lachte die immergrünende Landschaft. Aus der Ebene stiegen da und dort mäßige Hügel empor. Im Norden warfen die Lomond-Hills, im Westen der Ben-Lomond und der Ben-Ledi die Strahlen der Sonne zurück, als lagerte der ewige Schnee auf ihren Gipfeln.

Nell vermochte nicht zu sprechen. Ihre Lippen murmelten nur halb verständnislose Worte. Der Kopf schwindelte ihr. Bald verließen sie die Kräfte. Sie fühlte noch, wie sie in dieser reinen Luft, vor diesem ergreifenden Naturschauspiele zusammenbrach, und sank dann bewußtlos in Harrys schützende Arme.

Das junge Mädchen, deren ganzes früheres Leben in den dunklen Schächten des Erdinnern verlaufen war, hatte nun zum ersten Male gesehen, was das ganze Universum zusammensetzt und was der Weltenschöpfer und der Mensch aus der Erde gemacht haben. Von der Stadt und der Landschaft ausgehend, hatten ihre Blicke zum ersten Male die Unendlichkeit des Meeres und den grenzenlosen Himmelsraum durchmessen.

Achtzehntes Kapitel

Vom Lomondsee zum Katrinesee

Harry stieg, noch immer Nell im Arme tragend und gefolgt von James Starr und Jack Ryan, wieder die Abhänge des Arthur-Seat hinab. Nach einigen Stunden der Ruhe und nach Einnahme eines stärkenden Frühstücks in Lambrets Hotel gedachte man den Ausflug mittels einer Spazierfahrt durch das Land der Seen zu vervollständigen.

Nell sah sich wieder im Besitze ihrer Kräfte. Jetzt konnten sich ihre Augen ohne Schaden weit dem Lichte öffnen und ihre Lungen in tiefen Atemzügen die belebende, heilsame Luft einsaugen. Das Grün der Bäume, die Farbenpracht der Pflanzen, der Azur des Himmels, die ganze Tonleiter der Farben genoß sie jetzt mit seligem Entzücken.

Der Bahnzug, den sie von der General-Railway-Station aus benutzten, führte Nell und ihre Freunde nach Glasgow. Dort konnten sie von der letzten über den Clyde gespannten Brücke noch die auffallende, meerähnliche Bewegung des Flusses bewundern. Dann verbrachten sie die Nacht in Comries-Royal-Hotel.

Am anderen Morgen entführte sie der Expreßzug der »Edinburgh and Glasgow Railway« über Dumbarton und Balloch in kurzer Zeit nach dem südlichen Ende des Lomondsees.

»Das ist das Land Rob Roys und Fergus Mac Gregors!« sagte James Starr, »die von Walter Scott so poetisch gefeierte Gegend. Du kennst diese Landschaften noch nicht, Jack?«

»Nur aus so manchen Liedern, Herr Starr«, antwortete Jack Ryan, »und wenn ein Land so viel besungen wird, muß es wohl ein schönes sein.«

»Gewiß, das ist es«, versicherte der Ingenieur, »und unsere liebe Nell wird von hier die angenehmste Erinnerung mit nach Hause nehmen.«

»Mit einem Führer wie Sie, Herr Starr«, bemerkte Harry, »winkt uns ein doppelter Vorteil, denn Sie werden uns seine Geschichte erzählen, während wir das Land betrachten.«

»Gern, Harry«, versprach der Ingenieur, »so weit mein Gedächtnis reicht, aber unter der Bedingung, daß der lustige Jack mir zu Hilfe kommt. Ermüde ich beim Erzählen, so muß er dafür singen.«

»Das sollen Sie mir nicht zweimal zu sagen brauchen«, versetzte Jack und schmetterte einen freudigen Ton heraus, als sollte sein Kehlkopf das dreigestrichene A produzieren.

Die Bahnlinie von Glasgow nach Balloch, zwischen der Haupthandelsstadt des Landes und dem Südende des Lomondsees, mißt nur etwa zwanzig Meilen.

Der Zug passierte Dumbarton, eine königliche »Burg« und Hauptort der Grafschaft, dessen einem Artikel der Union gemäß stets befestigtes Schloß eine höchst pittoreske Lage auf den Gipfeln zweier Basaltfelsen zeigt.

Dumbarton liegt am Zusammenflusse des Clyde und Leven. Hier erinnerte James Starr an verschiedene Ereignisse aus der abenteuerlichen Geschichte Maria Stuarts. Von dieser Burg aus reiste sie ab, um sich mit Franz II. zu vermählen und Königin Frankreichs zu werden. Hier gedachte im Jahre 1815 der englische Minister Napoleon zu internieren; zuletzt erhielt hierfür aber die Insel Helena den Vorzug, und deshalb starb, sehr zum Vorteil seines legendenhaften Andenkens, der Gefangene Englands auf jenem einsamen Felsen des atlantischen Ozeans.

Bald hielt der Zug in Balloch, nahe einer hölzernen

Verpfählung an, welche zum Niveau des Sees hinabführte.

Dort wartete ein Dampfboot, der »Sinclair«, der Touristen, welche die schönen Seen besuchen. Nell und ihre Begleiter schifften sich ebenfalls ein und versahen sich mit Billetts bis Inversnaid, am nördlichen Ende des Lomond.

Der Tag begann mit schönem Sonnenschein, der heute die britannischen Nebel, welche ihn so oft verschleiern, siegreich verdrängte. Kein Detail der Landschaft, welche sich hier bei einer Fahrt von dreißig Meilen entrollt, konnte dem Auge der Passagiere des »Sinclair« entgehen. Nell hatte mit James Starr und Harry auf dem Hinterdeck Platz genommen und erfreute sich empfänglichen Sinnes an dem hochpoetischen Reize, mit dem diese Landschaft Schottlands so verschwenderisch ausgestattet ist.

Jack Ryan ging auf dem Verdecke des »Sinclair« auf und ab und richtete unermüdlich seine Fragen an den Ingenieur des Schiffes, der übrigens, je weiter sich das Land Rob Roys vor ihnen ausdehnte, als enthusiastischer Bewunderer eine Beschreibung desselben lieferte.

Zuerst traten im Lomond eine große Menge kleiner Inseln und Eilande auf, als wären sie dahin gesät. Der »Sinclair« streifte fast ihre steilen Ufer, welche einander nahe gegenüberliegend manchmal ein einsames Tal, manchmal eine wilde, von zerrissenen Felsen umrahmte Schlucht bildeten.

»Sieh, Nell«, begann der Ingenieur, »jedes dieser Eilande hat seine Legende und vielleicht sein Volkslied, ebenso wie die Berge, welche sich um den See herum auftürmen. Man könnte ohne Übertreibung behaupten, die Geschichte dieser Gegenden sei mit gigantischen Lettern, mit Inseln und Bergen niedergeschrieben.«

»Wissen Sie, Herr Starr«, sagte Harry, »an was mich

diese Partie des Lomondsees erinnert?«

»Nun, Harry?«

»An die tausend Inseln des Ontariosees, welche Cooper so wundervoll beschreibt. Du, liebe Nell, mußt diese Ähnlichkeit doch ebenso wie ich herausfühlen, denn erst vor kurzer Zeit las ich mit dir jenen Roman, den man nicht mit Unrecht das Meisterwerk des amerikanischen Verfassers nennt.«

»Wahrhaftig, Harry«, antwortete das junge Mädchen, »das ist hier ganz das nämliche Bild, und der ›Sinclair‹ gleitet zwischen diesen Inseln dahin wie der Kutter Jasper Süßwassers auf dem Ontariosee.«

»Nun, das beweist«, meinte der Ingenieur, »daß diese beiden Örtlichkeiten von zwei Dichtern gleichmäßig besungen zu werden verdienten. Ich kenne die Tausend Inseln des Ontario nicht, Harry, aber ich bezweifle, daß sie einen so reizvoll wechselnden Anblick gewähren wie dieser Archipel des Lomond. Betrachtet nur diese Landschaft! Da liegt die Insel Murray mit ihrem uralten Schlosse Lenox, wo die alte Herzogin von Albany residierte nach dem Tode ihres Vaters, ihres Gemahls und ihrer beiden Söhne, welche auf Jacobs I. Befehl enthauptet wurden. Hier erheben sich die Inseln Clar, Cro und Torr u.a.m., die einen felsig und wild, ohne Spur einer Vegetation, die anderen geschmückt mit dem herrlichsten Grün. Hier dunkle Lärchenbäume und weißstämmige Birken, dort gelbliches, halbdürres Heidekraut. Wahrhaftig, ich muß es bezweifeln, daß die Inseln des Ontariosees eine solche Abwechslung zeigen.«

»Wie heißt jener kleine Hafen?« fragte Nell, die sich nach dem östlichen Ufer des Sees gewendet hatte.

»Balmaha«, antwortete der Ingenieur. »Er bildet den Eingang zu den Highlands (Hochlanden). Dort beginnen unsere Gebirgsgegenden Schottlands. Die Ruinen, welche du dort siehst, gehören einem früheren Frauenkloster an, und jene zerstreuten Gräber bedecken so manche Mitglieder der Familie Mac Gregors, deren Name in der ganzen Umgebung noch immer genannt wird.«

»Ja, wegen des vielen Blutes, das diese Familie vergoß oder vergießen ließ«, bemerkte Harry.

»Du hast recht«, antwortete James Starr; »leider muß man zugeben, daß die durch gewonnene Schlachten erlangte Berühmtheit noch immer die nachhaltigste ist. Solche Erzählungen von Kämpfen pflanzen sich durch viele Menschenalter fort . . .«

»Und werden durch das Volkslied sogar verewigt«, fügte Jack Ryan hinzu.

Zur Bekräftigung seiner Worte intonierte er den ersten Vers eines alten Kriegsliedes, welches die Heldentaten Alexander Mac Gregors, aus Sraë, gegen Sir Humphry Colquhour, aus Luß, verherrlichte.

Nell horchte auf; diese Gesänge von den Fehden früherer Zeiten machten auf sie jedoch nur einen betrübenden Eindruck. Warum mußte so viel Blut auf jenen Feldern vergossen werden, die dem jungen Mädchen so groß erschienen, daß sie doch jedermann Raum bieten mußten?

Die im allgemeinen drei bis vier Meilen voneinander entfernten Ufer des Sees traten in der Nähe des kleinen Hafens von Luß enger zusammen. Nell konnte die Stadt mit ihrem alten Schloßturme einen Augenblick betrachten. Dann wandte sich der »Sinclair« nach Norden und vor den Augen der Touristen erhob sich der Ben-Lomond, welcher das Niveau des Sees um fast dreitausend Fuß überragt.

»Ein prächtiger Berg«, rief Nell, »wie schön muß die Aussicht von seinem Gipfel sein!«

»Gewiß, Nell«, sagte James Starr. »Sieh nur, wie

stolz dieser Gipfel aus dem Korbe von Eichen, Birken und Lärchen emporstrebt, der seinen Fuß umspannt. Von ihm aus überblickt man zwei Drittel unseres alten Kaledoniens. Hier an der Ostseite des Sees pflegte Mac Gregor gewöhnlich zu wohnen. Unfern davon haben die erbitterten Kämpfe zwischen den Jakobitern und Hannoveranern die wüsten Schluchten manchmal mit Blut gedüngt. Dort steigt in schönen Nächten der bleiche Mond auf, der in den alten Sagen ›Mac Farlanes Laterne‹ genannt wird. Hier ruft das Echo noch manchmal die unvergänglichen Namen Rob Roys und Mac Gregor Cambells!«

Der Ben-Lomond, die letzte Spitze der Grampianberge, verdient es allerdings, von dem großen schottischen Romandichter besungen worden zu sein. Wohl gibt es, wie der Ingenieur bemerkte, weit höhere Berge, deren Gipfel der ewige Schnee bedeckt, einen poetischeren aber schwerlich in irgendeinem Winkel der Welt.

»Und«, fügte er hinzu, »wenn ich dann bedenke, daß dieser Ben-Lomond ganz und gar das Eigentum des Herzogs von Montrose ist! Seine Gnaden besitzt einen ganzen Berg, wie ein Londoner Bürger ein kleines Grasfleckchen hinter dem Hause!«

Inzwischen langte der »Sinclair« bei dem Dorfe Tarbet, am entgegengesetzten Ufer des Sees an, wo er die Passagiere absetzte, welche nach Inverary gehen wollen. Von hier aus präsentierte sich der Ben-Lomond in seiner ganzen Schönheit. Seine von den Betten vieler Wildbäche durchfurchten Seiten erglänzten wie schmelzendes Silber.

Je weiter der »Sinclair« am Fuße des Berges dahinglitt, desto wildromantischer wurde das Land. Nur hier und da standen noch einzelne jener Weiden, deren dünnste Zweige früher dazu benutzt wurden, geringere

Leute daran aufzuhängen.

»Um Hanf zu sparen«, meinte James Starr.

Nach Norden zu verengerte sich der See jetzt noch mehr. Die Berge an seiner Seite rückten näher zusammen. Das Dampfboot glitt noch an einigen Inseln und Eilanden, wie Inveruglas, Eilad-Whou, vorüber, bei welch' letzterem noch die Überbleibsel einer ehemaligen Veste Mac Farlanes sichtbar waren. Endlich liefen die beiden Ufer zusammen, und der »Sinclair« hielt an der Station Inverslaid.

Während der Zurichtung des Frühstücks besuchten Nell und ihre Begleiter in der Nähe des Landungsplatzes einen Bergstrom, der sich aus beträchtlicher Höhe in den See hinabstürzte. Er schien wirklich zum besonderen Ergötzen der Touristen an diese Stelle verlegt zu sein. Eine zitternde, in Wasserstaub halb verhüllte Brücke spannte sich über ihn. Von hier aus schweifte der Blick über einen großen Teil des Lomondsees, auf dem der wieder abgefahrene »Sinclair« nur einem schwarzen Pünktchen glich.

Nach eingenommenem Frühstück wollte man sich nach dem Katrinesee begeben. Mehrere Wagen mit dem Geschlechtswappen der Familie Breadalbane – eine Familie, deren in Rob Roys Geschichte häufig Erwähnung geschieht – standen zur Verfügung der Reisenden und boten diesen alle Bequemlichkeiten, durch welche sich das schottische Fuhrwesen im allgemeinen auszeichnet.

Harry verschaffte Nell, wie es dort Sitte war, einen Platz auf der Imperiale; er und seine Begleiter nahmen neben ihr Platz. Ein stolzer Kutscher in roter Livree faßte die Zügel seines Viergespanns in der linken Hand zusammen, und das Gefährt setzte sich, dem gewundenen Laufe des erwähnten Stromes folgend, bergaufwärts in Bewegung.

Die Straße stieg sehr steil empor, wobei sich die Formen der benachbarten Berggipfel allmählich zu verändern schienen. Man glaubte die Gebirgskette des jenseitigen Seeufers und die Gipfel des Arroquhar, der das Tal von Inveruglas beherrscht, wirklich wachsen zu sehen. Zur Linken ragte der Ben-Lomond zum Himmel auf und zeigte dabei die schroffen Abhänge seiner nördlichen Seite.

Die Landschaft zwischen dem Lomond- und Katrinesee trug einen ausgeprägt wilden Charakter. Das Tal, in dem sie hinfuhren, begann mit engen Schluchten, welche sich bis zum Glen (Talmulde) von Aberfoyle erstreckten. Dieser Name erinnerte das junge Mädchen schmerzlich an die tiefen Abgründe voller Grauen und Schrecken, in denen sie ihre Kindheit verbracht hatte. James Starr bemühte sich auch, ihre Gedanken durch allerlei Erzählungen abzulenken.

Diese Gegend war ja so reich an Sagen. An den Ufern des kleinen Sees von Ard spielten sich die Hauptereignisse in Rob Roys Leben ab. Hier erhoben sich düstere, mit Kieseln vermengte Kalkfelsen, welche die Zeit und die Atmosphäre zu einem festen Zement verschmolzen hatten. Elende, mehr einfachen Höhlen ähnelnde Hütten, sogenannte »Bourrochs«, lagen da und dort zwischen verfallenen Schäfereien zerstreut. Man hätte nach deren Äußerem nicht entscheiden können, ob sie Menschen oder wilden Tieren als Wohnstätte dienten. Einige wunderbar ausstaffierte Gestalten mit grauen, durch das rauhe Klima gebleichten Haaren sahen die Wagen mit großen Augen vorüberziehen.

»Das ist hier recht eigentlich das Stück Erde«, sagte James Starr, »welches Rob Roys Land zu nennen ist. Hier wurde der bekannte Landvogt Nichol Jarvie, der würdige Sohn seines Vaters, von Graf Lennox' Reisigen ergriffen und an seiner Hose aufgehängt, welche glücklicherweise aus festem schottischen Tuche und nicht aus leichtem, französischem Camelot gefertigt war. Nicht weit von den Quellen des Forth, welche die Bergströme des Ben-Lomond speisen, zeigt man noch die Furt, die der Held passierte, um den Soldaten des Herzogs von Montrose zu entgehen. Oh, hätte er die finsteren Schlupfwinkel unserer Kohlengrube gekannt, wie leicht wäre er allen Nachforschungen entgangen. Ihr seht, meine Freunde, man kann in diesem nach allen Seiten wunderbaren Lande keinen Schritt tun, ohne auf Erinnerungen aus der Vorzeit zu stoßen, an welchen sich Walter Scott begeisterte, als er in prächtigen Versen des Clans Mac Gregor Aufruf zu den Waffen besang.«

»Das ist alles sehr schön, Herr Starr«, versetzte Jack Ryan, »wenn es aber wahr ist, daß Nichol Jarvie an seinen eigenen Hosen aufgehängt wurde, was wird dann aus unserem Sprichworte: ›Das muß ein Hauptspitzbube sein, der einem Schotten seine Hosen raubt?«

»Meiner Treu, Jack, da hast du recht«, erwiderte James Starr auflachend, »doch das liefert nur den Beweis, daß unser Landvogt damals nicht nach der Sitte seiner Vorfahren gekleidet ging.«

»Daran tat er sehr unrecht, Herr Starr.«

»Ich widerspreche dir nicht, Jack!«

Nachdem das Gespann längs des steilen Strombettes emporgeklommen war, trabte es wieder in ein baumloses, dürres, nur mit spärlichem Heidekraut bedecktes Tal hinab. An manchen Stellen erhoben sich hier isolierte, pyramidenförmige Steinhaufen.

»Das sind Cairns«, sagte James Starr. »In früherer Zeit mußte jeder Vorüberkommende einen Stein dahin legen, um den Heros in dem darunter befindlichen Grabe zu ehren. Daher rührt auch der alte gälische Spruch: ›Ein Schurke, wer an einem Cairn vorübergeht, ohne daselbst als letzten Gruß einen Stein niederzulegen.‹ Hätten die Nachkommen diese Sitte der Väter bewahrt, so müßten diese Steinanhäufungen jetzt ganze Hügel bilden. In dieser Gegend vereinigt sich tatsächlich alles, die angeborene Poesie der Gebirgsbewohner weiter auszubilden. Dasselbe zeigt sich in allen Gebirgsländern, welche die Einbildungskraft durch ihre Wunder anregen, und hätten die Griechen ein ebenes Land bewohnt, sie hätten wohl nie die Mythologie des Altertums erfunden!«

Unter diesen und anderen Gesprächen rollte der Wagen durch ein enges Tal weiter, das wie geschaffen schien, als Tummelplatz für Gespenster und Kobolde zu dienen. Den kleinen See von Arklet ließ man links liegen und gelangte dann auf eine ziemlich steil abfallende Straße, welche bei dem Wirtshause von Stronachlacar am Katrinesee auslief.

Dort schaukelte an einem leichten Holzdamme befestigt ein kleiner Dampfer, natürlich mit Namen »Rob Roy«. Die Reisenden bestiegen denselben sofort, da er eben abfahren sollte.

Der Katrinesee mißt in der Länge nur zehn Meilen und überschreitet niemals eine Breite von zwei Meilen. Auch hier entbehren die ersten Nachbarhügel des Ufers nicht einer gewissen Großartigkeit.

»Da liegt also der See vor uns«, begann James Starr, »den man nicht mit Unrecht einem langen Aale verglichen hat. Er soll niemals zufrieren. Darüber weiß ich nichts Näheres, aber man darf nicht vergessen, daß er als Schauplatz der Taten der Wasser- oder Seekönigin gedient hat. Ich bin fest überzeugt, daß unser Freund Jack, wenn seine Augen scharf genug wären, den leichten Schatten der schönen Helene Douglas noch über die Wasserfläche ziehend sehen müßte.«

»Gewiß, Herr James«, fiel Jack Ryan ein, »warum sollte ich das nicht sehen? Weshalb sollte die schöne

Frau auf den Wellen des Katrinesees nicht ebenso deutlich erscheinen wie die Bergmännchen der Kohlengrube manchmal auf der stillen Fläche des Malcolmsees?«

Plötzlich ertönten vom Hinterteile des »Rob Roy« die hellen Töne eines Dudelsackes.

Dort ließ sich ein Highlander in seiner malerischen Nationaltracht hören auf der »Bag-pipe« mit drei Schnarrpfeifen, deren größte den Ton g, die zweite h und die dritte die Oktave der ersten angab. Die Flötenpfeife mit acht Löchern gab die Tonleiter vom großen G an bis zur Oktave desselben.

Der Highlander spielte ein einfaches, naives Volksliedchen. Man möchte glauben, daß diese Melodien überhaupt von niemand komponiert, sondern nur aus einer Nachahmung des Rauschens der Winde, des Murmelns der Gewässer und des Säuselns der Blätter entstanden seien. Der Refrain des Liedes nur, der in gewissen Zwischenräumen wiederkehrte, hatte eine sonderbare Klangfärbung. Er bestand aus drei Teilen von je zwei Takten, und aus einem Teile von drei Takten. Den Gesängen der alten Zeit widersprechend, bewegte er sich in einer Durtonart, und lautete, in jener Schrift wiedergegeben, welche nicht Notenzeichen, sondern die Intervalle der Töne bietet, folgendermaßen:

$$\overline{5} \;\big|\; 1.\overline{2} \;\big|\; \overline{35}\;\overline{25} \;\big|\; \overline{1.\overline{\underset{\cdot}{7}}}\underset{\cdot}{6}\overline{\underset{\cdot}{5}} \;\big|\; 2\overline{2.\overline{2}}2$$

$$\big|\; 1.\overline{2} \;\big|\; \overline{35}\;\overline{25} \;\big|\; \overline{1.\overline{\underset{\cdot}{7}}}\underset{\cdot}{6}\overline{\underset{\cdot}{5}} \;\big|\; 1\overline{1.\overline{1}}1$$

Jetzt blühte Jack Ryans Weizen. Er kannte das Lied von den schottischen Seen, und unter der Dudelsackbegleitung des Highlanders sang er mit klarer Stimme einen Lobgesang der poetischen Legenden des alten Kaledoniens.

Ihr schönen Seen mit ruh'gen Wogen,
O laßt ihn nie verweh'n,
Den Sagenkreis um euch gezogen
Ihr schönen Schottlandsseen!

Noch zeugt die Spur an eurer Küste
Von manchem Heldensohn,
Den uns'res Walter Leier grüßte
Mit ihrem reinsten Ton.
Hier mischte seine Zaubermahle
Der Hexen düst'rer Chor,
Wo Fingal's Schatten noch, der fahle,
Huscht sausend über's Meer.

Hier tanzen auf den weichen Matten
Die Nixen ihren Reihn;
Dort schauen durch den tiefen Schatten
Die Puritaner d'rein.
Und zwischen wilden Felsenschluchten
Erzählt's der Abendwind,
Wie Waverley nach euren Buchten
Entführt Mac Ivors Kind.

Die Wasserkön'gin kommt geflogen
Auf ihrem Zelter stolz;
Diana lauscht, wie Rob Roys Bogen
Den Pfeil schnellt durch das Holz.
Und hallen nicht die Kriegeslieder
Von Fergus' Mannen nach,
Und rufen aus den Bergen wieder
Der Highlands Echo wach?

Wie weit von euch, ihr Wunderseen,
Das Schicksal uns verschlägt,

Das Bild wird nie in uns vergehen,
Das hier sich eingeprägt.
O weilet doch, ihr Traumgestalten
Aus einer schönern Zeit! –
Dir, Kaledonien, dem alten,
Bleibt unser Herz geweiht!

Ihr schönen Seen mit ruh'gen Wogen,
O laßt ihn nie verweh'n,
Den Sagenkreis um euch gezogen,
Ihr schönen Schottlandsseen!

Es war jetzt drei Uhr nachmittags. Die gleichmäßiger verlaufende Ostküste des Katrinesees hob sich deutlich gegen den Hintergrund mit dem Ben-An und dem Ben-Venue ab. In der Entfernung einer halben Meile glitzerte das kleine Bassin, in dem der »Rob Roy« die über Callander nach Stirling gehenden Passagiere absetzen sollte.

Nell fühlte sich durch die unablässige Aufregung erschöpft. »Mein Gott! Oh, mein Gott!« Das waren die einzigen Worte, welche über ihre Lippen kamen, wenn sie einen neuen Gegenstand zu Gesicht bekam, der ihre Bewunderung erregte. Sie bedurfte notwendig einige Stunden der Ruhe, wäre es auch nur, um die Eindrücke von so viel Niegesehenem sich besser in ihrem Gedächtnisse fixieren zu lassen.

Jetzt hatte Harry ihre Hand ergriffen und sah dem jungen Mädchen tief erregt in die Augen.

»Nell, meine liebe Nell«, begann er, »bald werden wir nun in unser finsteres Kohlenwerk zurückgekehrt sein! Wirst du dort nichts von dem schmerzlich vermissen, was du während dieses kurzen Verweilens auf der Oberwelt kennenlerntest?«

»O nein, Harry«, antwortete das junge Mädchen.

»Ich werde mich daran erinnern, das ist alles! Aber ich kehre beglückt und zufrieden mit dir in unsere geliebte Kohlengrube zurück.«

»Nell«, fragte Harry weiter, wobei seine Stimme vergeblich die Erregung seines Innern zu verbergen suchte, »wünschtest du, daß ein engeres, geheiligtes Band vor Gott und den Menschen uns verbinde? Möchtest du mein Weib werden?«

»Ja, Harry, ja«, erwiderte Nell und sah ihn mit ihren klaren, offenen Augen an, ich will es so gern, wenn du glaubst, daß ich dir genügen könnte, dein Leben . . .«

Noch hatte Nell den Satz nicht vollendet, von dem Harrys ganzes zukünftiges Leben abhing, als sich ein ganz unerklärliches Ereignis zutrug.

Obgleich der »Rob Roy« noch eine halbe Meile vom Ufer entfernt war, erlitt er plötzlich einen heftigen Stoß. Der Kiel des Schiffes streifte den Grund und trotz aller Anstrengung vermochte die Maschine jenes nicht wieder flottzumachen.

Die Ursache dieses Zwischenfalls war darin zu suchen, daß sich der Katrinesee in seinem östlichen Teile plötzlich entleerte, als hätte sich in seinem Bette ein gewaltiger Spalt geöffnet. Binnen wenigen Sekunden lag dieser Teil des Sees trocken wie ein flacher Strand zur Zeit der tiefsten Ebbe in den Äquinoktien. Fast sein ganzer Inhalt verschwand in den Eingeweiden der Erde.

»O meine Freunde«, rief da James Starr, als ob ihm über die Ursache dieser Erscheinung plötzlich die Schuppen von den Augen fielen, »Gott rette und beschütze Neu-Aberfoyle!«

Neunzehntes Kapitel

Eine letzte Bedrohung

In Neu-Aberfoyle ging die Arbeit auch heute ihren gewohnten Gang. Weit in der Ferne hörte man den Donner der Dynamitpatronen, welche die Kohlenlager bloßlegten. Hier brachen Spitzhaue und Schlegel das mineralische Brennmaterial los; dort knirschten die Bohrer, welche in dem Sandstein und Schieferfelsen tiefe Löcher aushöhlten. Von anderen Stellen her vernahm man eigentümliche kavernöse Geräusche. Stöhnend zog die von mächtigen Maschinen angesaugte Luft durch die Wetterschächte, deren Holztüren kräftig zuschlugen. In den unteren Gängen rollten die mechanisch fortbewegten Hunde mit einer Schnelligkeit von fünfzehn Meilen dahin, während automatische Glokken den Arbeitern signalisierten, sich in die dazu angebrachten Ausschnitte in der Wand zurückzuziehen. Ohne Unterlaß stiegen die Förderkästen hinauf und hinab an den Tauen der großen Trommeln, welche an der Oberfläche standen. Die elektrischen Strahlen leuchteten in vollem Glanze durch ganz Coal-City.

Der Abbau der Grube wurde mit größtem Eifer betrieben. Die Kohlenschätze flossen reichlich in die kleinen Wagen, welche sich hundertweise in die Förderkästen am Grunde der Aufzugsschächte entleerten. Während ein Teil der Arbeiter nach der Nachtschicht ausruhte, arbeiteten die Tageskolonnen, um nie eine Stunde zu verlieren.

Simon Ford und Madge saßen nach eingenommener Mahlzeit im Hofe des Cottage. Der alte Obersteiger hielt seine gewohnte Siesta und rauchte ein Pfeifchen mit ausgezeichnetem französischem Tabak. Die beiden Gatten plauderten, d. h. sie sprachen von Nell, ihrem

Sohn und James Starr, sowie von dem Ausfluge, den diese nach der Oberwelt unternommen hatten. Wo waren sie jetzt? Was taten sie? Wie konnten sie so lange ausbleiben, ohne Heimweh nach der Kohlengrube zu empfinden?

In diesem Augenblick ließ sich plötzlich ein ungeheures Rauschen vernehmen. Man hätte glauben mögen, es habe sich ein furchtbarer Wasserfall in die Kohlengrube ergossen.

Simon Ford und Madge waren eiligst aufgesprungen.

Fast gleichzeitig brausten die Wasser des Malcolmsees auf. Eine hohe Woge stürmte an das Ufer und brach sich an den Mauern der Cottage.

Simon Ford hatte Madge ergriffen und sie hastig nach dem anderen Stockwerke der Wohnung geführt.

Aus allen Teilen der durch jene ungeahnte Überschwemmung bedrohten Coal-City ertönten ängstliche Hilferufe. Die Bewohner suchten überall Schutz, sogar auf den hohen Schieferfelsen des Ufers.

Der Schrecken stieg aufs höchste. Schon stürzten einige Bergmannsfamilien halb toll nach dem Tunnel, um sich in höher gelegene Etagen zu flüchten. Sie schienen anzunehmen, das Meer sei in die Grube eingebrochen, da deren Galerien bis unter den Nordkanal reichten. Dann mußte freilich die Krypta, so geräumig sie auch war, vollständig unter Wasser gesetzt werden. Kein Bewohner von Neu-Aberfoyle wäre in diesem Falle dem Tode entgangen.

Als die ersten Flüchtlinge aber die untere Tunnelmündung erreichten, sahen sie sich Simon Ford gegenüber, der das Cottage ebenfalls schleunigst verlassen hatte.

»Halt, halt, Freunde!« rief der alte Obersteiger ihnen zu. »Wenn unsere Stadt im Wasser untergehen soll, so steigt die Überschwemmung auch so schnell, daß ihr niemand entgehen kann. Jetzt aber wächst das Wasser nicht mehr. Alle Gefahr scheint vorüber.«

»Und unsere Kameraden, die in der Tiefe beschäftigt sind?« riefen einige der Bergleute.

»Für sie ist nichts zu fürchten«, antwortete Simon Ford, »sie arbeiten jetzt in einem Stollen, welcher höher liegt als das Bett des Sees.«

Die nächste Zukunft sollte dem alten Obersteiger recht geben. Das Wasser drang zwar sehr plötzlich und heftig ein, hatte aber, als es sich in den tiefsten Höhlungen des Werkes verbreitete, keine anderen Folgen, als daß es das Niveau des Malcolmsees um einige Fuß erhöhte. Coal-City erschien also nicht bedroht, und man durfte hoffen, daß die Überschwemmung sich, ohne ein Opfer zu fordern, in den noch unabgebauten Gründen verlaufen werde.

Ob diese Überflutung nun von einer innerhalb des Gesteins angesammelten und plötzlich eingedrungenen Wassermasse herrührte, oder ob sich ein Gewässer von der Erdoberfläche eine Bahn nach unten gebrochen habe, das vermochten weder Simon Ford noch die anderen zu entscheiden. Jedenfalls aber zweifelte niemand daran, daß es sich hierbei nur um einen jener unglücklichen Zufälle handle, wie sie in Bergwerken wohl dann und wann vorkommen.

Noch im Laufe desselben Abends wußte man, woran man war. Die Journale der Grafschaft brachten Berichte über das unerhörte Ereignis, das den Katrinesee betroffen hatte. Nell, Harry, James Starr und Jack Ryan, die in aller Eile nach dem Cottage zurückgekehrt waren, bestätigten diese Nachrichten und vernahmen dagegen zur größten Befriedigung ihrerseits, daß das ganze Unglück sich auf einige materielle Schäden in Neu-Aberfoyle beschränke.

Das Bett des Katrinesees hatte sich also plötzlich geöffnet. Durch einen breiten Spalt drangen dessen Wasser bis in die Grube hinab. Von dem Lieblingssee des schottischen Romandichters blieb – wenigstens in seinem südlichen Teile – kaum so viel übrig, um die Zehen der Seekönigin zu benetzen. Er war zu einem Teiche von wenig Acres Oberfläche reduziert, welche auf der anderen Seite desselben übrigblieben, die eine Bodenerhebung von der trockengelegten trennte.

Es versteht sich von selbst, daß dieses Ereignis das größte Aufsehen machte. Vielleicht zum ersten Male entleerte sich ein großer See binnen wenig Minuten in die Eingeweide der Erde. Jetzt hatte man jenen einfach von der Landkarte des Vereinigten Königreichs zu streichen, bis es nach Wiederverschließung der Bodenöffnung – etwa durch öffentliche Subskription – gelang, ihn wieder zu füllen. Wäre Walter Scott noch auf der Erde gewesen, er wäre jetzt vor Gram gestorben.

Immerhin erschien das ganze Vorkommnis erklärlich. Zwischen der tiefen Aushöhlung und dem Grunde des Sees lagerten die sekundären Schichten nur in geringer Mächtigkeit infolge einer besonderen geologischen Anordnung des Felsgesteins.

Wenn dieser Durchbruch aber auch von den meisten für die Folge einer ganz natürlichen Ursache gehalten wurde, so fragten sich doch James Starr, Simon und Harry Ford, ob demselben nicht vielleicht ein Akt der Bosheit zugrunde liege. Alle drei schöpften unwillkürlich Verdacht. Sollte jener böse Geist hiermit wieder seine Versuche, den ergiebigen Kohlenbau lahmzulegen, begonnen haben?

Einige Tage später plauderte James Starr in dem Cottage über diese Frage mit dem alten Obersteiger.

»Simon«, sagte er, »obwohl jenes Ereignis sich ganz von selbst zu erklären scheint, so habe ich doch eine Ahnung, daß dasselbe in die Kategorie derjenigen gehört, deren Ursache wir noch vergeblich zu ergründen suchten.«

»Ich bin ganz Ihrer Meinung, Herr James«, erwiderte Simon Ford; »ich halte es aber für das Beste, wir verschweigen vorläufig unsere Vermutungen und suchen uns allein von deren Wahrheit zu überzeugen.«

»Oh«, rief der Ingenieur, »ich kenne das Resultat schon im voraus.«

»Und welches, meinen Sie, wird es sein?«

»Nun, wir finden die Beweise einer Schandtat, den Übeltäter aber nicht.«

»Und doch muß ein solcher vorhanden sein«, antwortete Simon Ford. »Wo in aller Welt verbirgt er sich? Kann nur irgendein Wesen auf eine so wahrhaft teuflische Idee verfallen, das Bett eines Sees zu sprengen? Wahrlich, ich glaube nun bald mit Jack Ryan, daß hier irgendein Grubengeist im Spiele ist, der uns seinen Zorn fühlen läßt, daß wir sein Gebiet geöffnet haben.«

Es versteht sich von selbst, daß Nell mit derartigen Mutmaßungen möglichst verschont wurde. Sie unterstützte diese Bemühungen auch selbst. Ihr ganzes Wesen bezeugte, daß sie die Befürchtungen ihrer Adoptiveltern teilte. Ihr betrübtes Gesicht verriet die Spuren der Kämpfe in ihrem Innern.

Zunächst ward nun beschlossen, daß James Starr, Simon und Harry Ford sich nach der entstandenen Öffnung im Seegrunde begeben und versuchen wollten, ihre Ursache auszuspüren. Sie teilten ihr Vorhaben niemand mit. Wer nicht mit allen vorhergehenden Tatsachen ebenso vertraut war wie sie, hätte ihre Vermutungen eben für ganz ungereimt halten müssen.

Einige Tage später bestiegen alle drei ein leichtes Boot, das Harry führte, und untersuchten die natürlichen Pfeiler der Gesteinwölbung, in welcher an der Oberfläche das Bett des Katrinesees ausgehöhlt war.

Sie fanden ihre Vermutung bestätigt. Jene zeigten sich durch vorgenommene Sprengungen erschüttert, von denen noch einzelne schwarze Rückstände übrig waren.

An allem sah man, daß hier ein Mensch nach reiflicher Erwägung der Umstände zu Werke gegangen sei.

»Hier schwindet jeder Zweifel«, sagte James Starr. »Wer könnte die Folgen voraussagen, wenn dieser Durchbruch anstelle eines kleinen Sees dem Wasser eines Meeres den Zugang eröffnet hätte?«

»Jawohl«, rief der alte Obersteiger mit einem gewissen Stolze, »es hätte auch nichts Geringeres als eines Meeres bedurft, um unser Aberfoyle durch Wasser zu vernichten! Doch noch einmal, wer in aller Welt kann ein Interesse daran haben, den Betrieb des Kohlenwerkes zu stören oder ganz in Frage zu stellen?«

»Ja, es ist wirklich unbegreiflich«, erwiderte James Starr. »Hier handelt es sich offenbar nicht um eine Bande von Bösewichten, welche von der sie verbergenden Höhle aus die Umgebung durchstreifen, um zu stehlen und zu plündern. Solche Schandtaten wären im Laufe dreier Jahre nicht unentdeckt geblieben. Auch von Falschmünzern oder Schleichhändlern, wie ich zuweilen dachte, kann nicht die Rede sein; diese können also doch nur ihre Werkzeuge oder die eingeschmuggelten Güter in irgendeinem versteckten Winkel dieses Labyrinths verbergen; man fälscht aber niemals Münzen, noch treibt einer Schleichhandel, um hier nur zu verwahren, was er dabei erreichte. Und dennoch ist es klar, daß irgendein unversöhnlicher Feind Neu-Aberfoyle den Untergang geschworen hat, und daß Gott weiß, welches Interesse ihn antreibt, kein Mittel unversucht zu lassen, um seine Rache gegen uns zu kühlen. Offenbar ist er zu schwach, uns offen entgegenzutreten; so brütet er seine teuflischen Pläne im verborgenen, doch macht ihn die Intelligenz, welche ihm zu Gebote steht, zu einem sehr zu fürchtenden Gegner. Dabei, meine Freunde, kennt er alle Geheimnisse unserer Minen besser als wir selbst, sonst hätte er unseren Nachforschungen unmöglich so lange schon entgehen können. Das ist ein Mann von Fach, Simon, und dazu keiner der dümmsten. Was wir von seiner Art und Weise, sein Ziel zu erreichen, bis jetzt erfahren haben, liefert dafür den deutlichsten Beweis. Denkt einmal nach! Hattet Ihr jemals einen persönlichen Feind, auf den Euer Verdacht hinweisen könnte? Besinnt Euch wohl, es gibt eine Monomanie des Hasses, welche keine noch so lange Zeit zu verlöschen vermag. Sucht in Euerm Leben so weit zurück als möglich. Alles, was hier vorgeht, erscheint als das Werk gefühllosen, doch geduldigen Wahnsinns und könnte eine Folge irgendwelcher Vorkommnisse in Eurer frühesten Lebenszeit sein.«

Simon Ford antwortete nicht sofort. Man erkannte, daß der ehrenwerte Obersteiger alle seine Erinnerungen durchflog, bevor er eine Erklärung abgab. Endlich erhob er wieder den Kopf.

»Nun, bei Gott«, sagte er, »weder ich noch Madge haben jemals irgend jemandem Böses getan. Ich glaube nicht, daß wir einen einzigen Feind haben könnten.«

»Ach«, rief der Ingenieur, »wenn doch Nell endlich sprechen wollte!«

»Herr Starr«, antwortete Harry, »und auch Sie, Vater, ich bitte Sie herzlich, unsere Untersuchungen und Gespräche noch geheimzuhalten. Fragen Sie nur meine arme Nell jetzt nicht. Ich weiß, wie ängstlich erregt sie ohnedies schon ist, und daß ihr Herz nur mühsam ein drückendes Geheimnis bewahrt. Wenn sie schweigt, so hat sie entweder nichts zu sagen oder sie glaubt es nicht zu dürfen. Wir haben keinen Grund, an ihrer Liebe zu uns, gewiß zu uns allen, zu zweifeln! Sobald sie mir später mitteilt, was sie jetzt in sich verschließt, verspreche ich, Sie sofort davon in Kenntnis zu setzen.«

»Es sei, Harry«, erwiderte der Ingenieur, »und doch erscheint dieses Schweigen, wenn Nell überhaupt etwas weiß, wahrhaft unerklärlich.«

Harry wollte noch eine Einwendung versuchen.

»Sei ohne Sorge«, beruhigte ihn der Ingenieur. »Wir werden keine Silbe gegen diejenige fallenlassen, welche dein Weib werden soll.«

»Und welche es in kürzester Zeit wäre, wenn es mein Vater so wollte.«

»Mein Sohn«, ließ sich Simon Ford vernehmen, »nach einem Monate, genau auf den Tag, soll deine Hochzeit stattfinden. – Sie werden bei Nell Vaterstelle vertreten, Herr James?«

»Zählt auf mich, Simon«, antwortete der Ingenieur.

James Starr und seine zwei Begleiter kehrten zum Cottage zurück. Sie erwähnten nichts von dem Resultate ihrer Nachforschung, und so behielt jener Felseneinsturz für alle in der Kohlengrube nur die Eigenschaft eines unglücklichen Zufalles. In Schottland gab es einfach einen See weniger.

Nell hatte ihre gewohnten Beschäftigungen allmählich wieder aufgenommen. Jener Besuch der Oberwelt ließ in ihr aber unverlöschliche Eindrücke zurück, welche Harry bei ihrer weiteren Ausbildung auszunutzen verstand. Die Entbehrung des Lebens der Außenwelt trug sie jedoch ohne jedes Bedauern. So wie vor jenem Ausfluge liebte sie auch heute noch das dunkle Erdinnere, wo sie als Frau fortzuwohnen gedachte, wie sie daselbst ja schon als Kind und junges Mädchen lebte.

Die bevorstehende Heirat Harry Fords und Nells verursachte in Neu-Aberfoyle eine erklärliche Aufregung. Herzliche Glückwünsche strömten geradezu nach dem Cottage. Jack Ryan war nicht der letzte, die seinigen darzubringen. Man hatte ihn sogar im Verdacht, ungehört von anderen seine schönsten Lieder für ein Fest einzuüben, an dem ja die ganze Bevölkerung Coal-Citys teilnehmen sollte.

Während dieses letzten Monates vor der Hochzeit trafen Neu-Aberfoyle aber so zahlreiche Unfälle, wie nie vorher. Es schien, als rufe die bevorstehende Verbindung Harrys und Nells Katastrophen über Katastrophen hervor. Vorzüglich wurden davon die Arbeiten in der Tiefe betroffen, ohne daß man deren eigentliche Ursache zu ergründen vermochte.

So verzehrte eine Feuersbrunst das Holzwerk einer der unteren Galerien, wobei man auch die Lampe des Brandstifters auffand. Nur mit Lebensgefahr gelang Harry und seinen Kameraden die Unterdrückung dieses Feuers, welches die ganze Kohlenader zu ergreifen drohte, und dessen sie nur Herr wurden durch Benützung sogenannter Extinkteurs, welche mit sehr kohlensäurereichem Wasser, an dem es der Grube ja nicht fehlte, gefüllt waren.

Ein andermal kam ein Einsturz der Abteufungen eines Schachtes vor, wobei James Starr nachzuweisen vermochte, daß irgendein Bösewicht dieselben angesägt hatte. Harry, der die Arbeiten an dieser Stelle leitete, wurde unter den Trümmern begraben und nur wie durch ein Wunder gerettet.

Einige Tage später stieß ein Wagenzug, auf dem Harry eben saß, gegen ein Hindernis, entgleiste dabei und stürzte um. Hier fand sich ein quer über das Schienengleis gelegter Balken.

Kurz, diese Vorkommnisse häuften sich derartig, daß unter den Bergleuten ein wahrhaft panischer Schrecken Platz griff. Nur das mutige Ausharren ihrer Vorgesetzten vermochte sie überhaupt noch, bei der Arbeit zu verbleiben.

»Hier treibt aber eine ganze Bande Übeltäter ihr Wesen«, meinte Simon Ford, »und wir sind nicht einmal imstande, auch nur eines einzigen habhaft zu werden!«

Die Nachforschungen begannen von neuem. Tag und Nacht blieb die Polizeimannschaft des Bezirkes auf den Füßen, ohne irgend etwas zu entdecken. James Starr verbot Harry, auf den die Übeltäter es besonders abgesehen zu haben schienen, sich allein außerhalb des Umkreises der Arbeiten aufzuhalten.

In demselben Sinne suchte man auf Nell einzuwirken, der übrigens auf Harrys Bitten alle jene verbrecherischen Versuche verheimlicht wurden, welche geeignet waren, sie an die Vergangenheit zu erinnern. Simon Ford und Madge bewachten sie Tag und Nacht mit einer Art Strenge oder vielmehr mit ängstlicher Besorgnis. Das arme Kind bemerkte es wohl, doch kein Widerspruch, keine Klage kamen über ihre Lippen. Erriet sie vielleicht, daß dieser Handlungsweise nur ihr eigenes Interesse zugrunde lag? Wahrscheinlich. Andererseits wachte auch sie über die anderen und fühlte sich nur dann ganz ruhig, wenn sie alle, die ihrem Herzen teuer waren, in dem Cottage vereint wußte. Abends, wenn Harry heimkam, vermochte sie eine fast närrische Freude kaum zu unterdrücken, was um so mehr auffallen mußte, da sie eigentlich mehr zurückhaltender, als mitteilsamer Natur war. Früh stand sie regelmäßig vor allen anderen auf, und ihre Unruhe kehrte mit der Stunde des Aufbruches zu den Arbeiten in der Tiefe regelmäßig wieder.

Um ihrer Ruhe willen hätte Harry gewünscht, daß ihre Vermählung schon zur vollendeten Tatsache geworden sei. Er glaubte, die Bosheit werde durch diesen unwiderruflichen Akt entwaffnet sein und Nell sich als sein Weib wirklich sicher fühlen. James Starr ebenso wie Simon Ford und Madge teilten diese Ungeduld. Jeder zählte die Tage.

In Wahrheit bedrückten alle die düstersten Ahnungen. Man gestand sich, daß jener verborgene Feind, den man weder zu ergreifen, noch zu bekämpfen vermochte, an allem, was Nell betraf, ein besonderes Interesse habe. Die feierliche Vermählung Harrys und des jungen Mädchens konnte also recht wohl die Gelegenheit abgeben, seinen Haß noch einmal zu betätigen.

Eines Morgens, acht Tage vor dem für die Hochzeit bestimmten Termine, war Nell, von einem dunklen Vorgefühle getrieben, zuerst von allen Bewohnern im Begriffe, aus dem Cottage zu treten, um dessen Umgebung zu mustern.

An der Schwelle angelangt, entfuhr ihr unwillkürlich ein lauter Schrei.

Natürlich rief derselbe die Hausgenossen herbei, und wenige Augenblicke danach standen auch schon Madge, Simon und Harry an ihrer Seite.

Nell war bleich wie der Tod, ihr Gesicht entstellt, ihre Züge ein Bild des Entsetzens. Außerstande zu sprechen, heftete sich nur ihr Blick auf die Tür des Cottage, die sie eben geöffnet hatte, und ihre Hand wies nach folgenden Zeilen, welche während der Nacht hier angeschrieben worden waren und deren Anblick sie erstarren machte.

Diese Zeilen lauteten:

»Simon Ford, Du hast mir das letzte Flöz meines Kohlenwerkes gestohlen! Harry, Dein Sohn, hat mir Nell geraubt! Verderben über Euch! Verderben über alle! Wehe ganz Neu-Aberfoyle!

Silfax.«

»Silfax!« riefen Simon Ford und Madge wie aus einem Munde.

»Wer ist dieser Mann?« fragte Harry, dessen Blicke sich einmal auf seinen Vater und dann auf das junge Mädchen richteten.

»Silfax!« wiederholte Nell voller Verzweiflung, »Silfax!«

Sie zitterte am ganzen Körper, als sie diesen Namen aussprach, während Madge sie liebreich umfaßte und fast mit Gewalt in das Zimmer zurückdrängte.

James Starr war herbeigeeilt. Wiederholt durchlas er die drohenden Worte.

»Die Hand, welche diese Zeilen schrieb«, erklärte er dann, »ist dieselbe, von der jener Brief herrührte, der das Gegenteil von dem Eurigen enthielt, Simon! Der Mann heißt also Silfax! Ich sehe an Eurer Erregtheit, daß Ihr ihn kennt. Nun sprecht, wer ist dieser Silfax?«

Zwanzigstes Kapitel

Der Büßer

Dieser Name hatte für den alten Obersteiger den vollen Wert einer Offenbarung.

Es war der des letzten »Büßers« der Grube Dochart.

Früher, vor Erfindung der Sicherheitslampe, hatte Simon Ford diesen wilden Menschen gekannt, der mit Gefahr seines Lebens Tag für Tag beschränktere Explosionen der schlagenden Wetter hervorrief. Häufig sah er damals dieses sonderbare Wesen, das auf dem Grunde der Gänge dahinkroch, begleitet von einem ungeheuren Harfang, einer Art riesenhafter Nachteule, die ihn bei seinem gefährlichen Geschäfte dadurch unterstützte, daß sie einen brennenden Docht oft da hinauftrug, wohin Silfax' Arme nicht reichten. Eines Tages verschwand dieser Greis und mit ihm ein kleines Waisenmädchen, das in dem Werke geboren war, und außer ihm, seinem Großvater, weitere Angehörige nicht mehr besaß. Nell war unzweifelhaft dieses Kind. Seit fünfzehn Jahren hatten beide nun in den finsteren Abgründen gelebt, bis zu dem Tage, da Harry Nell daraus errettete.

Ebenso von Mitleid wie von Zorn erregt, erzählte der alte Obersteiger nun dem Ingenieur und seinem Sohne, was der Anblick dieses Namens Silfax in ihm an Erinnerungen weckte.

Jetzt verbreitete sich endlich Licht. Silfax war das geheimnisvolle, in den Tiefen Neu-Aberfoyles vergeblich gesuchte Wesen.

»Ihr habt ihn also gekannt, Simon?« fragte der Ingenieur.

»Gewiß«, erwiderte der Obersteiger. »Der Mann mit dem Harfang! Er war nicht mehr jung; er mochte fünfzehn bis zwanzig Jahre mehr zählen als ich. Ein wilder, menschenscheuer Charakter, der sich mit niemandem vertrug und weder Wasser noch Feuer fürchtete. Die Beschäftigung als Büßer, der sich nicht viele unterziehen mögen, wählte er aus Wohlgefallen daran. Die tagtägliche Gefahr schien seine Gedanken zu verwirren. Man hielt ihn wohl für bös, während er vielleicht nur ein Narr war. Dabei hatte er eine ungewöhnliche Körperkraft und kannte die Grube wie kaum ein anderer – wenigstens so gut wie ich selbst. Man gewährte ihm stets eine gewisse Freiheit. Meiner Treu, ich hätt' ihn schon seit vielen Jahren tot geglaubt.«

»Was will er aber«, fuhr James Starr fort, »mit den Worten: ›Du hast mir die letzte Ader unserer alten Grube gestohlen!‹ sagen?«

»Nun, seit langer Zeit schon«, antwortete Simon Ford, »behauptete Silfax, mit dessen Gehirn es wie gesagt nicht ganz richtig war, einen Anspruch auf das alte Aberfoyle zu haben. So ward auch sein ganzes Wesen nur desto scheuer und wilder, je mehr seine Grube Dochart – seine Grube! – sich zu Ende neigte. Es schien, als rissen die Schläge der Hauer ihm die eigenen Eingeweide aus dem Innern. – Du erinnerst dich dessen, Madge?«

»Recht gut, Simon«, bestätigte die alte Schottin.

»Alles das tritt mir wieder vor Augen«, fügte Simon Ford hinzu, »seit ich den Namen Silfax auf dieser Tür sah. Doch, ich wiederhole es, den hielt ich längst für tot und kam gar nicht auf den Gedanken, daß jener von uns gesuchte Übeltäter der frühere Büßer der Grube Dochart sei.«

»Jetzt erklärt sich alles«, meinte James Starr. »Ein Zufall hat Silfax das Vorhandensein der neuen Kohlenlager enthüllt. In seiner wahnsinnigen Verblendung hielt er sich zu deren Beschützer berufen. So mag er, da er in der Grube lebte und dieselbe Tag und Nacht durchstreifte, auch Euer Geheimnis, Simon, und dabei die Absicht, mich eiligst nach dem Cottage zu bestellen, in Erfahrung gebracht haben. Das erklärt die Absendung jenes, dem Eurigen widersprechenden Briefes, das Herabwerfen jenes Steines nach Harry und mir, sowie die Zerstörung der Leitern im Yarow-Schachte; das erklärt die Verschließung der Spalten in der Zwischenwand nach den neuen Lagerstätten, unsere Einschließung und unsere Erlösung, die wir, gewiß wider Wissen und Willen des alten Silfax, der gutmütigen Nell verdanken.«

»Ihre Darstellung der Tatsachen«, bemerkte Simon Ford, »trifft gewiß das Richtige, Herr James. Der alte Büßer ist jetzt unzweifelhaft ganz wahnsinnig.«

»Das ist ein wahres Glück«, äußerte Madge.

»Ich weiß nicht«, erwiderte James Starr kopfschüttelnd, »ob ich dem zustimmen soll, denn sein Wahnsinn muß wohl entsetzlicher Art sein. Oh, jetzt begreif' ich, daß Nell nur mit Schrecken und Abscheu an ihn denken konnte, und verstehe es, daß sie ihren eigenen Großvater nicht denunzieren mochte. Welch' traurige Jahre mag sie in Gesellschaft dieses Greises verlebt haben!«

»Gewiß, sehr traurige!« meinte Simon Ford, »bei diesem Wilden und seinem nicht minder schrecklichen Harfang. Ganz sicher lebt auch dieser Vogel noch, denn nur er kann damals unsere Lampe ausgelöscht und später das Seil zerhackt haben, an dem Harry und Nell hingen . . .«

»Und ich begreife auch«, sagte Madge, »daß die Nachricht von der bevorstehenden Verbindung seiner Enkelin mit unserem Sohne, die er auf wer weiß welche Weise erhalten haben mag, den Groll des alten Silfax besonders erregt und seine Wut gegen alle verdoppelt hat.«

»Eine Vermählung Nells mit dem Sohne desjenigen, den er beschuldigt, ihm die letzten Schätze von Aberfoyle geraubt zu haben, mußte seine Erregung allerdings auf die Spitze treiben!« bestätigte auch Simon Ford.

»Es wird ihm nun nichts übrigbleiben, als sich mit dieser Tatsache langsam auszusöhnen«, rief Harry. »So entfremdet er dem gesellschaftlichen Leben auch sein mag, wird er doch schließlich zu der Einsicht kommen müssen, daß Nells jetzige Lebensverhältnisse denen im tiefsten Abgrunde der Grube gewiß vorzuziehen sind. Ich bin fest überzeugt, Herr Starr, daß wir ihm zuletzt diese Überzeugung beibringen würden, wenn es uns nur gelänge, seiner habhaft zu werden . . .«

»Mit dem Wahnsinn ist keine Verhandlung möglich, mein armer Harry!« antwortete der Ingenieur. »Besser ist es gewiß, seinen Feind wenigstens zu kennen; für uns ist damit aber, daß wir wissen, wer es ist, noch keineswegs alles erreicht. Wir müssen immer auf unserer Hut bleiben, meine Freunde, und jetzt mag Harry auch Nell zu befragen suchen. Er muß das tun, und sie wird auch einsehen, daß ihr Schweigen jetzt keinen Sinn mehr hätte. Im eigenen Interesse ihres Großvaters muß sie sich aussprechen. Es ist für ihn wie für uns gleichmäßig wichtig, seine unheilvollen Absichten vereiteln zu können.«

»Ich bezweifle gar nicht, Herr Starr«, erwiderte Harry, »daß Nell nicht aus eigenem Antriebe Ihren Fragen entgegenkommen wird. Sie wissen nun, daß sie nur infolge eines vielleicht zu zarten Pflichtgefühles bisher geschwiegen hat. Jetzt wird sie gewiß aus demselben Beweggrunde nicht mehr zögern zu reden. Meine Mutter tat sehr wohl daran, sie in ihr Zimmer zu führen. Sie bedurfte gewiß der Sammlung, doch jetzt werde ich sie holen . . .«

»Das ist nicht nötig, Harry«, erklang da die sichere und helle Stimme des jungen Mädchens, das eben wieder in das Zimmer des Cottage zurückkehrte.

Nell war bleich; ihre Augen verrieten, wieviel sie geweint hatte; sie schien aber entschlossen, dem Zwange des Augenblicks Rechnung zu tragen.

»Nell!« rief Harry und eilte auf das junge Mädchen zu.

»Lieber Harry«, antwortete Nell mit einer abwehrenden Handbewegung gegen ihren Verlobten, »jetzt müssen dein Vater und deine Mutter, jetzt mußt auch du alles erfahren. Auch Herr Starr darf nicht im unklaren sein über das Kind, welches er annahm, ohne es zu kennen, und das Harry, ach, zu seinem Unglück, dem Abgrunde entführt hat.«

»Nell!« rief Harry noch einmal.

»Laß Nell jetzt sprechen«, sagte James Starr, Harry zum Schweigen mahnend.

»Ich bin die Enkelin des alten Silfax«, fuhr Nell fort. »Nie habe ich eine Mutter gekannt, als seit dem Tage, da ich hierher kam«, fügte sie mit einem Blick auf Madge hinzu.

»Dieser Tag sei gesegnet, meine Tochter!« erwiderte die alte Schottin.

»Ich kannte niemals einen Vater, als seit dem Tage, da ich Simon Ford sah«, nahm Nell wieder das Wort, »nie einen Freund, als bis Harrys Hand die meinige ergriff. Fünfzehn Jahre lang habe ich mit meinem Großvater allein in den verborgensten Schluchten dieser Grube gewohnt – allein mit ihm, das will viel sagen. Durch ihn, das wäre richtiger. Ich bekam ihn kaum zu Gesicht. Als er aus dem alten Alberfoyle verschwand, flüchtete er in jene Tiefen, die außer ihm niemand kannte. Nach seiner Art war er gut gegen mich, wenn ich mich auch vor ihm fürchtete. Er nährte mich mit dem, was er von oben mitbrachte; doch habe ich eine dunkle Erinnerung, daß eine Ziege meine Ernährerin während der ersten Lebensjahre war, deren Verlust mich später tief betrübte. Als das der Großvater gewahr wurde, ersetzte er sie durch ein anderes Tier, durch einen Hund, wie er sagte. Leider war dieser Hund zu lustig. Er bellte manchmal. Großvater mochte die Fröhlichkeit nicht leiden. Er erschrak vor jedem Geräusch. Mich hatte er schweigen gelehrt, bei dem Hunde gelang es ihm nicht. Das arme Tier war plötzlich verschwunden. Großvater hatte als Gesellschafter einen großen, entsetzlichen Vogel, einen Harfang, der mir zuerst unmäßigen Schrecken einjagte. Trotz des Widerwillens, den mir dieser Vogel lange Zeit einflößte, ward er doch so zutraulich gegen mich, daß ich ihn endlich fast lieb gewann. Er gehorchte mir williger als seinem Herrn; das beunruhigte mich. Großvater war eifersüchtig. Der Harfang und ich, wir versteckten uns meist, um beisammen sein zu können. Wir wußten beide, daß das besser sei ... Doch ich plaudere da zu viel von mir; ich sollte vielmehr von Euch sprechen ...«

»Nein, meine Tochter«, unterbrach sie James Starr, »erzähle uns alles, wie es die Erinnerung dir eingibt.«

»Mein Großvater hatte Eure Nachbarschaft in der Kohlengrube immer mit sehr scheelen Augen angesehen, obwohl uns ein weiter, weiter Zwischenraum von Euch trennte. Er hatte sich ja seine Schlupfwinkel in möglichster Entfernung gesucht. Es mißfiel ihm schon, Euch dort nur zu wissen. Fragte ich ihn nach den Leuten da oben, so verfinsterte sich sein Gesicht noch mehr; er gab keine Antwort und blieb überhaupt stumm für längere Zeit. Vorzüglich aber brauste er zornig auf, wenn er zu bemerken glaubte, daß Ihr Euch nicht mehr mit dem alten Gebiete begnügen, sondern auch in das seinige eindringen wolltet. Er schwor hoch und teuer, es solle Euer Verderben sein, wenn es Euch gelänge, die neue, bis jetzt nur ihm bekannte Kohlengrube aufzuschließen. Trotz seines Alters hatte er noch eine riesige Körperkraft, und seine Drohungen ließen mich ebenso für Euch wie für ihn fürchten.«

»Fahre nur fort, Nell«, sagte Simon Ford liebreich zu dem jungen Mädchen, das sich, wie um die Gedanken besser zu sammeln, einen Augenblick unterbrochen hatte.

»Als Ihr bei Gelegenheit des ersten Besuches«, nahm Nell wieder das Wort, »tiefer in die erste Galerie von Neu-Aberfoyle eindrangt, schloß Großvater jene kurz vorher gesprengte Öffnung und gedachte Euch dadurch für immer einzukerkern. Ich selbst kannte Euch nur als unbestimmte Schattengestalten, die ich wohl manchmal in der Grube da- oder dorthin wandeln sah, aber mir war der Gedanke zu furchtbar, daß Christenmenschen in diesen Tiefen elend Hungers sterben sollten; so unternahm ich es, auf die Gefahr hin, dabei ertappt zu werden, wiederholt etwas Brot und Wasser in Eure Nähe zu stellen! – Ich wollte Euch auch befreien, doch die Wachsamkeit meines Großvaters war zu schwer zu täuschen. Ihr wart dem Tode nahe! Da kam Jack Ryan mit mehreren anderen ... Gott fügte es, daß ich ihnen gerade an diesem Tage begegnete. Ich lockte jene bis zu Euch. Bei der Rückkehr ertappte mich der Großvater. Seine Wut kannte keine Grenzen. Ich glaubte von seiner Hand sterben zu sollen! Seitdem ward das Leben für mich wahrhaft unerträglich. Meines Großvaters Gedanken verwirrten sich mehr und mehr. Er erklärte sich zum König des Schattens und des Feuers. Als er Eure Werkzeuge an die Kohlenadern klopfen hörte, die er für sein Eigentum hielt, ward er wütend und schlug mich unbarmherzig. Ich wollte fliehen – unmöglich! Er wachte zu argwöhnisch über mich. Endlich vor nun drei Monaten schleppte er mich in einem Anfalle von Wahnsinn tief in jenen Abgrund hinab, wo Ihr mich gefunden habt, und verschwand, nachdem er seinen treu bei mir ausharrenden Harfang vergeblich gerufen hatte. Wie lange ich dort gelegen? – Ich weiß es nicht. Mir ist nur erinnerlich, daß ich zu sterben wähnte, als du, mein Harry, erschienst, mich zu retten. – Doch das eine siehst du ein, des alten Silfax' Enkelin kann nicht das Weib Harry Fords werden, weil es dein, weil es Euer aller Leben kosten würde!«

»Nell!« rief Harry bestürzt.

»Nein, nein«, erwiderte das junge Mädchen. »Ich muß mich als Opfer bringen. Nur ein Mittel gibt es, das Euch drohende Verderben zu beschwören: ich muß zu meinem Großvater zurück. Er bedroht ganz Neu-Aberfoyle! . . . Oh, er hat einen unversöhnlichen Charakter, und keiner kann wissen, was der böse Geist der Rache ihm noch eingibt. Meine Pflicht liegt klar vor Augen. Ich wäre das verachtungswürdigste Geschöpf, wenn ich sie zu erfüllen zögern wollte. Lebt wohl! – Ich danke Euch! Ihr habt mich das Glück dieser Welt kennengelehrt. Was auch geschehen möge, glaubt immer, daß mein Herz in Eurer Mitte bleibt!«

Simon Ford, Madge und Harry sprangen bei diesen Worten erschrocken auf.

»Wie, Nell!« riefen sie verzweifelt. »Du wolltest uns verlassen?«

James Starr drängte alle drei zurück, ging gerade auf Nell zu und ergriff deren Hände.

»Es ist gut, mein Kind«, redete er sie an, »du hast uns gesagt, was du tun müssest; doch nun höre erst, was wir darauf zu antworten haben. Wir werden dich niemals von hinnen ziehen lassen, und wenn es sein muß, mit Gewalt zurückhalten. Hältst du uns denn für so erbärmlich, daß wir dein Selbstopfer annehmen könnten? Silfax bedroht uns ernstlich; nun gut. Aber zuletzt ist ein Mensch eben nur ein Mensch, und wir werden uns dagegen zu schützen wissen. Kannst du uns vielleicht aber, im Interesse des alten Silfax selbst, über seine Gewohnheiten näher unterrichten oder uns mitteilen, wo er sich verbirgt? Uns leitet nur die eine Absicht: ihn außerstand zu setzen, uns zu schaden, und ihn vielleicht sogar wieder zur Vernunft zu bringen.«

»Sie versuchen das Unmögliche«, antwortete Nell. »Mein Großvater ist überall und nirgends. Seine eigenen Schlupfwinkel habe ich selbst niemals gekannt. Ich habe ihn auch nie schlafen sehen. – Als ich meinen Entschluß faßte, Herr Starr, wußte ich, das glauben Sie, alles recht gut, was Sie mir erwidern könnten. Und doch, es gibt nur ein Mittel, meinen Großvater zu entwaffnen, und das liegt darin, daß ich ihn wieder aufsuche. Er ist zwar immer unsichtbar, aber er selbst sieht alles. Fragen Sie sich doch, wie er stets Kenntnis haben konnte von den geheimsten Absichten, von dem an Sie, Herr Starr, gerichteten Briefe bis zu meiner geplanten Verbindung mit Harry, wenn er nicht die unerklärliche Eigenschaft besäße, eben alles zu wissen. Mein Großvater ist, nach meinem Urteile, selbst in seinem Wahnsinn ein geistbegabter Mann. Ehedem kam es wohl vor, daß er mir von so mancherlei sprach. Er lehrte mich Gott erkennen und hat mich nur darin getäuscht, daß er, um meinen Haß gegen die ganze Menschheit zu wecken, mir alle Menschen als schlecht und treulos darstellte. Als Harry mich nach dem Cottage brachte, habt Ihr mich zuerst für völlig unwissend gehalten. Oh, weit mehr! Ich war von Schrecken ergriffen, ich glaubte mich – aber verzeiht meinen Argwohn der ersten Tage – in der Gewalt böser Menschen und wollte Euch entfliehen. Sie, Madge, haben mich auf andere Gedanken gebracht, weniger durch Ihre Worte als durch den Anblick Ihres ganzen Lebens und durch die Achtung und Liebe, welche Ihr Mann und Ihr Sohn Ihnen entgegenbrachten. Später, als ich diese zufriedenen Arbeiter Herrn Starr verehren sah, für dessen Sklaven ich sie hielt; als ich Augenzeuge war, wie die ganze Bevölkerung Neu-Aberfoyles nach der Kapelle zusammenströmte, dort kniend Gott ihre Gebete darbrachte und ihm für seine unendliche Liebe und Güte dankte, da hab' ich mir gesagt: ›Der Großvater hat dich getäuscht!‹ Jetzt aber, wo ich so vieles von Euch gelernt und erfahren habe, glaube ich, der Ärmste hatte sich selbst getäuscht! – Laßt mich also die verborgenen Wege wieder aufsuchen, auf denen ich ihn sonst begleitete. Ich werde ihn rufen . . . er wird mich hören, und wer weiß, ob es mir durch eine freiwillige Rückkehr nicht gelingt, seine Verblendung zu besiegen.«

Alle hatten das junge Mädchen reden lassen. Jeder fühlte, wie notwendig es ihr sei, ihr ganzes Herz vor den Freunden jetzt auszuschütten, wo sie in ihrer edelmütigen Selbsttäuschung sie für immer verlassen zu müssen glaubte. Als sie aber erschöpft und mit schweren Tränen an den Wimpern schwieg, da wandte sich Harry an Madge und sagte:

»Meine Mutter, was würdest du von einem Manne denken, der eine so edeldenkende Tochter, wie du sie erwartetest, aufgeben und verlassen könnte?«

»Einen solchen Mann würde ich für einen Elenden halten«, erwiderte Madge, »und wär' es mein Sohn, ich würde ihn verleugnen, ich müßte ihm fluchen!«

»Du hörst die Worte unserer Mutter, Nell«, fuhr Harry fort. »Wohin du auch gehst, ich folge dir. Willst du ohne Widerrede fort, gut, so gehen wir zusammen ...«

»Harry! Harry!« schluchzte das junge Mädchen.

Doch die Erregung übermannte sie. Ihre Lippen entfärbten sich, und bewußtlos sank sie in Madges Arme, welche den Ingenieur, Simon und Harry bat, sie mit der Armen allein zu lassen.

Einundzwanzigstes Kapitel

Nells Vermählung

Man trennte sich, aber unter dem Versprechen, mehr als je vorsichtig und aufmerksam zu sein. Des alten Silfax' Drohung war zu deutlich, um ihr nicht Rechnung zu tragen. Es fragte sich, ob der frühere Büßer nicht irgendein furchtbares Mittel besaß, ganz Aberfoyle zu vernichten.

An den verschiedenen Ausgängen der Grube wurden also bewaffnete Wächter aufgestellt, welche Tag und Nacht daselbst verblieben. Jeder Fremde sollte James Starr vorgeführt werden, um sich über seine Person auszuweisen. Jetzt scheute man sich auch nicht, die Bewohner von Coal-City über die der unterirdischen Kolonie drohenden Gefahren zu unterrichten. Da Silfax hier mit niemandem in heimlichem Einverständnis sein konnte, war ja keine Verräterei zu befürchten. Auch Nell teilte man die ergriffenen Sicherheitsmaßregeln mit, welche diese, wenn auch nicht vollständig, doch einigermaßen beruhigten. Vor allem aber wer es die zuverlässige Versicherung Harrys, ihr überallhin zu folgen, was ihr das Versprechen abrang, keine Fluchtversuche zu machen.

Während der Nells und Harrys Vermählung vorhergehenden Woche blieb Neu-Aberfoyle von jedem Zwischenfall verschont. Auch die Bergleute erholten sich, wenn auch alle Vorsichtsmaßregeln streng aufrechterhalten wurden, allmählich von dem Schrecken, der den ganzen Betrieb in Frage zu stellen drohte.

James Starr ließ inzwischen nicht nach, den alten Silfax auszuspähen. Da der rachgierige Greis versichert hatte, daß Nell niemals Harrys Gattin werden solle, mußte man annehmen, daß er vor keinem Mittel zurückschrecken werde, diese Verbindung unmöglich zu machen. Am besten erschien es, sich unter Schonung des Lebens seiner Person zu versichern. Man durchsuchte alle Gänge bis zu den oberen Etagen, welche in der Nähe von Irvine bei den Ruinen von Dundonald-Castle ausliefen, mit größter Sorgfalt, da man, gewiß mit Recht, annahm, daß Silfax auf dem Wege durch dieses verfallene Schloß nach der Oberwelt gelangte, um entweder durch Einkauf oder Bettelei die nötigen Bedürfnisse für seine elende Existenz zu gewinnen. Bezüglich der »Feuerhexen« war James Starr nun überzeugt, daß der alte Silfax dann und wann ausströmende Wettergase, welche sich in jenem Teile der Grube entwickelten, angezündet und hierdurch jene öfters beobachtete Erscheinung hervorgerufen habe. Er irrte hiermit nicht. Leider blieben aber alle Nachforschungen erfolglos.

James Starr fühlte sich während dieses unausgesetzten Kampfes gegen ein scheinbar ungreifbares Wesen höchst unglücklich, obwohl er das nach Kräften verbarg. Je näher der Hochzeitstag aber heranrückte, desto mehr wuchs seine Besorgnis, welche er ausnahmsweise dem alten Obersteiger mitteilen zu müssen glaubte. Auch an diesem nagte übrigens eine begreifliche Unruhe.

Endlich kam der bestimmte Tag.

Silfax hatte kein weiteres Lebenszeichen gegeben.

Vom frühen Morgen ab war die gesamte Bewohnerschaft Coal-Citys auf den Füßen. Die Arbeit in Neu-Aberfoyle wurde zeitweilig eingestellt. Steiger, Werkführer und Arbeiter ließen es sich nicht nehmen, dem alten Obersteiger und dessen Sohne ihre Anhänglichkeit und Ehrerbietung zu beweisen. Sie zahlten damit ja nur von der Schuld zurück, zu welcher sie sich gegen die beiden Männer, deren kühnem Ausharren man die erneute Blüte Neu-Aberfoyles verdankte, verpflichtet fühlten.

Um elf Uhr sollte die Feierlichkeit in der Kapelle St. Gilles am Ufer des Malcolmsees vor sich gehen.

Zur festgesetzten Stunde sah man Harry, der seine Mutter führte, und Simon Ford mit Nell am Arme aus dem Cottage treten.

Ihnen folgte, scheinbar ruhig, aber doch scharf auf alles achtend, der Ingenieur James Starr und diesem Jack Ryan, der sich in seinem Festkleide als Piper ganz schmuck ausnahm.

Weiter schlossen sich die übrigen Techniker des Werkes, die Notabeln aus Coal-City, die Steiger und andere Freunde des alten Obersteigers an, ebenso wie alle Mitglieder dieser großen Bergmannsfamilie, welche die eigentliche Bevölkerung Neu-Aberfoyles bildete.

Draußen glühte eine jener sengenden Augusttage, welche vorzüglich in nördlichen Ländern so lästig sind. Eine gewitterschwüle Luft drang selbst bis in die Tiefe der Grube, wo die Temperatur eine ganz außergewöhnlich hohe war. Die Atmosphäre sättigte sich mit Elektrizität durch die Wetterschächte und den großen Malcolm-Tunnel.

Man hätte – eine ungemein seltene Erscheinung – in Coal-City heute ein auffallend tiefes Fallen des Barometers beobachten können, so daß in der Tat die Frage nahelag, ob sich wohl ein Gewitter unter der Schieferwölbung, der Himmelsdecke jener gewaltigen Höhle, entladen solle.

In Wahrheit freilich beunruhigte sich da unten keine Seele wegen des drohenden atmosphärischen Aufruhrs an der Oberwelt.

Selbstverständlich trug jedermann seine besten Feierkleider.

Madge schmückte ein Anzug, der lebhaft an die alten Zeiten erinnerte. Ihr Haar zierte ein »toy«, wie ihn bejahrtere Frauen lieben, und von den Schultern fiel ihr ein »rokelay«, eine Art viereckige Mantille, welche die Schottinnen nicht ohne Grazie zu tragen verstehen.

Nell hatte sich gelobt, die Bewegung ihres Innern zu bekämpfen. Sie verbot ihrem Herzen, ungestüm zu schlagen, ihren Angstgefühlen, sie zu verraten, und so gelang es dem mutigen Kinde, ruhig und gefaßt zu erscheinen.

Sie erschien nur sehr einfach gekleidet, aber diese Einfachheit, welche sie jedem reicheren Schmucke vorgezogen hatte, verlieh ihr nur noch einen neuen Reiz. Ihr einziger Haarputz bestand in einem »snood«, einem buntfarbigen Bande, mit dem sich die jungen Kaledonierinnen gern schmücken.

Simon Ford trug einen Anzug, den Walter Scotts würdiger Landvogt Nichol Jarvie nicht verachtet hätte.

Die ganze zahlreiche Gesellschaft strebte der prächtig geschmückten Kapelle St. Gilles zu.

Am Himmel von Coal-City glänzten gleich Sonnen die heute von mächtigeren elektrischen Strömen ernährten Strahlenbündel. Ein Meer von Licht ergoß sich durch Neu-Aberfoyle.

Auch in der Kapelle verbreiteten die elektrischen Lampen eine außergewöhnliche Helligkeit, bei der die bunten Fensterscheiben wie feurige Kaleidoskope schimmerten.

Der ehrwürdige Pfarrer William Hobson sollte die Trauung vornehmen. Er wartete an der Türe der Kapelle der Ankunft der Brautleute.

Der Zug nahte sich, nachdem er in feierlichem Schritte dem Ufer des Malcolmsees gefolgt war.

In diesem Augenblicke ertönte die Orgel und die beiden Paare begaben sich, vom ehrwürdigen Hobson geführt, nach dem Hochaltar von St. Gilles.

Erst erflehte der Priester den Segen des Himmels

über die ganze Versammlung, dann blieben Harry und Nell allein stehen vor dem Diener des Herrn, der die Heilige Schrift in der Hand hielt.

»Harry Ford«, begann der Geistliche, »wollen Sie Nell zu Ihrem Weibe nehmen und schwören Sie, ihr immerfort in treuer Liebe anzuhängen?«

»Ich schwöre es vor Gott dem Allmächtigen«, antwortete der junge Mann mit fester Stimme.

»Und Sie, Nell«, fuhr der Seelsorger fort, »wollen auch Sie Harry Ford zum Gatten erwählen und . . .«

Die Formel war noch nicht zu Ende, als sich draußen ein furchtbares Getöse vernehmen ließ.

Einer der gewaltigen auf den See überhängenden Felsen, etwa hundert Schritt vor der Kapelle, hatte sich plötzlich ohne jede Explosion losgelöst, als sei dessen Fall schon vorher vorbereitet gewesen. Unter demselben stürzte sich das Wasser in einen tiefen Abgrund, dessen Vorhandensein bis jetzt niemand gekannt hatte.

Gleich darauf tauchte zwischen dem Steingeröll ein Boot auf, das eine kräftige Hand über das Wasser hintrieb.

Aufrecht in dem Fahrzeuge stand ein Greis in dunkler Mönchskutte, mit struppigem Haare und langem, auf die Brust niederwallendem, weißem Barte.

In der Hand hielt er eine Davysche Lampe, in welcher eine durch das umgebende Drahtgeflecht isolierte Flamme brannte.

Gleichzeitig rief der Greis mit lauter Stimme:

»Die Wetterluft! Die Wetterluft! Tod allen und Verderben!«

Jetzt verbreitete sich auch der eigentümliche Geruch des Kohlenstoff-Monokarbonates in der Luft.

Es rührte das daher, daß durch den Felsensturz eine ungeheure in sogenannte »Windtaschen« angesammelte Menge jenes explosiven Gases entwichen war.

Früher hatte das überlagernde Gestein jene hermetisch abgeschlossen. Jetzt strömte das gefährliche Gas unter einem Drucke von vier bis fünf Atmosphären nach der Wölbung der Höhle.

Der Greis kannte jene Windtaschen und hatte sie plötzlich geöffnet, um die Atmosphäre der Krypta in eine explodierende Gasmischung zu verwandeln.

James Starr und einige andere verließen inzwischen die Kapelle und stürzten nach dem Seeufer.

»Fort aus der Grube! Um Gottes willen fort!« rief der Ingenieur, der, als er die drohende Gefahr durchschaute, diesen Warnungsruf durch die Türe der Kapelle sandte.

»Die schlagenden Wetter! Die bösen Wetter!« wiederholte der Greis und trieb sein Boot weiter über den See.

Harry drängte seine Braut, seinen Vater und seine Mutter aus der kleinen Kapelle.

»Fort aus der Grube! Schnell, schnell fort!« mahnte der Ingenieur nochmals.

Es war zu spät zur Flucht! Der alte Silfax war da, bereit, seine letzte Drohung zu erfüllen und die Verbindung Nells und Harrys dadurch zu verhindern, daß er sämtliche Einwohner Coal-Citys unter den Trümmern des Kohlenwerkes begrub.

Ihm zu Häupten flatterte ein riesiger Harfang mit weißlichem, schwarz geflecktem Gefieder.

Da stürzte sich mutig ein Mann in den See, der mit kräftigem Arme auf das Boot zuschwamm.

Jack Ryan war es. Er mühte sich, den Wahnsinnigen zu erreichen, bevor dieser sein teuflisches Vorhaben ausgeführt hätte.

Silfax sah ihn näher kommen. Er zerbrach das Glas der Lampe, riß aus derselben den brennenden Docht und hielt diesen in die Luft hinauf.

Das Schweigen des Todes lag auf der entsetzten Versammlung. James Starr hatte sich in das Unvermeidliche ergeben und verwunderte sich nur, daß die zerstörende Explosion so lange auf sich warten ließ.

Silfax' Züge verrieten, wie der Zorn in ihm aufschäumte, als er bemerkte, daß das zu leichte Gas, statt sich in den unteren Luftschichten zu verbreiten, nach der Höhe der Deckenwölbung geströmt sei.

Da erfaßte auf einen Wink von Silfax der Harfang den todbringenden Docht mit der Kralle und schwang sich, wie er es früher in der Grube Dochart gewöhnt war, nach der Höhe auf, wohin der Greis mit der Hand ihn wies.

Noch wenige Sekunden, und Neu-Aberfoyle war vernichtet.

Da entwand sich Nell Harrys Armen.

Ruhig und ihres Zweckes bewußt, eilte sie nach dem Ufer bis dicht an das Wasser.

»Harfang! Harfang!« rief sie mit heller Stimme, »hierher! Komm, komm zu mir!«

Erstaunt zögerte der treue Vogel erst einen Augenblick. Doch plötzlich, als er Nells Stimme wiedererkannte, ließ er den brennenden Docht in das Wasser des Sees fallen, beschrieb suchend einen weiten Bogen und setzte sich zu Füßen des jungen Mädchens nieder.

Die höheren, explosiven Schichten, in welchem das Wettergas mit der Luft vermischt war, hatte er noch nicht erreicht gehabt!

Da gellte ein entsetzlicher Schrei durch den weiten Raum. Es war der letzte Laut von des alten Silfax' Stimme.

Eben als Ryan die Hand an die Bordwand des Fahrzeuges legte, stürzte sich der Greis, der seinen Racheplan gescheitert sah, in die Fluten des Sees.

»Rettet ihn! Rettet ihn!« rief Nell mit flehender

Stimme.

Harry hörte ihre Bitte. Jetzt sprang auch er in das Wasser, erreichte Jack Ryan sehr bald und tauchte wiederholt unter.

Vergebens!

Die Fluten des Malcolm gaben ihre Beute nicht wieder frei. Sie hatten sich für immer über dem alten Silfax geschlossen.

Zweiundzwanzigstes Kapitel

Die Legende vom alten Silfax

Sechs Monate nach diesem Ereignisse ward die so entsetzlich unterbrochene Vermählung Nells und Harry Fords in der Kapelle St. Gilles gefeiert. Nachdem der ehrwürdige Pfarrer Hobson den Segen über sie gesprochen, kehrten die jungen Eheleute, welche noch Trauerkleider trugen, nach dem Cottage zurück.

James Starr und Simon Ford leiteten, jetzt jeder Sorge bar, die der Trauung folgende Festlichkeit, welche sich bis zum anderen Tage ausdehnte.

Dabei fand auch Jack Ryan, der wieder einmal in seinem Kostüm als Piper auftrat, Gelegenheit, unter den Beifallsbezeugungen der ganzen Versammlung zu spielen, zu singen und zu tanzen.

Am nächsten Tage begannen dann, unter der Leitung des Ingenieurs James Starr, die gewohnten Grubenarbeiten wieder.

Es erscheint fast überflüssig, besonders zu bemerken, daß Harry und Nell sehr glücklich wurden. Diese beiden, durch so außergewöhnliche Prüfungen gestählten Herzen gewährten sich gegenseitig die vollste Befriedigung.

Simon Ford, der Ehren-Obersteiger von New-Aberfoyle, rechnete darauf, mit seiner Madge auch noch die goldene Hochzeit zu feiern, was auch der letzteren einziger Wunsch für dieses Leben war.

»Und warum denn nicht auch noch die zweite goldene Hochzeit?« sagte Jack Ryan. »Zweimal fünfzig Jahre wäre für Sie auch noch nicht zu viel, Herr Ford.«

»Du hast recht, mein Sohn«, erwiderte ruhig der alte Obersteiger. »Wäre es denn ein Wunder, in diesem unübertrefflichen Klima von Neu-Aberfoyle, dem die Witterungsunbill der Außenwelt fremd ist, etwa zweihundert Jahre alt zu werden?«

Sollten die Bewohner von Coal-City wirklich die noch nicht dagewesene Feier eines hundertjährigen Ehejubiläums erleben? Das wird die Zukunft lehren.

Jedenfalls zeigte es sich, daß ein Vogel, der Harfang des alten Silfax, hier ein ungewöhnliches Alter erreichte. Er kreiste fortwährend in dem dunklen Gebiete umher. Nach dem Tode des Greises entfloh er, obwohl Nell ihn zurückzuhalten versuchte, auf einige Tage. Außer daß ihm, ebenso wie seinem früheren Herrn, die Gesellschaft der Menschen nicht besonders zusagte, schien es auch, als bewahre er Harry gegenüber fortwährend eine gewisse Gehässigkeit und als sähe und verabscheue dieser eifersüchtige Vogel in ihm immer noch den Entführer Nells, dem er diese während der Auffahrt durch jenen Schlund vergeblich abzustreiten gesucht hatte.

Später sah ihn Nell nur von Zeit zu Zeit wieder, wenn er über dem Malcolmsee schweigend seine Kreise zog.

Wollte er seine Freundin aus früherer Zeit wiedersehen? Suchte sein scharfer Blick zu den ungemessenen Tiefen zu dringen, in welche der alte Silfax versank?

Beide Anschauungen fanden ihre Anhänger, denn

der Harfang lebte in Legenden fort und gab Jack Ryan Stoff zu mancher phantastischen Erzählung.

Dank diesem lebensfrohen Burschen singt man noch heute in den Tälern Schottlands die Legende von dem Vogel des alten Silfax, des früheren Büßers der Kohlenwerke von Aberfoyle.

COLLECTION JULES VERNE

1. Von der Erde zum Mond
Direkte Fahrt in 97 Stunden 20 Minuten
2. Reise um den Mond
3. Reise um die Erde in 80 Tagen
4. Reise zum Mittelpunkt der Erde
5. Fünf Wochen im Ballon
6./7. Zwanzigtausend Meilen unter dem Meer
8. Abenteuer von drei Russen und drei Engländern in Süd-Afrika
9./10. Abenteuer des Kapitän Hatteras
11./12./13. Die Kinder des Kapitän Grant
14./15./16. Die geheimnisvolle Insel
17./18. Das Land der Pelze
19. Eine schwimmende Stadt
Die Blockadebrecher
20. Eine Idee des Doktor Ox
Meister Zacharius
Ein Drama in den Lüften
Eine Überwinterung im Eis
Eine Mont-Blanc-Besteigung
21. Der Chancellor
Tagebuch des Passagier J. R. Kazallon
22./23. Der Kurier des Zaren
Michael Strogoff
24. Schwarz Indien
25./26. Reise durch die Sonnenwelt
27./28. Ein Kapitän von 15 Jahren
29./30./31. Die Entdeckung der Erde
32. Die fünfhundert Millionen der Begum
33. Die Leiden eines Chinesen in China
34./35. Die großen Seefahrer des 18. Jahrhunderts
36./37. Das Dampfhaus

38./39. Der Triumph des 19. Jahrhunderts
40./41. Die Jangada
42. Die Schule der Robinsons
43. Der grüne Strahl
44./45. Keraban der Starrkopf
46. Der Südstern oder das Land der Diamanten
47. Der Archipel in Flammen
48./49./50. Mathias Sandorf
51. Robur der Sieger
52. Ein Lotterie-Los
53./54. Nord gegen Süd
55./56. Zwei Jahre Ferien
57. Kein Durcheinander
58./59. Die Familie ohne Namen
60./61 Mistreß Branican
62. Das Karpatenschloß
63. Claudius Bombarnac
Notizbuch eines Reporters
64./65. Der Findling
66./67. Meister Antisers wunderbare Abenteuer
68./69. Die Propeller-Insel
70. Vor der Flagge des Vaterlandes
71. Clovis Dardentor
72./73. Die Eissphinx
74./75. Der stolze Orinoco
76./77. Das Testament eines Exzentrischen
78./79. Das zweite Vaterland
80. Das Dorf in den Lüften
81. Die Historien von Jean-Marie Cabidoulin
82./83. Die Gebrüder Kip
84./85. Reisestipendien
86. Ein Drama in Livland
87. Der Herr der Welt
88. Der Einbruch des Meeres
89. Der Leuchtturm am Ende der Welt
90./91. Der Goldvulkan
92./93. Reisebüro Thompson & Co.
94. Die Jagd nach dem Meteor
95. Der Pilot von der Donau
96./97. Die Schiffbrüchigen der Jonathan
98. Wilhelm Storitz' Geheimnis
99./100. Cäsar Cascabel